中公文庫

あなたの本

新装版

誉田哲也

中央公論新社

目次

新装版　特別収録掌篇

あなたの本

Your Story

帰省

The way home

容赦ないチャイムの連打と、ドアを叩《たた》く音で目が覚めた。

どうやらあのまま、私はアパートの玄関で眠ってしまったらしい。

「幹子《みきこ》ォ、いるんでしょう？　ねえってば」

お姉ちゃんだ。とりあえず、助かった。

「あ、はい……」

お尻も、脚の節々も、手首も腰も首も痛かった。だいぶ汗を掻《か》いたらしく、私がへたり込んでいたコンクリート床は湿って、色が濃く変わっていた。

下駄箱に摑《つか》まりながら、チェーンを抜き、ロックを外す。

ドアを押し開けた途端、白い光の束に目が潰れそうになった。

「おはよ……なにあんた、その恰好《かっこう》」

そう言われても、自分がどんな恰好をしてるのかなんて分からなかった。眩《まぶ》しくてまともに目が開けられない。

「とにかく入れて。暑くて堪《たま》んないわ」

私を押し退《の》けながら玄関に入ってくる。目を閉じていても分かる、むっちりとした気配。私は手探りでドアを引き戻し、ようやく目を開けることができた。

「っていうか、なに、全然涼しくないじゃん。あんた、こんな部屋で寝てたら熱中症で死んじゃうよ」

勝手に上がって奥まで進み、カーテンと窓を乱暴に開ける。

途端、お姉ちゃんの後ろ姿が、鏡餅《かがみもち》みたいに丸っこい影になる。周りには、遠くの青空が覗《のぞ》いて見える。窓の下は駐車場だから、ここからの眺めは案外広々していていいのだ。すーっと涼しい風が入ってくる。蒸れていた部屋中の空気が、乾いたそれへとすり替わっていく。二の腕、首回りがひんやりする。見ると、タンクトップの肩が脱げていて、右だけ胸が見えかかっていた。手も砂っぽいし、そういえば全体に薄汚れた感がある。

お姉ちゃんが窓辺で振り返る。

「なに、ほら、早く支度《したく》しなよ」

「え、なんの」

「ばあちゃん家《ち》に帰る約束だったでしょ、今日」

そういえばそんな約束、したかもしれない。

「うっそ。忘れてたの？」

「いや、忘れては」

「忘れてただろ。正直に言いな」

「うん……忘れてた。でも今、思い出した」

お姉ちゃんは呆《あき》れた顔をしながら、顎《あご》で私に促した。

「急いでシャワー浴びといで。電車、間に合わなくなっちゃうよ」

私は頷《うなず》いて、初めて床に上がった。足の裏がザラザラした。


私に、家族と呼べる人はこの世に二人しかいない。

おばあちゃんと、お姉ちゃん。お母さんは私を産んでまもなく亡くなった。父親は最初からいなかった。

私は、高校を卒業したら都会で働きたいと、ずっと思っていた。都会に出られればなんでもいい。洋服屋さんの店員でも、レストランのウェイトレスでも、会社の事務員でも。とにかく、あの田舎《いなか》から離れたかった。永久に変わらないであろう平べったい風景や、時代からとり残されたような土っぽい暮らしから逃げたかった。もっと四角い、清潔な街で、自立した生活を営みたかった。

もちろん反対された。都会での一人暮らしなんて、あんたにできるはずがない。大体何をしに行くんだい。ただ都会に憧れて、当てもなく出てったって、生きてなんていけないんだよ。今は、都会の方が働き口ないんだから。でも、ここにならある。ばあちゃんは畑だって、駅前にアパートだって持ってるし、知り合いに頼めば、農協にだって入れてやれる。ミツエさんの会社だって、事務員探してるって言ってる。悪いことは言わないから、都会に行くだなんて考えなさんな。あんたは、ここで暮らすのが一番なんだから。ここで暮らして、婿《むこ》もらうんでも嫁に行くんでもいいけど、この村で生きていくのが、あんたには一番合ってるんだから。

　こんな説得で納得する若い子なんて、まずいないと思う。そもそも私は、あの村の基準では「ブス」ってことになっていた。

　村でいうところの「美人」とは、ある程度太っていて、丈夫で動けて、ちょっと犬みたいな顔をした人のことを指す。犬といっても柴犬《しばいぬ》とかプードルとかじゃない。神社の入り口とかにある狛犬《こまいぬ》。ああいう顔だと、みんなに「美人」って言われる。

　私は、胸はそこそこある方だけど、全体的には痩せ型だ。腰だってくびれてるし、脚は細めで長い。顔も、狛犬っていうよりは猫系だと思うし、中学高校時代なんてけっこうみんなに可愛いって言われて、男子にも人気があった。でも村では、お姉ちゃんの方がずっと美人だって言われてた。太ってるわりに動作が機敏で、子豚《こぶた》みたいな顔をしたお姉ちゃんの方が、本当は別嬪《べっぴん》なんだって。それもあって、私はわりと早い時期から、村を出て都会で暮らそうって考えるようになった。

最初にそれを口にしたときは、すっごい怒られた。お前みたいな子が都会に出ていったら、必ず不幸になる。そしてその不幸を、この村に運んでくる。だから絶対に駄目だ、って。あと、お前のお母さんもそうだった、みたいなことも言われた。

でも根気よく繰り返していたら、そのうちお姉ちゃんが助け舟を出してくれるようになった。あたしが一緒に行くから、しばらく近くで様子を見るから、試しに行かせてやってよ。そう言って、おばあちゃんを逆に説得してくれた。ようやくそれで、私は村を出ることを許された。

それが、三年前の話だ。

シャワーを浴び終えて浴室から出ると、お姉ちゃんは窓辺に腰掛けてタバコを吸っていた。エアコンを点《つ》けたのに大して涼しくないのは、そのせいみたいだった。

この近所には大きな配送センターがある。今も、フォークリフトが走るときの、ガシャンガシャンって重たい金属音が聞こえている。バックします、ご注意ください、も一日中途切れない。

お姉ちゃんは、自前の携帯灰皿に吸い差しを捻《ね》じ込んで立ち上がった。

「……実はばあちゃん、最近、ちょっと様子がおかしいんだ」

ピシャリと閉め、鍵を掛ける。

「おかしいって、どんな」

私は髪の水気をタオルに吸わせながら、着替えを用意し始めた。

「電話して、あたし、房子《ふさこ》って言っても、どちらの房子さん？　とか言うし。ようやく、ああ房子かい、みたいに納得したかと思ったら、昌子《まさこ》はまだ帰ってないとか言うし」

昌子というのは、死んだお母さんの名前だ。私はどっちかというとお母さん似らしい。お姉ちゃんは、明らかにおばあちゃん似。

「ボケちゃった、ってこと？」

「うん。ときどきだけどね。いつもじゃないんだけどさ……」

お姉ちゃんが、急に辺りを見回し始める。

「あんた、泊まりの準備はしてあるの」

「んーん、まだ」

「まだ、ってあんた、それじゃ間に合わないじゃない……もういい。あたしが荷作りするから、あんたは髪乾かして、服着なさい。化粧もいいから。電車ん中ですりゃいいから」

それからお姉ちゃんは、クローゼットから勝手にボストンバッグを引っ張り出して、カットソーを三、四枚、下着類も同じくらい、あとジーンズ二本を詰め込んで、器用に両脚で挟みながらジッパーを閉めた。それと、私がスカートのジッパーを上げて、前を正面に戻したのが同時くらいだった。

「……いい？」

「うん」

「消すもの消して」

「大丈夫。エアコン以外点けてないから」

でも、いざ出発という段になって、私は思い出した。別に忘れてたわけでもないんだけど、お姉ちゃんが来てくれたお陰で、変に気が紛れてしまっていた。

ヒロ。あれからどうしたんだろう。

まさか、そんなことあり得ないとは思うけど、あのまま死んじゃったなんてことは、ないよね。

さすがにそれは、ないと思いたい。

もう嫌だ、別れるって言って、一緒に住んでた部屋を飛び出したのがひと月前。でも一週間もしないうちに、ここは突き止められてしまった。たぶんヒロは、お店から出てきた私を尾行したんだと思う。

私はお姉ちゃんに、一回入れたらお終《しま》いだよって忠告されてたから、絶対にヒロを部屋には入れなかった。追っ払っても、姿が見えなくなるまではドアを開けなかったし、いつまでも帰らないんだったら警察呼ぶよって、携帯を構えてみせたりもした。

でも昨夜は、って正確に言ったら今日未明だけど、私もちょっと油断してた。タクシーの中から見上げたとき、部屋の前にヒロの姿がなかったから、つい安心して降りちゃった。そしたら、タクシーが行っちゃってから現われた。隣の家の車の陰から、忍者みたいに真っ黒い影が跳びかかってきた。

「……幹子、俺から逃げられると思うなよ」

そのまま腕を後ろに捻《ひね》られて、道を渡らされた。肩も肘《ひじ》も、手首も全部痛かったから、抵抗できなかった。

道を挟んでアパートの向かいには大きな川が流れている。コンクリートの階段を上って、高い土手《どて》を越えたら川原《かわら》に出られる。

すぐに分かった。ヒロが何をしようとしてるのか。私が部屋に入れないから、だから、川原で強引にしようとしたんだよね。そういうこと、平気でする人だもんね。最初もそうだった。ドライブの途中、真っ暗な山道で、車の中でいきなりだった。

階段を上りきったところで、ヒロは真っ暗な川原を見回した。やるならどこがいいか。そんなことを考えたんだと思う。そしたら、ヤラシイ気持ちが先走っちゃったのか、横から私の、タンクトップの胸を摑みにきた。ムギュッて、憎しみのこもった手つきで。

痛くて、私はとっさに身をよじった。そしたら、一瞬肘がグキッてなったけど、直後につるっと、意外なほど呆気《あっけ》なく、後ろに捻られてた腕が自由になった。熱帯夜が私に味方してくれていた。

振り返ると、怒りに膨らんだヒロの顔があった。下の道の街灯に照らされて、半面だけ闇に浮かんでいた。黒目を小さくして、猛毒を持つ蛇みたいに、クワッと口を開いた。

「ミキコォーッ」

次に何をされるのかも分かった。髪の毛を鷲掴《わしづか》みにされて、引きずり回されて、その辺に押し倒されて、馬乗りになられて、殴られて、犯される。

それは嫌だった。もう、そういうのは嫌だ。

だから暴れた。目をつぶって滅茶苦茶に。デタラメに。

そうしたら、ふいにヒロの気配が遠退いた。

感じられたのは、湿った夜風。それだけ。私は、急に一人ぼっちになった。

目を開けたとき、ヒロは川原に下りていく階段の、最初の一段を踏み外していた。

あ、落ちる。

飛べない鳥のように、ヒロは両手で、不器用に空を掻いていた。顔はふざけたみたいに、半分笑った感じになっていた。

私はとっさに手を伸べた。助けようとした、のかもしれないし、そうじゃなかったのかもしれない。でもどっちにせよ、結果的に私は、ヒロの体を押してしまっていた。

私がヒロを、土手のてっぺんから、川原の暗闇に、突き落としたんだ。

お姉ちゃんはさっさと靴を履いて、部屋を出ようとしている。私が夜明けまで必死に押さえていたドアを、こともなげに開けて外へと踏み出す。あっ、と思ったけど、別に何もなかった。鉄パイプか何かを持ったヒロに襲われるのを想像したけど、そんなことは起こらなかった。

「幹子、早く」

「うん……いま行く」

バッグを担ぎ、私も玄関に向かう。お姉ちゃんはドアを足で押さえたまま、あちーなと、手で庇《ひさし》を作って表の道を見下ろしていた。

私も白い光の中に踏み出す。熱くなった金属部分には触らないようにしながら、ドアに鍵を掛ける。外廊下を奥まで見たけど、ヒロの姿はどこにもなかった。そりゃそうか。ヒロ、もともと暑いの好きじゃないし。この炎天下、待ち伏せなんてしてたら本当に死んじゃいそうだし。

階段を下りたら、すぐ土手沿いの道だ。

「お姉ちゃん、ちょっとごめん」

私はトラック二台、乗用車一台をやり過ごしてから道を渡った。そこから、土手の斜面に架かるコンクリート階段を上る。粗く石粒を交ぜ込んだ、ボコボコした段を踏んでいく。

ヒロに腕を捻られて上ったときも怖かったけど、今は、それとは違う怖さを味わっている。

てっぺんまできた。広い川原が見渡せた。

生い茂った夏草が、川風に大きく波打っている。

鳥が一羽、翼を広げて水面を渡っていく。

朝八時。遊んでいる子供も、散歩やジョギングをしている人も見当たらない。

そして、階段を下りきったところ。ヒロが落ちていったはずの地面には、何もなかった。乾ききった土が半円形に露出しているだけで、誰かが倒れているだとか、血の跡が残っているだとか、そういうことは一切なかった。

ヒロ、無事だったんだ。

安堵《あんど》する自分を可笑《おか》しく思いながら、でも、否定したくもなかった。全部が嫌いだったわけじゃない。好きなところだってちゃんとあった。乱暴者で自己チューで、私を風俗で働かせてそのお金で競艇ばかりやってるような人だったけど、優しいところだって少しはあった。ほんのちょっとだけど、幸せを味わわせてもくれた。そんな人を、自分は誤って階段から突き落としてしまった。でもどうやら無事だった。かすり傷くらいはできただろうけど、少なくとも死んではいなかった。自力でここから帰るくらいはできた。そこは、素直に喜んでいいと思う。

「幹子ォーッ、もういかないと間に合わないよォーッ」

私は振り返り、下の道に向かって手を挙げてみせた。

「うん、いま行く」

上りより、だいぶ足取りが軽くなっていた。むしろ、調子に乗って躓《つまず》かないよう注意した方がいい。

私が隣に並ぶなり、お姉ちゃんは駅方面に歩き出した。ちょっと、怒ったような顔をしている。

「……ごめん。あと、急ぐから」

それでも黙っている。なんだろう。

「ごめんってば……ねえ、何を見てきたか、訊《き》かないの？」

チクッと何か刺さったように、反射的にお姉ちゃんはこっちを向いた。でも何も言わず、また前を向いた。陽炎《かげろう》が揺れる、土手沿いの一本道を睨《にら》んでいる。

「……なんでもいいよ。いいから急ごう。一本逃したら、着くの二時間遅くなるよ」

そう。実は私、飛行機が大の苦手で。だから田舎に帰るときは、ほとんど一日がかりで電車を乗り継いでいかなきゃならない。いま出ても、着くのは夕方五時過ぎになる。

空っぽの時間貸し駐車場の前に差し掛かった。

「あれ、お姉ちゃん今日、車は？」

お姉ちゃんはいつも、車で私のアパートまで来て、実家に帰るときはここに駐めっ放しにしていくのに。

「駐車場代、馬鹿《ばか》んなんないから。置いてきた」

「あと……お姉ちゃん、残業がどうとかで、もっと早く来るみたいなこと、言ってなかったっけ」

私は、お姉ちゃんが何をして生計を立てているのか、詳しくは知らない。けど、日によっては夜中まで残業があるってことだけは聞かされていた。何日か前、おばあちゃん家に行く前日は残業になると思うから、終わったら自分のアパートには帰らないで、直接私のところに来る、みたいに言っていた。大体二時か三時頃。だったら一緒くらいだねって、言った覚えがある。そのとき、ヒロと別れたなら風俗も辞めなさい、とも言われた。そうなんだけど、でも、今すぐ他の仕事なんて、私には見つけられそうにない。

お姉ちゃんは「残業なくなった」とだけ、早口で言った。


なんとか間に合って、指定席を予約してあった特急に乗ることができた。平日だからもっと空いてるかと思ったけど、そんなことはなかった。席はほとんど埋まっていた。

荷物を棚に載せ、私が窓側に座る。深く腰掛け、少し背もたれを倒す。

「幹子、なんも食べてないでしょ」

「うん」

「ワゴン来たら、何か買おうか」

「うん、サンドイッチがいい。あとコーヒー」

あんま涼しくないね、とお姉ちゃんがハンカチで首を拭う。額や、鼻の下にも汗が光っている。ファンデーションはほとんど流れてなくなっている。描いた眉《まゆ》もすでに消え、目はひと回り小さくなっている。

そう。一般的な美的感覚でいったら、やっぱりお姉ちゃんってブスだと思う。楕円に切った紙に黒丸を二つ描いて鼻に貼りつけたら、ほんと、子豚ちゃんそのものだ。

でも、そんなブスなお姉ちゃんが、私は好きだ。頼りにしてるし、実際、私のピンチを何度も救ってくれた。感謝もしている。

列車が動き始めた。

ぐちゃぐちゃに絡まった線路。錆《さび》に染まったコンクリートの枕木《まくらぎ》。空を覆う電線。骨のような白色のビルが右手に横すべりしていく。その陰から現われたのは、家電量販店の派手な電飾看板だ。隣には携帯電話の広告。かつて憧れた、大都会の風景。でも結局、私はこういうところでは暮らせなかった。私鉄沿線の、安っぽい川べりのアパートに住み、繁華街のはずれにある流行《はや》らない風俗店で毎夜、男を咥《くわ》え込んでは頭を前後させていただけだ。

「幹子。携帯、電源切りな」

「ああ、そうだね」

私はバッグから携帯電話を出し、マナーモードに設定した。

「ちゃんと電源切りなよ」

「えっ、だってここ、別に優先席じゃないし……」

「マナーにしといて、誰からかかってくるの。ヒロ？　そんなの、もうかかってこないでしょ。切っときな。向こうに帰るときくらい、こっちでのゴタゴタは忘れな」

なんか、急に悲しくなってきた。

「……かかってこないとか、どうして、そこまで決めつけるの」

「じゃあかかってくるの？　あの馬鹿から、かかってくるの」

一緒に暮らしてた部屋で抱き合ったときの優しい顔と、土手のてっぺんで見た蛇みたいな顔が、重なりながら、溶け合いながら、暗い川原の闇に消えていく。

「分かんないけど、でも……いくらお姉ちゃんだって、そこまで言われたくない」

「あんたも懲りない子だね。今さらあいつに、何を期待してんの。性根入れ替えて働くから、もういっぺんやり直そうとか言われるの待ってんの？　よしなって。ああいう男は反省なんて絶対にしないし、生まれ変わったりもできないんだよ」

私の手から勝手に携帯を奪い、お姉ちゃんは電源をオフにした。

真っ黒になった画面。突っ返されてきたそれには、泣きそうな私の顔だけが映っていた。

だいぶ列車のスピードは上がっていた。目線より少し上にある太い電線は、空中を猛スピードで進む蛇のようだった。列車と並走する大蛇《だいじゃ》。ヒロが、必死に「待ってくれよ」と追いすがってくる姿を想像した。あり得なくはない気がした。ちょっと可哀想になった。

「お姉ちゃんは、電源切ったの」

「うん、切ったよ」

「いつ」

「乗る前に。駅で」

そうか。お姉ちゃんもそうしてたのか。

高い建物が、どんどん背後に片づいていく。まだ十階建てくらいのマンションがあちこちに突き出て見えるけど、その他はほとんどが二階家で、景色はどんどん平べったくなっていく。

私は本当に、ここで何をしたかったんだろうな、と思う。

都会にさえ来たら、テレビで見るような現代的な生活ができるものとばかり思い込んでいた。可愛い内装のお店で、カラフルな商品を、お洒落《しゃれ》なお客さんに売る。冷房の効いたオフィスでパソコンを叩き、パリッとスーツを着こなした男性に書類を渡す。彼は受け取るついでに、今夜食事でもどう、と私を誘う。私はそれを、笑顔で断る。先約があるので、ごめんなさい。

そんなの、何一つ実現しなかった。

オフィス街なんてほとんど行ったこともない。大きな繁華街は何度かチャレンジしたけど、結局どこに何があるのか分からなくて、ただ人疲れして帰ってきただけだった。

いわゆる住宅街というのにも縁がなかった。せめて住んだところがお洒落な街だったら、近くに賑《にぎ》やかな商店街とかがあって、一軒一軒お店を覗いて回るだけでも楽しかっただろうと思う。でも、私が最初に住んだアパートの近所にあったのは、病院と、自衛隊の基地と、パチンコ屋だけだった。コンビニにも一キロくらい歩かなきゃ行かれない。最寄り駅まで行って、ようやくスーパーがある。そんな場所だった。

当時私は、居酒屋でバイトをしていた。テレビＣＭもやってる有名なチェーン店だから、なんか、大企業に就職したように錯覚していたけれど、そうじゃないことはすぐに理解した。バイトって、いくら頑張っても、いつまで続けても、正社員にはなれないんだって知った。でも理想と違ってたなんて、お姉ちゃんには言えなかった。お姉ちゃんも、その辺については訊いてこなかった。私が落ち込んでるのくらい、見て分かってたとは思うけど。

ひどいお店だった。特に店長が。何かっていうと私を事務所に呼んで、胸を触ったりしてきた。ちょっとその制服、小さくない？　ここら辺窮屈《きゅうくつ》そうだね、とか言って。最初はそれだけで泣きそうになった。正直、三日で辞めようと思った。四日目を無断欠勤して、雑誌で次のバイトを探したけど、場所が遠かったり、時給が安かったりで、なんだかんだ、あの居酒屋って悪くなかったんだって、思い直した。

店長は、無断欠勤を責めなかった。その代わり、お尻も触るようになった。私は抵抗するのをやめた。すると、店長はどんどん遠慮しなくなっていった。当たり前のように、下着の中に手を入れてくるようになった。

そこにたまたま入ってきたのが、ヒロだった。

「店長、生ビールのレジのデータ……」

完全に、制服の裾から店長の手が入ってるのを見られた。私は慌てて店長を押し退け、ヒロの横をすり抜けて、隣の更衣室に逃げ込んだ。

事務所の方で何か話し声がしてたけど、内容は分からなかった。

しばらくして、更衣室のドアが開いた。

「……ミッコちゃん、大丈夫？」

女子用のスペースはカーテンで仕切られていて、私はその一番奥でうずくまってたんだけど、ヒロは「入っていい？　入るよ」って、カーテンを開けてこっちに進んできた。

「店長、もうしないって、言ってたよ……赦《ゆる》せないかもしれないけど、でも騒ぎにしたら、ミッコちゃん、もっと嫌な思いするよ。これからは、俺も気をつけて見るようにするからさ。なんかあったら助けるし。とりあえず、今日のところは……」

私は差し出された手を握り、立ち上がった。そのままスッと、反対の手を背中に回されたのには若干抵抗を感じたけど、でもこの人はいい人なんだ、私を助けてくれたんだって、自分に言い聞かせて我慢した。その日はヒロも、何もしてこなかった。

「幹子、ほら。サンドイッチ」

いつのまに買ったんだろう。お姉ちゃんが白い紙箱を私に差し出してきた。あと、フタ付きのカップも。

「……ありがと」

箱の中には、ハムと、卵と、ツナのサンドイッチが入っていた。キメの粗い、いかにも乾いてて上顎《うわあご》に張りつきそうなパンだ。ヒロに競艇に連れていかれたとき、何度か食べたな、こういうサンドイッチ。そういえば最初のデートも競艇だった。しかも勝って、そのお金でレンタカーを借りて、ドライブに行った。で、山の中で、初めて抱かれた。

同棲を始めたのは、それから半年くらい経《た》った頃だった。新しく住んだところは、病院と自衛隊の近くではなかったけど、周りは自動車修理工場ばかりの街だった。引っ越しと同時に二人とも居酒屋を辞めてしまったので、別の仕事を探す必要があった。

「ちょっとの間だけだよ。俺が次の仕事見つけるまでだって」

「でも、やだよ……他の男の人のなんて」

「本番じゃないから大丈夫だよ。手か、口でやるだけだから」

「口、って……」

　想像しただけで吐きそうになった。

「やだよ、ヒロ以外の人のを、口でなんて。ヒロは平気なの？　私がそういうことしても、平気なの？」

「平気なわけないだろ。でも仕方ないんだよ。今すぐ稼ぐっていったら、そうするしかないだろ。じゃお前、他に何かできるのかよ。これからは二人分なんだぞ。家賃だって食費だって、倍なんだぞ……頼むよ。俺が次の仕事見つけるまでだって。マジで、幹子だけなんだよ」

　お店も、ヒロが見つけてきた。前もって聞いてた話では、短いスカートを穿《は》いて、ブラウスの襟も若干開きめで、手か、口でサービスするお店だってことだったけど、実際は全然違った。

　すぐ裸にされた。入れないってだけで、それ以外は全部、お客の言いなり。私はされるがままになった。

「嘘《うそ》だろ……知らなかった。あいつ、俺を騙《だま》しやがったな」

　あいつが誰だかはよく分からなかったけど、ヒロは何かに怒りながら、私を抱いた。俺が綺麗《きれい》にしてやるって、一緒にお風呂に入って、全身くまなく洗って、流して、タオルで拭いてくれた。ベッドでも丁寧に、まるで赤ん坊の世話をするみたいに、優しくしてくれた。

「綺麗だよ、幹子……愛してる」

こんなに優しくしてもらえるなら、こういう暮らしも悪くないかな、なんて思ってしまった私が馬鹿だった。ヒロが優しくしてくれるのは、私がどうしようもなく疲れちゃったときか、キレたときか、お金を持って帰ってきたときだけ。それ以外はむしろ、以前より冷たくなった。

お小遣いあげたくらいじゃ「テーブルに置いといて」って言うだけで、「ありがとう」のひと言もなくなった。渡したら渡しただけ競艇で使ってきちゃうし、働いてよ、って言っても機嫌悪くするだけで、全然仕事なんて探しもしなかった。そのくせ、私がちょっと本気で怒ると、ヒロは「ごめんごめん」とか言って、すぐエッチで誤魔化《ごまか》そうとした。でもそういうときのヒロ、すっごい優しくて。丁寧で。私はまた赤ちゃん気分にさせられて、なんとなく、今日はいい日だな、なんて思ってしまった。我ながら、馬鹿な女だったと思う。

そう。いま通り過ぎた、ちょうどあんな感じの街だ。周りは自動車修理工場か、じゃなかったらスクラップ工場。タイヤとかの部品を抜かれた車が三台も四台も積み重なってて、それが見渡す限り、敷地内にずらーっと並べられていた。しかも、そこと歩道とを隔てているのは金網のフェンス、たった一枚。こっちに崩れてきたら怖いなって、そこを歩くときはいつも思っていた。

　ツナサンド、最後のひと口を詰め込む。

「……ご馳走《ちそう》さま」

　空箱にゴムを掛け直し、短く手を合わせる。お姉ちゃんはもう食べ終わっていて、コーヒーの紙コップを片手に、何か考えごとをしていた。

　ふいに「幹子」と呼び、こっちを向く。

「なに？」

「あんたさ……もうこのまま、向こうに帰っちゃいなよ」

　こういう話は、初めてじゃなかった。

「でも、部屋とか」

「あたしが片づけるよ。あっちにいながらじゃ、あんた一向に決心つかないでしょ……あいつとは、ちゃんと別れたんだろ？　未練ないんだろ？」

　別れた、のは事実だけど、未練については、自分でもよく分からない。ただ、優しいヒロは好きだった。頭のてっぺんから足の爪先まで、ヒロは、可愛いな、綺麗だなって言いながら、丁寧に愛してくれた。私がどんなに恥ずかしがっても、くすぐったいって言っても、全部するまでやめなかった。

　少なくとも、ヒロに抱かれて赤ちゃんになっているときの私は、幸せだった。

「別れたよ……別れたけど、嫌いか、っていうと」

「ほんっと馬鹿だよね。あんたって」

小鼻を広げ、お姉ちゃんがいかにもな嫌みったらしい顔をする。その顔は子豚っていうより、むしろ猪《いのしし》に近い。じゃなかったらゴリラ。それでも、我が村では美人。

「優しいとこだってあるよ。ヒロには」

「それは、あんたを風俗で働かしておくためだろ」

そんなこと、人前で声に出して言わないでよ。

「違うよ。本当に優しいの。愛されてたの、私は」

「違うね。あんな男に愛なんてないから。幻想だから」

「そんなんじゃない。ヒロは私を……ちゃんと、愛してくれてた」

「だったら、愛の定義が違うんだよ。愛ってのはね、稼いできてくれる女の機嫌をとるためのセックスって意味じゃないから」

ひどい。ほんと、ひどいと思う。そういう言い方。

「じゃあ何よ。愛って何」

お姉ちゃんは面倒臭そうに溜《た》め息《いき》をついてから、カップを口に運んだ。

「ねえ、だったら愛ってなんなの」

今度はタバコを吸ったときみたいに、細く長く、息を吐き出す。吐き終わるまで、私はその魚肉ソーセージみたいな唇を睨みつけていた。

「……愛ってのはね、相手のためを思って、とことん行動する覚悟のことだよ。自分の身可愛さにする芝居とは、わけが違うの」

　何それ。全然分かんない。

　鉄橋を渡り、川を越えるたびに、風景は少しずつ都会の色を失っていった。もはや高いビル、極彩色の広告は探しても見当たらず、代わりに濃淡豊かな緑が、叩きつけるような陽光をものともせず大地を覆い、誇らしげに風を浴びる姿が目につくようになった。

　背景には、一層濃い緑の山がある。故郷の村を囲んでいた山に似て、各々は低く、勾配もなだらかだった。そんな眺めを懐かしく思い、同時に口惜しさも覚える。

　村を出て三年。何度か里帰りはしたけれど、こういった景色を懐かしいとまでは思わなかった。まだ都会で頑張れる。こんな田舎になんて帰ってきてる場合じゃない。そういう思いの方が強かった。

　ヒロか。彼と上手《うま》くいかなくなったから、都会から逃げたくなっているのか。それともさっき、このまま田舎に戻ってしまえと言われたからか。

　でも考えてみたら、それは変な話だ。私は別に、男を探すために村を出たわけじゃない。都会で暮らしたくて、自立した生活をしたくて出てきたのだ。ヒロと別れたからって、それが直接、田舎に帰る理由にはならない。

いや、同じか。望んだ仕事には就けず、結局は風俗嬢くらいしか私にできることはなかった。それだって一人前とは言い難い。喉の奥まで入っちゃって、噎《む》せて、吐きそうになって泣いて、お客に慰《なぐさ》められたことも一度や二度ではなかった。

また一つ、川を越える。

土が、黒一色に整えられた畑があった。これから何か植えるのだろう。夏だから、キャベツとか、白菜、ジャガイモ、茄子《なす》か。小さい頃はよく手伝わされたけど、もう忘れてしまった。麦藁帽子《むぎわらぼうし》をかぶって身を屈《かが》め、地面に手を伸べていた農婦。ちょっと、おばあちゃんに似ていた。

もし都会に行きたいだなんて、村を出たいだなんて言わなかったら、私は今頃どんな生活をしていたのだろう。おばあちゃんと一緒に、毎日畑に出ていたのだろうか。それとも農協とか、親戚筋の運送会社で事務仕事をしていたのだろうか。私が村に戻って、お願いしますと頭を下げれば、今からでもそういう仕事に就けるのだろうか。そもそも、風俗嬢をやっていた過去は、誰にも知られず隠し通せるものなのだろうか。

少し眠くなってきた。もうちょっとシートを倒す。

前方、デッキに出る自動ドアの上には電光案内板がある。次の停車駅や車内での注意事項、天気予報やニュースなんかも流れている。

「幹子……」

同じくらいシートを倒したお姉ちゃんが、やけに優しい声で呼んだ。

「なに？」

「ごめんね」

「え、何が」

「なんか、いろいろ」

ヒロのことを悪く言い過ぎたと思ったのだろうか。でも、お姉ちゃんが謝る必要なんてない。そりゃ、瞬間的にはカチンとくることもあるし、嫌な顔もしたかもしれないけど、基本的にはお姉ちゃんの言い分の方が正しいって、いつも思ってる。間違ってるのは、私。駄目《だめ》なのは、いつも私。お姉ちゃんはそんな私を、ずっとかばってきてくれた。

私はかぶりを振ってみせた。

「……こっちこそ、ごめんね。心配かけてばっかりで」

お姉ちゃんは頷いた。そうか。そこは否定しないんだ。

「あたしは、約束したから。ばあちゃんに、約束したから。幹子を守るって……だから、どんなことしてでも、あたしがあんたを守ってあげる。あんな男のために、あんたを不幸になんてできないし、絶対にさせないよ」

頷いて返すと、お姉ちゃんは私の手をぽんぽんと叩いてから、ゆっくり目を閉じた。私もそうしてみたけど、不思議とさっきまでの眠気はどこかに消えてしまっていた。お姉ちゃんの発した言葉の余韻《よいん》が、今、私の意識を静かに刺激している。

あたしがあんたを守ってあげる。

確かにそうだった。

バイト先で知り合った人と付き合ってる、今度同棲するんだって報告したとき、まずお姉ちゃんは訊いてきた。家賃とか折半で払える人なんだろうね、と。大丈夫って答えたけど、そのときは本当に大丈夫って思ってたんだけど、すぐに裏切られた。

風俗で働かされるようになって、お金は全部吸いとられて。家賃を払ったら食費が全然なくなったときがあって、初めてそのとき、ヒロは私を殴った。金の管理くらいしっかりやれよ、腹減っと苛々《いらいら》すんだよって怒鳴りながら。殴るといっても、さすがに顔はなしだった。たいがいはお腹《なか》か、頭。うずくまってるとお尻を蹴られたりもした。

ひと月振りくらいでお姉ちゃんに会ったら、すぐ血相変えて、どうしたの、って訊かれた。顔に痣《あざ》はないはずだから、何が？　って惚《とぼ》けたけど、お姉ちゃんには通用しなかった。あんた、暴力振るわれてるでしょって、ズバリ言われた。

それから部屋に乗り込んできて、お姉ちゃんはヒロに猛抗議してくれた。あんた幹子になんかあったらぶっ殺すからね。組の人間連れてきてコンクリート詰めにして川に沈めるよ。その迫力に圧倒されたのか、しばらくの間ヒロは大人しくしていた。暴力を振るわなくなったし、競艇も三万負けたら諦めるようになった。

でもそんなの、ふた月と続かなかった。徐々に暴力は再発して、またもとの生活に逆戻り。その後もお姉ちゃんは何度か釘《くぎ》を刺しにきてくれたけど、それも段々効き目がなくなってきて。その頃には、ときどき顔も殴られるようになっていた。とうとう我慢できなくなって、部屋を飛び出した。それが、ひと月前のこと。

トンネルが多くなってきた。

山間の景色に目を奪われていると、突如視界が筒形の暗闇に閉ざされる。鼓膜《こまく》が圧迫され、レールを踏む音が反響して、車内が何倍もうるさくなる。そうなると、暗い窓に残るのは自分の顔ばかりで、途端に腐った気分になる。中高時代、ちょっと可愛いと言われて調子に乗り、都会で風俗に沈んで戻ってきた女。私も、お姉ちゃんみたいにブスだったらよかったのかな。村でいうところの美人だったら、変な勘違いしないで、地道に農家をやれていたのかな。

次に視界が開けたら、いきなり海だった。そうはいっても、海水浴ができるような場所ではない。山が近いから、どうしても岩場が多くなる。船影も、人の姿もない海。夏なのに寂《さび》しげ。夏なのに、つまらなそう。

そんなことを思ったら、またトンネル。自分の顔だ。悪い冗談にしか思えない。これ以上、どうやって落ち込めというのだろう。

窓はやめにして、電光案内板に目を向けた。

【……川に男性の遺体。他殺の疑い。】

あれ。今ちょっとタイミング悪くて読めなかったけど、ナントカ川って、アパートの近くの川と同じ名前じゃなかったかな。もしそうだとしたら、男性の遺体って、なに。他殺の疑いって、どういうこと。

もう一回流れるのを期待して見続けてたけど、あいにく天気予報に変わってしまった。それが終わったら流れるか、と思って待ってたけど、次の停車駅が近くなってきたものだから、流れたのは【お土産《みやげ》や携帯電話など、お忘れ物をなさいませんよう】という注意事項だった。

それにしても、川に男性の遺体、他殺の疑い、って。

もし川が同じだったら、どうなんだろう。その遺体がヒロ、って可能性も、ひょっとしたらあるんじゃないだろうか。私に土手から突き落とされて、頭とか激しく打って、直前の記憶が飛んで、意識も朦朧《もうろう》として。自分がどこにいるのかも分からなくなって、歩き回ってるうちに川に落ちて、溺《おぼ》れちゃったとか。

それだと、私が殺したことになるの？　暴力振るわれそうになって、それに抵抗したら、ヒロが段を踏み外しただけなんだけど。

確かに私は、あのとき手を出した。何をするつもりだったかは思い出せないけど、結果的には、ヒロを押してしまった。

　これって、どうなんだろう。

　殺人事件のときって、よく殺意があったとかなかったとか、そういうことが問題になる。私、ヒロに殺意持ってた？　んん、持ってない。いろいろ困ってはいたけど、痛い目にも遭ってたけど、でも、殺そうなんて思ったことは一度もなかった。そりゃそうだよ。だって私、ヒロのこと、好きだったもん。

　そもそも、私がヒロに殺意を持ってたかどうかって、誰が決めるの。私が持ってなかったって言えば、その通りに認めてもらえるの。それとも、裁判長とかが「あなたは殺意を持ってましたね」とか決めつけたりするの。駄目だよそんなの。私、ヒロを殺そうなんて思ってなかったもん。

　でも、もしあの場面を誰かに見られてたとしたら、どうだろう。土手のてっぺんで揉《も》み合《あ》いになって、本当はそういうつもりじゃなかったけど、でも結果的に突き落としちゃったあの瞬間を誰かに目撃されていたとしたら。しかもそれが、私のことを知ってる、近所の誰かだったら。その人が、若竹荘《わかたけそう》の二階に住んでる女だって、警察に証言しちゃったら。

　駄目だよ、それは。私、殺人犯になっちゃうよ。

「どしたの、幹子。おっかない顔して」

　こんなこと、いくらお姉ちゃんにだって相談できない。

「んーん……なんでもない」

無理やり外に目を向ける。今は停車中で、もう一つあるホームの向こうには、外壁が赤錆だらけの倉庫か何かが見える。それが、少し時間が経って乾いた血のように見え、私は震えた。

本当は、あの場所——今朝ちらっと見た限りでは何もないように見えたけど、注意深く虫眼鏡《むしめがね》とかで見たら、コンクリートの階段とか下の地面とかに、ヒロの血痕《けっこん》が残ってたりしたんだろうか。

でも、ナントカ川ってだけなら、もしあそこからずっと下流に下ったところで遺体が発見されたんなら、そんなにすぐには、警察もあの土手の階段にはたどり着かないかもしれない。仮に目撃者がいたとしても、たとえその人がニュースを見たとしても、夜中のカップルの争いごとには結びつけないんじゃないだろうか。

もちろん、結びつけるかもしれないけど。

遺体の発見場所があの階段の真正面だったら、警察もすぐ気づくかもしれない。そうとは気づかないで、大勢の警官があの階段を使って川辺まで行って、ぐちゃぐちゃに踏み荒らしてくれたらいいけど、でも先頭の人がいきなり気づいて、血痕があります、とかなる可能性もあるわけで。

「幹子……なんか、顔色悪いよ」

そうかもしれない。自分でも、額が冷たくなってるのを感じる。

「もっと倒して、横になったら？」

違う。どっちかっていうと、前に突っ伏して顔を隠してしまいたい。ちっちゃくなって隠れていたい。

今頃、アパートには聞き込みの刑事とかが来てるんだろうか。二〇二号の女は留守《るす》ですか、とか隣の住人に訊いたりしてるんだろうか。今日おばあちゃん家に行くことは、誰にも言ってなかったよな。あ、電話かかってきたときに、うっかりヒロには言っちゃったけど、今それはどうでもいいか。その、ヒロが死んじゃったかもしれない心配をしてるんだから。

私が風俗嬢だってこと、近所の人は知らないはず。ってことは、住所からお店が割れることはないと思っていいかな。でも、もし割れたらどうなるだろう。少なくとも携帯番号とかは教えられちゃうよな。確か携帯電話って普段から微弱電波を出してるから、警察がその気になったら動きとか調べられるってニュースで言ってた。

あ、電源。いや、大丈夫だ。さっきお姉ちゃんに言われて、電源切ったんだった。よかった。

あと、お店側にはどんな情報があっただろう。緊急連絡先とかで、お姉ちゃんの番号とか書いちゃってたかな。まあ、お姉ちゃんも電源切ったとは言ってたけど。

「ねえ……お姉ちゃん？」

二、三度揺すってみたけど、駄目だった。いつのまにか寝ちゃってた。

さっきから、ちらちら電光案内板は見てるんだけど、なかなかあのニュースはやってくれない。政治家の不正献金疑惑とか、中東でテロとか、そんなことはどうでもいいから、ナントカ川の男性遺体のニュースを流してほしい。

そうだ。携帯サイトで調べたらもっと詳しく分かるかも。いや、駄目だ。電源入れた途端、微弱電波で居場所知られちゃうよ。

あれ。でも電源切ったのって、この特急に乗ってからだったよな。その時点ですでにチェックされてたら、この特急の行く先には私たちの生まれた村があるわけだから、警察だったらそれくらい調べつけて、地元の警察とかを先回りさせたりするのかも。まあ、正確にいうとこの特急の行く先というよりは、終点で一両編成の鈍行《どんこう》に乗り換えて、そのまた終点ってことなんだけど。

困った。こういうときって、どうしたらいいんだろう。

それは考えるまでもなく、お姉ちゃんに相談するのが一番いいに決まってるんだけど、でもどう相談したらいいの。私、ヒロを殺しちゃったかもしれないんだけど、その捜査が村まで及んでるかもしれないんだけど、どうしたらいいんだろう、って？　そんなこと訊けない。いくらお姉ちゃんだって、殺しちゃったら助けようがないでしょう。そうなったらもう、相手はご機嫌取りのエッチだけが取り得の競艇男じゃない。警察。国家権力なんだから。

ヒロを殺しちゃったかもしれない、ってところをなんとか脇に置いといて、お姉ちゃんの協力を取りつける方法はないものだろうか。

少し拓《ひら》けた街に差し掛かって、中学校みたいな建物が見えた。校庭を半分に分けて、男女分かれてサッカーをしているようだった。私、サッカーって苦手だった。ボールを蹴《け》る前に、誰かに脛《すね》を蹴られそうで、怖くてボールの取り合いに入っていけなかった。

そういうの、お姉ちゃんは平気だって言ってたよね。むしろ突進してった方が、他の子が逃げ腰になって安全だって。私も一度だけ試してみたけど、誰も逃げ腰になんてならなかったよ。で、結局脛を蹴られてボールも奪われた。迫力不足だったのかな。

お姉ちゃんは運動も得意だったけど、頭も抜群によかった。中学でも高校でも生徒会長をやったし、珠算《しゅざん》部のキャプテンで全国大会への出場だって果たした。村では美人っていう評価をプラスすれば、才色兼備、文武両道、質実剛健。最強だった。

歳《とし》は私の五コ上。だから、小学校のときは一年間だけ一緒に通えた。それ以後もちょっと早めに家を出て、私を小学校に送ってから自分は中学に通ってた。保護者会とかも、おばあちゃんの代わりによく来てくれた。私にとってお姉ちゃんは、半分くらいはお母さん的存在だった。

中でも、この人凄《ひとすご》い、と思ったのが中学一年のとき。

私はちょっと、不良っぽい子たちと友達になっちゃって、駅の近くにあるスーパーで万引きしてみようという話になった。むろん、悪いことだってのは分かってたけど、できないとは言えなかった。いい子ぶって、次の日から仲間はずれにされることの方が嫌だった。怖かった。

でもそんな、思いつきで悪ぶったって上手くいきっこない。私だけ店員に見つかって、呼び止められた。

「今カバンに入れたもの、ちょっと見せてくれるかな」

百円かそこらのチョコレート。素直に返して謝れば赦してもらえたのかもしれないけど、そういう潔さもなくて。もじもじしていたら、なんと店員の背後、商品棚の角から、お姉ちゃんが現われた。ゆっくりとこっちに歩いてくる。目が、ほとんど白目みたいな三白眼《さんぱくがん》になってる。そしてなぜか、口に指を突っ込んでいる。

そして、店員の横に並んだ瞬間、

「おえっ……」

ゲボォーッと吐いた。それだけじゃない。お腹を押さえて床に倒れて、足をバタバタさせてのた打ち回った。高校の制服姿で、下はもちろんスカートだからパンツも丸見えで。

なんか、わざと自分からゲロ塗《まみ》れになってるっていうか——事ここに至って、ようやく私は気づいた。これは、私を逃がすための芝居なんだって。

お姉ちゃんはその日、真新しいピンクのジャージを着て帰ってきた。たぶん、スーパーの衣料品売り場で一番安かったのがそれなんだと思う。

私はお姉ちゃんを追いかけて部屋に入るなり、土下座《どげざ》した。幸いおばあちゃんはまだ畑から帰ってきていなかった。ここできっちり謝っておけば、おばあちゃんには内緒にしておいてもらえると思った。おばあちゃん、怒るとほんと怖いから。布団《ふとん》叩きとか箒《ほうき》とか、何か棒状のものを握ったら見境なくメッタ打ちにする癖あるから。

日に焼けた畳《たたみ》に額をこすりつけ、ごめんなさい。もうしません、そうひたすら繰り返した。

お姉ちゃんは机の向こうのカーテンを開けた。強く西日が入り、前髪の向こうが木漏《こも》れ日《び》のように輝いて見えた。続けて木枠の窓が開くと、単線電車の音がした。だから、たぶん四時五十分頃だったのだと思う。

「分かってるとは思うけど、別にあたしは、あんたの万引きを助けたわけじゃないからね」

お姉ちゃんが何を言いたいのか、本当は分かってなかったんだけど、とりあえず私は「はい」と返事をしておいた。

　ジャリッ、と何かが鳴った。すぐに口をすぼめたような、細い息遣いが聞こえた。少しだけ顔を上げると、お姉ちゃんは窓辺で、立ったままタバコを吸っていた。いけないんだ、などと言えるはずもなく、私は今一度土下座の姿勢に戻り、続く言葉を待った。

「……こんな狭い田舎で、万引きで捕まったなんて噂《うわさ》広まったら、ほんと、その後はロクでもない人間しか寄ってこなくなるよ……まあ、万引きが悪いことだくらい、あんただって分かっててやろうとしたんだろうけどさ。むしろ、悪いことだからやろうとしたんだよね。だから、あたしはそれが良いとか悪いとか、個別のことは一々言わない。説明するのも馬鹿馬鹿しい。ただ、それがどういう事態に結びつくかっていう、想像力は持ちなよ」

　もうひと口深く吸い、吐く。今度は私のところまで、煙の匂いが漂ってきた。

「なに盗ったんだか知らないけど、どうせ大したもんじゃないんだろ。どうしても、欲しくて欲しくて堪らなかったものじゃないんだろ。だったらさ、帰ってくるなりあたしに土下座して……要するに、ばあちゃんに黙っててほしいんだろ？　死ぬほど痛い目に遭うの分かってんだもんな。そんなふうに、無駄にヒヤヒヤするのなんて馬鹿馬鹿しいと思わないか」

　思います、ごめんなさい。私は再度、額を畳につけた。

「幹子はもうちょっと、自分の頭で考えることを覚えな。何かをするとき、仮にそれをしたらどうなるか、順番に想像してみな。今回のことだって、万引きがバレて、学校で噂広まったら、お前やるじゃん、とか言って寄ってくるのは、今だったら安田の弟とか、あの辺の連中だろ。そしたら無理やりだろうがなんだろうが、即暴走族の仲間入りだよ。で、あんたは喧嘩《けんか》弱いんだから、ずーっと使いっぱか、さもなきゃサセコちゃんだ……な？そこまで考えたら、面白半分で万引きなんてするもんじゃないって、分かるだろ」

暴走族の件《くだり》のリアリティは、今となってはあるのかどうかよく分からないけど、でもこのときは凄く怖くて、土下座しながら涙が溢《あふ》れてきた。万引き自体、私なりの想像力を働かせた結果決行したことではあったんだけど、確かに言われてみれば、失敗したあとのことはあまり考えていなかった。物事はもっといろいろ、先の先まで考えなきゃいけないんだって、このとき分かった気がした。

ふいに暗くなって、顔を上げると、お姉ちゃんが目の前に膝《ひざ》をついていた。おいで、ってされたから、私はそのままお姉ちゃんに抱っこされて、泣きながら「ごめんなさい」を繰り返した。

「分かればいいよ……あんたが分かってさえくれれば、あたしも体張った甲斐《かい》があったってもんさ」

肉厚の手で、何度も私の頭を撫《な》でてくれた。

それがすごく気持ちよくて、なんだか眠くなりそうだった。

「幹子、もうすぐ終点だよ。幹子」

ほっぺたを叩かれ、薄目を開けると、棚から下ろしたバッグを抱えたお姉ちゃんがこっちを覗き込んでいた。

「ん……もう、着いたの……」

「なに言ってんの。乗り換えだってば。ほら急げよ」

ようやく自分の置かれてる状況を思い出した。そう。特急を終点まで乗ったら、単線の鈍行に乗り換えて、また二時間ほど奥地に行くのだった。

だいぶ寝てしまったようだけど、一体、今は何時なのだろう。ホームに降りて見回してみたけど、残念ながら時計が見当たらない。仕方なく携帯を取り出そう、としたがそれもすんでで思い留まった。危ない。電源を入れたら警察に居場所を知られてしまう。

でも、いいことを思いついた。チケットを見れば到着時刻が書いてある。

１５：０２。そうだ。これからまた二時間ほど乗って、五時頃に着くのだから。そりゃ、今は三時頃に決まってる。

時刻が判明したら、急に腹の虫が鳴き始めた。

「お姉ちゃん、サンドイッチ食べたきりで、よくお腹空《す》かないね」

「ん？　あたし、あんたが寝てる間に、弁当買って食べたよ」

ずるい。

「ちょっと、何よそれ。なんで起こしてくれなかったの」

「なんでって、よく寝てたから」

「起こすでしょ、普通」

「そんな……子供じゃあるまいし」

駄目だ。いったん鳴り出したら止まらなくなってしまった。

「私も何か食べたいよ。駅そばとかないの」

「ここには、ないねえ」

「駅弁とか」

「この時間には、もうないでしょう」

最悪。これだから田舎って嫌だ。

すると、お姉ちゃんは担いでいたバッグを下ろし、ジッパーを開けた。中には、平たい箱を包んだような白いレジ袋が入っている。

「……まあ、あたしが予備で買っといたお弁当、特別に譲ってやってもいいけど」

なんかもう、可笑しさと、悔しさと、馬鹿馬鹿しさがない交ぜになって、この場にへたり込みたくなった。

「じゃあ……それ、ください」

「はい毎度あり。千二百円です」

なんか、ずいぶん高くないですか。

一両編成の列車に乗り込む。

時間が半端だからか、乗客は他に老婆が二人いるだけで、私たちはベンチシートでもボックス席でも好きに座れたのだけど、私がお弁当を食べる都合上、やはりボックス席がいいだろうということになった。

「いただきます」

開けてみると、普通の幕の内だった。

乾ききった鮭《さけ》の切り身。お新香の紫が移ってしまった出汁巻《だしま》き卵。ひと口ハンバーグ用だろう、ケチャップのパックが添付されている。その口の切り方を失敗してしまい、ケチャップがなかなか出てこない。でも力を入れて握ったら、ビシャッ、と煮物にまで掛かってしまった。まるで、返り血のように。

お姉ちゃんが吹き出す。

「あんたってほんと、ぶきっちょだよね」

確かに、それはそうなんだけど。いま私は、それよりもっと重大なことを思い出していたわけで。

私は、ひょっとしたらヒロを、殺してしまったかもしれないのだ。

急に食欲がなくなった。

割り箸を持ったまま考えていたら、お姉ちゃんが心配そうに覗き込んできた。

「なに。なんで食べないの」

「うん……食べるけど」

そのことを相談したいけど、でも、核心部分には触れたくない。

私は小さなガンモドキを口に運んだ。

「ちょっと、ヒロのこと……考えてて」

お姉ちゃんは短く溜め息を漏らし、前を向いた。

「もう終わったんだろ。忘れな」

残念ながら、今はそれだけでは済まない状況になっている、かもしれないのだ。

とりあえず、遠めの情報から小出しにしていこうか。

「あの、実はさっき、特急の中で……ほら、案内板にときどき、ニュースが流れるじゃない。あれで、うちのアパートの前の川で、男の遺体が発見されたって、出てたのね」

自分で言ってて、自分でドキドキする。

「でさ……それがなんか、ヒロなんじゃないか、って……そんな気がして、しょうがないんだよね……まあ別に、はっきりと根拠があるわけじゃ、ないんだけど」

ご飯をひと口。ボソボソしてるだけで、味なんて全然分からない。

飲み込むのにも、息を整えて、頷くようにしないと喉を通らない。

「……なんか、そういうのをさ、簡単に確かめる方法って、ないのかな……新聞じゃ、こっち版と、あっち版は違うから、あんまりさ……夕刊とかでも、載らないと思うし……」

こんなもん食べてたら、私いつか、窒息死しちゃうかもしれない。もうやめよう。ご馳走さま。

反応が気になって、隣を見たら、お姉ちゃん、前の座席を睨みながら固まってた。凄い目が怖い。えらい三白眼になってる。あれ？　こういう目。私、いつだったか見たことがある。

「幹子」

声も、おばあちゃんみたいに嗄《か》れてる。

「……はい」

「それ、案内板に、なんて出てたの」

やだ。なんか、寒気してきた。

「えっと、確か……川で、男性の遺体発見、他殺の可能性も、みたいな……疑い、だったかな……」

電車の、線路を踏む音がやけに、ゆっくりに聞こえる。

くなる。

「いや、そこは……ちょっと、あやふやなんだけど」

急に後ろの方で、老婆が笑い始める。もう一人が何か言うと、いっそうその笑い声が高くなる。

「幹子は、なんでそれが、あいつだと思うの」

「それは……」

どうしよう。言っちゃった方がいいのかな。

そうだよな。やっぱり、言わないと相談にならないよな。

「んん、つまり……あの、お姉ちゃんがウチにくる、何時間か前の話、なんだけど……」

運転士が次の駅名をアナウンスする。

西日が山陰に隠れ、景色が急に暗くなる。

「ちょっと、土手の上で、喧嘩……みたく、なっちゃって。そんなことが、あったもんだから……心配っていうか」

「あんたと喧嘩したくらいじゃ死なないでしょ。普通の男は」

トンネルに入る。耳が圧迫され、自分だけ、別世界に転げ落ちるような錯覚を覚えた。

「そう、なんだけど……」

「喧嘩って、具体的には何」

「それ、は……」

「心配なほど、なんかやっちゃったの」

鋭い。さすがはお姉ちゃん。

「んん、まあ……」

「大きな石を後頭部に叩きつけたとか」

「いや、そこまで残忍じゃない」

「コンクリートブロックとか」

「あの、キホン、凶器は使ってないんで」

「じゃ何」

「えっ、と……ちょっと、階段の上から、押しちゃった……ら、転げ落ち、た……みたいな」

　まただ。目玉が引っくり返ったみたいな三白眼。

「幹子……あんたやっぱり、このまま、ばあちゃん家に戻った方がいいよ。後片づけなんてどうにだってなるし、また下手《へた》に帰って、ヒロに待ち伏せされてたら最悪だろ」

　違う。そういうことじゃない。

「だから、私が心配してるのはそういうことじゃなくて、私がヒロを……」

　仮にでも、口に出していうのは怖い。

「ひょっとしたら……殺し、ちゃったかも、しれないから、だから」

「大丈夫だよ。あんたはヒロを殺してなんていない」

「なんでよ。なんでそんなこと言えるの」

「土手だろ？　あの、土手の階段の上からだろ。あんなところから落ちたって、死にゃしないよ」

　そうだろうか。

「でも、あの階段、けっこう急だし、段数だってあるし。しかも真っ暗だったから、転げ落ちるにしても、余計危なかったんじゃないかな……それにさ、そんなことがあったのにさ、お姉ちゃんが来るまで、ヒロ、ウチに来なかったんだよ……変じゃない？　あのヒロだったら、死んでないんだったら、絶対に這《は》ってでも私ん家まで来て、ドア叩いて蹴って、大騒ぎすると思わない？」

　お姉ちゃんは視線を下向きにして、小刻みにかぶりを振った。

「大丈夫だよ。幹子は、奴《やつ》を殺したりなんてしてない」

「だから、なんでそんなこと断言でき……」

　えっ、ちょっと待って。

　それって、もしかして。

　お姉ちゃん、そもそも予定では、私が帰るのと同じくらいの時間に、アパートに来る予定だったよね。実際に来たのは夜が明けてからだったけど。

それって、つまり。

もし、予定通りお姉ちゃんが来てたとしたら、私とヒロの諍《いさか》いを目撃してた可能性、あるってことなんじゃないの。いや、でもそれだったらすぐ、私の部屋に来てくれてたか。

違う。あれを目撃したら、お姉ちゃんはきっと、放っておかない。私のところに来て、いや来なくて、来ないで、ヒロの始末を、一人でどうにかした、とか。

そんなことって――。

たとえばだけど、私とヒロの諍いは目撃してなくて、その後、土手を越えて、アパート前に戻ってきたボロボロのヒロを発見したとか、そういうことだってあるんじゃないだろうか。それで、どうしたの、みたいに訊いたとしたら、ヒロは当然逆ギレしただろう。幹子にやられたんだ馬鹿野郎、ってなるだろう。そうなったら、お姉ちゃんは？　病院行こう、って言うだろう。とにかく車に乗りな、みたいに言うと思う。でもヒロ、乗るかな。キレるとヒロ、前後の見境なく暴れるから。

暴れて、それにお姉ちゃんが抵抗して、返り討ちとか。

なくはないかもしれない。そのときヒロの腕が折れてたりしたら、確実にお姉ちゃんの方が強かったと思うし。

いや、そもそもお姉ちゃんは、車に乗ってこなかったのか。ん、違うかも。夜中は乗ってきたんだけど、ヒロを乗せてどこかに行って、でも朝方は乗らないで、ウチにきたってパターンもあり得る。

夜中の行き先が病院、ならいいけど。もし、川だったら。

なんか、段々怖くなってきた。

そうだ。さっきの、お姉ちゃんの目。私が万引きして、それを助けてくれたときの目に似てたんだ。私を助けるために、大芝居を打ってくれたときの目だ。だとすると、なに。このまま実家に戻れって言ったのは、事件から私を遠ざけるため？携帯の電源を切れって言ったのは、最初から警察に、居場所を知られないようにするため？

五時十六分。ようやく終点に着いた。

一両編成の列車は、私たちが降りると、今きた線路をそのまま戻っていった。

「ああ……いつもながら、長かったねぇ」

お姉ちゃんは大きく伸びをしてから、丹念に首を回した。

そして思い出したように、ポケットから携帯電話を取り出す。

「ばあちゃんに、着いたって知らせとくか」

さらに、迂闊《うかつ》にも電源を入れようとする。

「ちょっとお姉ちゃんッ」

私が手を添えてそれを阻止すると、ひどく怪訝《けげん》そうな顔をする。

「何よ」

「何って、だって」

辺りを見回したが、特に私たちの会話に聞き耳を立ててるような人はいない。というか、ホームは無人だ。

「警察に、居場所が分かっちゃうよ」

「ハァ？」

またそんな。嫌みったらしい顔をする。

「だって、そのためにお姉ちゃんは、私に電源切れって言ったんでしょ」

「あんた、なんの話してんの。寝ボケてんの？」

「寝ボケてないよ。だってお姉ちゃん、私とヒロが争ってるところ、本当は見たんでしょ？」

「いやいや、マジでなんの話」

「それを黙って、何事もなかったように、始末してくれたんじゃないの」

「さっぱり分かんない。そこの便所で顔でも洗ってくれば？」

お姉ちゃんは私の手を払い除《の》け、携帯電話の電源ボタンを押した。

少々お待ちください、のメッセージに続いて、トップメニューが表示される。お姉ちゃんは慣れた手つきで電話帳を開き、【実家】のところの発信ボタンを押した。

呼び出し音が漏れ聞こえてくる。

三回、四回。

「……ああ、もしもしィ、あたし、房子」

おばあちゃんが出たのは分かったが、風の音がうるさくて、内容までは聞きとれない。

「ええーッ、なにィ？　分かんない……客？　あたしに？　ああ、幹子に？　なんて人」

ちょっと待って。それってもしかして。

「カワダさん？　知らないなぁ。幹子、あんた知ってる？」

かぶりを振ってみせる。けどたぶん、それは知り合いではなくて。

「まあ、とにかく今から行くから……いや、タクシーで。だから、十五分くらいで着くから。じゃあね。心配しないで」

画面を待機状態に戻し、ポケットにしまうと、ヨシ、とバッグを取り上げる。そのまま改札に向かおうとする。

「お姉ちゃん、ちょっと、マズいって」

「何がよ。まったく、わけ分かんない子だね」

「だから、そのカワダって、たぶん警察だよ」

「なんで警察がウチを訪ねてくるの」

「言ったでしょ。私、ヒロを、土手から突き落としちゃってるんだよ」

大袈裟《おおげさ》に、がっくりとうな垂れる。

「幹子……それは大丈夫だって言ったでしょ。そんなことで、人間は簡単に死なないって」

「どうしてそんなこと言い切れるのよ」

「だって、朝見たとき何もなかったんだろ」

「それは、お姉ちゃんが後始末をしてくれたからでしょ」

「ハイ？　まだ寝ボケてんのあんた。なんであたしがそんなことの後始末をしなきゃならないのよ。いいから行くよ。カワダってのも、どうせばあちゃんの言い間違いか、あんたが忘れてるだけで、近所の友達かなんかなんじゃないの。じゃなきゃ、結婚して姓が変わってるとか」

　何それ。

「えっ、カワダって、女の人なの？」

「いや、聞いてないけど、そうなんじゃないの」

　仮にそうだとしても、油断はできない。女だからって、警察官じゃないとは言い切れない。

駅前に停まっていたタクシーに乗り込み、行き先を告げる。小さな商店街を抜けたら、あとはしばらく県道を行く。

こっちは日没が遅い。いま太陽は山の陰になっていて見えないが、この季節なら、空は夜七時過ぎまで明るい。

「お姉ちゃん……もういっぺん電話して、おばあちゃんに訊いてみてよ」

「何を」

「カワダってどんな人か」

「いいよ。もうすぐ着くんだから」

「でも……」

警察だったら、と小さく言ってみる。

「んなわけないって。そもそも、奴が転げたのって今朝の明け方だろう。そんでもう、警察が調べにこっちまでか？　ない。絶対にあり得ないって」

そうかな。警察だったら、それくらい簡単にできちゃうんじゃないかな。

なんだかんだ言ってるうちに、近づいてきてしまった。

県道から一本入って、山に向かって真っ直ぐ。西日の当たってる、あの小高い丘の上にある真っ黒い平屋が、うちだ。私たちが育った、おばあちゃん家だ。

手前の道で停めてもらい、あとは少し歩く。車が横付けできるようにアプローチを整備すればいいんだけど、おばあちゃんは嫌がる。敷地にコンクリートやアスファルトは敷きたくないという。

背中に夕日を浴びながら、硬く踏み固められた斜面を上っていく。垣根や敷地の境界を示すものは何もない。なぜなら、この辺りは全部おばあちゃんの所有地だからだ。

お姉ちゃんの丸っこい影が、先に玄関に達する。すぐに私も後ろに並ぶ。錆びたツルハシやクワ、カマが戸の脇に立て掛けてある。

山から吹いてきた風が、妙にひんやりと全身を撫でていった。この涼しさ、今は全然嬉《うれ》しくない。

お姉ちゃんが引き戸の取っ手に指を掛ける。わりと新しい、アルミサッシの戸だ。

「ただいま」

勢いよく開けると、甲高く鈴の音が鳴り響く。

玄関を上がったところには短い廊下があり、その向こうには茶の間がある。廊下とを隔てる戸はたいてい開けっ放しのため、玄関を開けたら中が丸見えになる。

「あーらァ、早かったねェ」

おばあちゃんが、ちゃぶ台に手をつきながらこっちに顔を出す。お姉ちゃんをひと回り大きくしたような、つまり村系美人の祖母が、満面の笑みで迎えてくれる。

だがその向かいから、もう一つ別の顔が玄関の様子を窺《うかが》う。上半身はTシャツ姿だが、この暑いのにニット帽をかぶっている。頬には絆創膏《ばんそうこう》がある。

うそ。

心臓が、ボンッ、といったまま停止しそうになった。

なんでヒロが、ここにいるの。

「こちら、カワダさん。幹子の同級生だってよ。たまたま近く通ったから、懐かしくて、訪ねてくれたんだってよ」

違う。その人はカワダなんて苗字じゃない。ササザワ。笹沢浩之。

ヒロが、四つん這いでこっちに出てくる。頬を引《ひ》き攣《つ》らせ、歪な作り笑顔で近づいてくる。

「いやァ、幹子ちゃん、久し振りだなァ。すっかり、綺麗になっちゃって」

どうして、って思ったけど、ちょっと考えれば特別不思議なことではなかった。ヒロにはおばあちゃん家に行くって言ってあったし、飛行機を使えば、午後向こうを出発しても充分先回りすることは可能なのだ。

問題は、ヒロがわざわざ、ここまで何をしにきたのかってことだ。

「おばあさんに、すっかりご馳走になっちゃって……あいてて。俺、ちょっと今朝、怪我《けが》しちゃってさ。あちこち痛いんだけど」

玄関まで出てきて、スニーカーに爪先を入れる。そのまま立ち上がり、こっちに出てこようとする。

「なんとか自力で、タクシー拾って家帰って。朝になってから、近くの医者行ったんだけど、なんか治療が済んだら、無性に腹が立ってきてさ……幹子、実家帰るって言ってたの思い出して、それでまあ、お礼参り方々、顔をね……見にきてやったんだよ」

夕日を浴びたヒロの顔。眉間《みけん》に、鼻筋に、口元に力がこもる。

よく知ってる。私を殴る、直前の表情。

ガツン、と左頬に衝撃が走る。

「幹子ッ」

お姉ちゃんの声。でも直後に「キャッ」とも聞こえた。私は何も言えず、ただ目を閉じたままその場に体勢を崩した。体の右側にも衝撃が走ったけど、どっちが上とか、自分が今どういう姿勢かとか、なんにも分からなくなった。

「オメェよォ、ずいぶん舐《な》めた真似《まね》してくれたよなァ」

骨盤が軋《きし》むほど、左腰に重みが掛かる。

「たっぷりよォ、借りは返してやっからなッ」

ヒロの声は左側から降ってくる。どうやら私は、いつものように馬乗りになられているようだ。

「治療費もよ、体で稼いで、返してもらうからなッ」

背骨、肩甲骨《けんこうこつ》と肩甲骨の間に、強烈な一撃を喰らう。瞬時に下半身が痺《しび》れ、感覚が遠退く。

「ソープで、じゃぶじゃぶ稼いでこいやッ」

今度は後頭部。玉突きを喰らったように、目玉や鼻骨、歯が、まとめて前に飛び出そうになる。

「言っただろ。俺から、逃げられると思うなって。お前はよ、俺の奴隷なんだよ。これからも、たまには可愛がってやっからよ。せいぜい客の前で大股おっ広げて、腰振って稼いでこいってんだよッ」

石のように硬い拳《こぶし》が、絶えることなく、真上から降ってくる。それを受けるたびに私の世界は激しく揺れ、潰れ、歪《ゆが》む。この村を出たことを後悔し、都会に憧れたことを恥じ、この男と出会った運命を呪い、自分という浅はかな存在を嘲笑《あざわら》い、生まれてきたことをまた後悔する。

もう、いいです。いっそ殺してください。私がいけなかったんです。居酒屋の店長に体を触られたのも、あなたの口車に乗せられて風俗で働くようになったのも、あなたを苛立たせてこんなふうに暴力を振るわれるのも、全部私が悪いんです。だから、もういいですから、いっそ殺してください。いっそ——。

だが、そのときだ。

「カズマァーッ」

誰かの怒声が聞こえ、ずんっ、と腰に掛かる重みが増したが、直後にはそれも失せ、拳の雨も止《や》んだ。

「カズマ、カズマ、カズマッ。お前が、お前が昌子を、昌子を駄目にしたんだ。お前がッ」

痛みを堪《こら》えて薄目を開けると、ほんの目と鼻の先に、呆然《ぼうぜん》とした顔つきのヒロが寝そべっていた。私と、ちょうど向かい合うようにして、地面に横たわっている。

その体を、鳥の嘴《くちばし》がつついている。とても大きな嘴。いや、違う。ツルハシだ。おばあちゃんが、ツルハシを振り下ろしているのだ。

切っ先を思いきり突き立てられても、ヒロはもう表情一つ変えなかった。右耳の上辺り、頭の真横に刺さって、おばあちゃんが引っぱっただけでは抜けなくなり、土だらけの裸足《はだし》で顔を踏まれてグイグイ引っぱられても、瞬きもしなければ呻《うめ》き声《ごえ》も上げない。

「死ねッ、カズマッ」

カズマというのは、私とお姉ちゃんの父親の名前だ。お母さんが私を身籠《みごも》ってすぐに蒸発したと聞かされていたけれど、この様子からすると、真実はそうではないのかもしれない。

「ばあちゃん、もういい、死んでる、もう死んでるって」

お姉ちゃんに止められたおばあちゃんは、ツルハシを取り落とすと、今度は私のところにフラフラとやってきた。

「昌子……」

完全に勘違いしているようだが、それをどうすることも、私にはできない。

「昌子……だからあたしは、都会になんて行くもんじゃないって、言ったんだよ」

抱き起こされ、そのまま、大きな胸に包まれる。

殴られ過ぎて意識は飛びかけてたけど、その柔らかさと、太い腕の力強さだけは、はっきりと感じていた。


ヒロの遺体はその日のうちに、おばあちゃんが軽トラックに載せてどこかに埋めにいった。そのあまりの手際《てぎわ》のよさに、私は元カレの死を悲しむ暇もなかった。

「おばあちゃん、どこに埋めにいったの」

「知らない。でもたぶん、お父さんと同じところだと思う」

さらにお姉ちゃんは「そこにはおじいさんも埋まってるはず」と付け加えた。

その後、私はなし崩し的に実家に戻ることになり、あっちの部屋はお姉ちゃんが片づけてくれることになった。最初は自分でやるって言ったんだけど、あんたは大事な体なんだから無理するなと言われ、結局、その言葉に甘える恰好になった。

そう。私のお腹には今、ヒロの子供がいる。なんの根拠もないけど、絶対に女の子だと思う。しかも、たぶんおばあちゃんや、お姉ちゃんによく似た、村系美人。

ぜひ、強くて頭のいい子に育ってほしいと思う。

贖罪の地

The place

俺たちは、走る。

樹の根を跳び越え、低い枝を屈《かが》んで避け、逃げる獲物を追う。

捕まえるまで、止まらずにひた走る。

隣にいるのは、男。俺と同じくらい黒くて、同じくらいの大きさで、でも少しだけ、俺よりも力が強い。

後ろには、女。肌の色は同じくらいだが、体はだいぶ小さい。力も弱い。でも、声がいい。とてもいい。

その横には、小さい男。肌は、俺たちより薄い色をしている。濡《ぬ》れた土と、乾いた土くらいの違いがある。小さいから、力も弱い。足も遅い。でも、いい。小さい男は、いい。

獲物は、丸い尻をあっちにこっちに振りながら、樹々の間を縫《ぬ》って逃げようとする。だが、逃がさない。絶対に逃がさない。獲物が次に進む方向は、その頭に生えている、樹の枝みたいな角《つの》を見ていれば分かる。俺が棒を持っている手の方にいくのか、それとも逆なのか。

俺の方が、この獲物より少しだけ足は速いようだ。少しずつ、間が縮まってきている。他の奴《やつ》らは離され始めているが、俺だけは、近づいてきている。

獲物の尻の上には、白い毛で覆われた尻尾《しっぽ》がついている。そのすぐ下には、糞《ふん》を出す穴がある。俺は近づいて、近づいて、それでもまだ近づいて、絶対に大丈夫だと思ったところから、さらにもう少し近づいて、

「イアイッ」

先の尖《とが》った棒を、その穴に突き刺す。

獲物が鋭く嘶《な》く。尻が跳ね上がる。蹴《け》り上げた土が俺の顔に当たる。思わず目を逸《そ》らす。重たい体が、前の方の地面に倒れる、大きな音を聞く。

次に前を向いたときにはもう、俺を追い越した男が獲物に組みついていた。片腕で首を抱え、もう一方で角を摑《つか》み、ぐいぐいと締め上げる。

倒れた獲物の細い脚が、激しく空を蹴る。いま行って、あれに蹴られたら大変なことになる。こうなったら、もう男に任せるしかない。俺たちにできることはない。

男は片脚を角に絡め、空いた手で獲物の顎《あご》を摑む。体を載せ、力を加えていく。獲物の鼻先は真後ろを向くまで捻《ね》じられ、もうこれ以上は曲がらない、というところよりさらに曲げられる。

獲物の硬い爪先が土を蹴る。樹の根を蹴る。石粒を蹴る。

男は決して放さない。体全体を使って締め上げていく。

俺たちは見守る。男が合図《あいず》を出すまで待つ。

獲物の動きが、徐々に鈍くなっていく。顔を見ると、口から白い泡を垂らしている。

男がこっちを向く。俺を見る。それが合図だ。

俺はそばまでいき、さっき尻に突き刺した棒を再び握る。横に小さい男が来て並び、一緒に握る。女は来ない。来なくていい。俺と小さい男で、目で確かめ合って、一気に、

「イアイッ」「イアワッ」

腹の奥の、奥の奥の奥まで、棒を突き刺す。

獲物が叫ぶ。暴れる。だが男はそれをも押さえ込む。

やがて、獲物の脚が動かなくなる。

大きく硬く膨らんでいた男の腕から、少しずつ、力が抜けていく。

森が静まり返る。残ったのは、男の激しい息遣いだけだ。

男が、角に絡めていた脚を解く。顎から手を、首に巻きつけていた腕を放す。そして立ち上がる。

狩りは、今日も上手《うま》くいった。

俺たちは、獲物を囲んで跪《ひざまず》いた。地面に額をつける。何度も何度も、顔を上げては地

面に、上げては地面に、を繰り返す。

風が吹き、上の方で樹の葉が揺れる。倣って、地面に落ちた影も揺れる。

動かなくなった獲物、男、女、小さい男、そして、俺。

樹の影は、すべてを等しく撫《な》でて揺れる。

見上げると、樹の葉の間に太陽が輝いている。

全てを等しく、太陽は照らしている。

女が持ってきた、平たい石を削って作った道具で、獲物を切り分けていく。

まず首を切り落とし、手頃な高さの枝に後ろ脚を引っかけて、血を抜く。最初はみんな、流れ出る血を手ですくって飲んだが、それももう終わりにした。腹一杯飲むと、気持ちが悪くなる。それはみんな、分かっているからしない。

血が抜けたら、腹を捌《さば》き、腸を食べる。女には心臓を食わせる。獲物が違っても、それだけはいつも決まっている。心臓は女が食べるものだ。

肉は、骨に付けたままでいい。その方が、持って歩きやすい。頭は残していく。何日も何日も食べていないときは頭も食べるが、いつもは食べない。肉が少ないし、頭の骨は硬いし大きい。そして重い。

最も大きな胴体は、男が背負う。

次に大きな前脚と肩肉は、俺が背負う。

尻と繋《つな》がった後ろ脚は、女と小さい男がそれぞれ担ぐ。

それを住処《すみか》まで持って帰る。

獲物はどこでとってもいい。どこで食べてもいい。だったらどこで寝てもいい、となりそうだが、それは違う。住処は決まっている。それだけは決まっている。同じ形の山が、二つ並んで見える丘の向こうの、森に入ってすぐの洞穴。そこが俺たちの住処だ。なぜそこでなければならないのか。むろん、そこには俺たちより大きな獣があまりいないから、というのもあるが、本当は、近くに「卵」があるからだ。

いや、それを「卵」と思っているのは、もしかしたら俺だけかもしれない。男は「太陽」と思っているかもしれないし、女は「川の石」と思っているかもしれない。小さい男は「白い樹の実」と思っているかもしれない。

でも、本当はそのどれでもない。

それは、森の泉の近くにあって、半分地面に埋まっている。

それは、とても大きくて、とても硬い。

それが近くにあるから、俺たちは他の場所に住まない。いつも暗くなる前に、住処に戻るようにしている。

その「卵」の中には、白い男が住んでいる。

白い男は、俺たちといろんなところが違う。

まず違うのが、「皮」を脱いだりかぶったりするところだ。「卵」の中に入ると、まるで脚のない獲物のように、彼は皮を脱ぐ。そして外に出るときは、またその皮をかぶる。皮というのは、虫の眼のように、小波《さざなみ》のたった泉のように、濡れた白い石のように、ぎらぎらと光る。でも、夜外に出るときはかぶらない。白い体に、違う小さな皮を貼りつけただけで出てくる。

そして白い男は、獲物を捕らない。食べものは「卵」の中にあるらしい。少なくとも俺たちは、彼が狩りをしている姿を見たことがない。

ずっと前。俺も男も女も、小さな頃は、白い男に物凄《ものすご》く興味を持っていた。あれはなんだ。俺たちの仲間なのか。それとも獲物なのか。食ったら美味《うま》いのか。それとも俺たちを食うのか。

「卵」についても調べてみた。叩《たた》いたり、蹴ったり、石の道具で切ったりしてみた。でも、切れなかった。壊れなかった。壊れたのは、俺たちの道具の方だった。

白い男は、俺たちに何もしなかった。ただ、いつも遠くから見ていた。追いかけても、いつも上手いこと逃げられてしまう。そのうち俺たちも、白い男は見てるだけ、そういうものだと思うようになった。気にしなくなった。

だったら別に「卵」から離れて暮らしてもよさそうなものだが、そうはいかない。

俺たちは知ってしまった。

俺たちは、どうやら「卵」の中から出てきたらしいのだ。「卵」から、俺たちは生まれてきたようなのだ。

その証拠にある日、白い男は、小さな何かを連れてきた。白い男は俺たちにそれを差し出し、「卵」に帰っていった。

最初はわけが分からなかった。俺と男は、その小さなものに見向きもしなかった。だが女だけは、それに触った。頭を撫でて、体を撫でて、顔を舐《な》めた。

それで分かった気がした。

角の生えた獲物や生えてない獲物、耳の長い小さな獲物や、翼の生えた獲物が、同じ形の小さなものに食べものを分け与える姿は、見て知っていた。小さなものを舐め、腹の下に隠すのを知っていた。

俺と男も、それに触ってみた。

肌の色は俺たちより薄かったが、形はまったく同じだった。角も生えてないし、頭の他には毛も生えていない。今の俺たちは、腕の下や脚の間に毛が生えているが、前は生えていなかった。だからこいつにも、今は生えてなくても、そのうち生えてくるに違いない。肌の色も、いずれ俺たちと同じくらい黒くなるに違いない。

それが、今の小さい男だ。肌の色はあまり変わらなかったが、思った通り、他のところの毛は生えてきた。

ある夜、妙なことがあった。

白い男が、俺たちの洞穴を訪れたのだ。むろん夜だから、光る皮はかぶっていない。股の辺りに、白い小さな皮をつけているだけだった。

俺と、男と女と、小さい男は、揃《そろ》って外に出た。すると、白い男は女の手をとって歩き始めた。「卵」のある方にだ。

驚いた俺たちは、白い男の前に回り込み、顔を覗き込んだ。彼は目で、俺たちにも来いと示した。俺と男、小さい男は、よく分からなかったが、白い男についていった。

前にも見たことがあるが、夜の「卵」は星のように光るのだった。全体が光るのではないが、ところどころに穴があって、そこから中の光が漏《も》れてくる。

白い男は「卵」の表面に触った。途端、屁《へ》のような音がして、少しだけ「卵」が割れた。

俺たちは驚き、跳《と》び退《の》いた。白い男に手を握られていた女だけが、動けずに残った。

割れ目は、いくつか空いている穴と同じように明るかった。そして洞穴の入り口くらい大きかった。白い男は、そこに女を連れて入った。俺たちは跳び退いたまま、それを離れたところから見ていた。

やがて、割れ目は閉じた。辺りはさっきまでと同じように暗くなった。

急に怖くなった。

女が「卵」に食われてしまった。

俺はとっさに「卵」に跳びつき、さっき開いたところを叩いた。すぐに男も、小さい男も来て、同じように叩いた。蹴った。白い男がそうしたように、表面を触ってもみた。だが「卵」は割れなかった。ひびも入らなかった。

俺は場所を変えて、穴を覗《のぞ》いてみた。中は夕方みたいな明るさだった。男も小さい男も見たがったが、穴は他にもある。別のところに行けと俺が指差すと、男たちはそれぞれ他の穴を覗くようになった。

「卵」は中も白かった。色々なものが置いてあるが、それは骨でも石でも木でもなかった。なんだか、さっぱり分からないものだった。

中に入ったはずなのに、白い男も女も見当たらなかった。俺は見方が悪いのかと思って、顔の当て方をいろいろと変えてみた。が、駄目《だめ》だった。それに穴は、硬いもので塞《ふさ》がれていた。何もないように見えるが、本当は何か透き通ったものがあるのだ。水を固めたようなもので塞いである。

しばらくすると、白い男に連れられて、女が現われた。

俺の心臓はなぜだか、バクッ、と大きな音をたてた。

後ろから獣に襲いかかられたときや、崖から落ちそうになったときに似ているけれど、でもちょっと違った。怖くはない。怖くはないのに、心臓がバクバクいう。

女は水浴びをしたのか、泥がすっかり落ちて、いつもよりさらに黒くなっていた。俺はなんだか、それをとてもいいと思った。

そのときの白い男は、皮を一切つけていなかった。やがて女を白い地面に横たえて、自分もその横に寝そべった。

俺はわけもなく、大きく唾《つば》を飲み込んだ。

白い男は、女の体の表面を、ゆっくりと撫でた。胸の膨らみを掴み、先っぽの粒を指の先でつまんだ。

女が、痛そうな顔をした。嫌そうな顔をした。けれど、女は逃げない。白い男に、されるがままにしている。

やがて白い男は、女の脚の間に手を入れた。

女の体が、ビクッと跳ねる。嫌なんだ、と思ったけれど、それでも女は逃げない。そればかりか、自分の空いた手で、触られていない方の胸の粒を弄《いじ》っている。

俺はふと、自分の股の辺りが痛くなっていることに気づいた。

見下ろすと、小便を出すところが大きく、太く、硬くなって、「卵」の表面に当たっていた。半歩下がると、ビターンと反り返ったそれが、下っ腹を叩いた。その音に気づいた男と小さい男がこっちを向く。同じように、彼らの下っ腹もビターン、ビターン、と鳴った。

互いに顔を見合わせる。なんなんだ、これは。

「卵」の中に目を戻すと、なんと、白い男のそれも大きくなっていた。

白い男はやがて、女の脚を大きく広げ、その間に、大きくなったそれを捻じ込んだ。

女は、今度は本当に痛がった。暴れ出し、白い男を跳ね除《の》けようともした。だが、白い男は女よりもだいぶ大きい。どう見てもそれは無理そうだった。

白い男は、それを女の中に何度も入れた。何度も、入れたり出したり、入れたり出したり。何度も、何度もだ。最初は嫌がっていた女も、少しずつ暴れなくなっていった。顔も痛いのとは違う、眠たいような、いや、熱を出して唸《うな》っているときに似た顔になっていた。

俺はいつのまにか、女を助けにいこうとは思わなくなっていた。

この続きを見たい。女がどうなってしまうのか見たい。

もうそれしか、思わなくなっていた。

次の日から、俺たちはみな、白い男の真似《まね》をするようになった。

女を木陰《こかげ》に誘い、寝かせる。胸の膨らみの粒をつまんで、大きくなった自分のものを、女の脚の間に入れてみる。が、上手くいかない。女は痛がるし、嫌がるし、そんなふうにしているうちに、こっちも萎《しぼ》んでくる。男もやってみたが、上手くいかない。それぞれが試しているうちに、最初に上手くやったのは、なんと、小さい男だった。女も、美味《おい》しそうな顔をした。

その次は俺。最後には男も上手くやった。

入れたり出したりしていると、そのうち小便をしたくなってくるが、それも堪《こら》えて続けていると、小便とは違う何かが先っぽから噴き出した。あとで女の中から掻《か》き出《だ》して見ると、それは白い、半乾きの血のような、ぬるりとしたものだった。

俺たちは、女とするそれが、とてもいいと思うようになった。朝起きてから夜寝るまでに、何度も何度もするようになった。女もいいようだった。俺たちとは違う、風のような声を出して、美味しそうな顔をした。

だが、すぐに気づいた。

それをすると、とても疲れる。ひどく腹も減る。だから、そればかりやっているわけにはいかなかった。

いつのまにかそれは、狩りをして、獲物を食べて、腹がいっぱいになったら、する。そんなふうに、定まっていった。

だが、ちょうどその頃からだ。

小さい男の様子が、おかしくなり始めた。

最初は、明るくなっても動こうとしない。獲物を探しに出ても、ついて歩くのがつらそう。そんな程度だった。獲物を食べる量も、少ない。食べ終わって女が誘っても、あれをしようとしない。やけに水を飲みたがる。でも、あまり飲むと吐いてしまう。

動けないなら、洞穴で寝ていればいい。誰にだってそういうときはある。しばらく動かないでいたら、元通りになる。俺も男も、女も、そう思っていた。

しかし、小さい男の様子は、どんどん悪くなっていった。

異変に気づいたのは女だった。

小さい男の腕に、大きな瘤《こぶ》ができていた。樹や岩に頭をぶつけてできるのはよくあることだが、何もしていないのに、しかも腕にできるのは変だった。

背中には、痣《あざ》もできていた。黒い、といえば黒いのだが、俺たちの肌のような黒さではなかった。もっと、食べると腹の痛くなる樹の実のような、嫌な色をしていた。

瘤は、脚にもでき始めた。そのうち目の上にもできた。痣は、背中から胸、腹の方にまで広がり始めた。痒《かゆ》いらしく、小さい男は唸りながら、瘤や痣を血が出るまで引っ掻いた。血が出ると、瘤は腐り、痣はもっと広がっていった。

ある日、白い男が光る皮をかぶって現われた。俺は、小さい男を見せたくなくて、間に割って入った。だが、女に止められた。女は、白い男に見せた方がいいと思っているようだった。俺は従った。それで小さい男が元に戻るなら、その方がいい。

白い男は、小さい男を隅々まで見て、帰っていった。ちっとも元に戻らないじゃないか、と思っていたら、白い男はまたすぐにやってきた。

今度は、見たこともない石を抱えてきた。いや、石じゃない。白い塊なのだが、まるであの「卵」の入り口のように、ふいに上のところが割れて、中にいろいろ入っているのが見えた。

白い男はその中から、水のように透き通った、短い棒を出した。その先には、細い細い、真っ直ぐな棘《いばら》がついている。彼はそれを、小さい男の瘤に刺した。棒の尻尾を引っ張ると、それは伸びた。だが伸びた分だけ、透き通ったところに、黒いものが現われた。獲物から流れて、半分乾いた血の色だった。

白い男はその他にも、細長くてぎらぎら光る、樹の実のようなものを持っていた。それには虫のような眼がついていて、それに、小さい男を見せた。小さい男の瘤や、色の変わった肌に近づけて、ゆっくりと、見せていた。

やがて白い男は、全てをまた白い塊の中に詰めて、割れ目をなくした。

小さい男は、荒い息を繰り返していた。

次の次の朝、小さい男は動かなくなった。

それは、俺たちが動かなくした獲物の様子によく似ていたが、でも大きく違っていた。

誰かが、小さい男を動かなくしたわけではなかった。むしろ女は、暇があれば瘤を撫で、掻き傷だらけの肌を洗っていた。俺たちも大きな樹の実を割り、中身をくり貫《ぬ》き、それを持って泉に行き、水を汲《く》んできたりした。

狩りは俺と男だけで行い、持ち帰った肉は俺たちが嚙《か》み、柔らかくして小さい男に飲み込ませた。

でも、駄目だった。

小さい男は、冷たくなってしまった。そうなってしまったらもう駄目《だめ》だ。それは、よく分かっている。

女は、いつまでもいつまでも、小さい男の体にできた、いくつもの瘤を撫でていた。頭を撫でていた。もう大きくはならない、股のものを撫でていた。

ふと見ると、女の目から、水が垂れていた。

それは、とても痛いときに出るものだ。でもそのとき、女はどこも痛くなさそうだった。なのに、あとからあとから、女の目は水を垂らした。

俺は、女の肩に触れた。

女は、俺の方を見た。

そのときだ。

俺の頭はジンと痺《しび》れて、喉《のど》が詰まって、鼻の奥が痛くなって、目の周りが熱くなった。

俺の目にも、水が湧いてきた。

見ると、小さい男の向こう側で、男も、目から水を垂らしていた。

うう、と女が呻《うめ》いた。

俺の喉からも、同じ声が漏れた。

男が、うおお、と吼《ほ》えた。

俺も、同じように吼えた。

俺たちは、動かなくなった小さい男に額をつけて、吼えた。夜になるまで、みんなで、ずっと吼えていた。

小さい男の亡骸《なきがら》は、どうもせずに洞穴に置いておいたら、いつのまにかなくなっていた。

俺たちより大きな獣が食べたのか。それとも、白い男が持っていったのか。

どうやら、白い男の仕業《しわざ》のようだった。

そればかりではない。白い男はある日、地面を這《は》う大きな獣を連れてきて、そのときは光る皮をかぶった仲間も一緒で、あろうことか女を捕まえて、その大きな獣に食わせようとした。

獣の腹は、いつかの「卵」のように屁の音をたてて割れ、白い男の仲間たちが、そこに女を食わせようとした。

むろん、俺たちは女を取り返そうとした。あの、女が「卵」に連れ込まれた夜とは、何かが違った。女を食わせてはならない。俺たちは狩りより必死になって、彼らに襲いかかった。

すると白い男の仲間の一人が、真っ黒い、角張った石を俺たちに向け、そこに、小さな稲妻《いなずま》を起こしてみせた。

「キャヒィッ」「ヒャファッ」

俺は跳び退いた。だが、男は少し遅れた。

そいつは、稲妻《いなずま》を男に押しつけた。

「ギジャッ……」

男は、尻の穴を尖った棒で突かれた獲物のように、勢いよく仰《の》け反《ぞ》り、跳ね上がり、その場に音をたてて倒れた。

「アァァアーッ」

女の叫び声が聞こえたが、俺は、何をすることもできなかった。

結局、女は獣に食われた。

やがて白い男も、白い男の仲間も、なぜか獣の顔の中に入り、頭の痛くなるような唸り声をさせて去っていった。

洞穴の前には、倒れた男と、俺と、クサい煙だけが残った。

こんなにクサい煙は、今まで嗅《か》いだことがなかった。

ふと思った。

あの獣が、小さい男も食ったのだろうか。


俺と男だけで狩りをする日が続いた。

獲物を捕っても、俺と男だけでは持ちきれなかったし、食べきれなかった。腸をだいぶ食べ残して、頭と後ろ脚も片方残して、残りをなんとか洞穴に持ち帰る。

帰っても、もうそこには女も、小さい男もいない。

夜。

肉を食べ終えた男が、骨を地面に叩きつけた。

俺も、肉を食べ終えたら、骨を地面に叩きつけた。

月が、女の顔に見えた。

じっと見ていると、小さい男の顔にも見えてきた。

女としたときの感じを思い出したら、あれが大きくなった。握ると、いいはいいのだけれど、女とは違うので、嫌になった。

また肉を食べ終えた男が骨を投げようとして、でもやめた。

前に投げたのを拾って、それで、両手に骨を持つことになった。

そのまま、歩き始める。泉と「卵」のある方角だった。俺も慌てて骨を拾い、両手に持って男を追いかけた。

その夜、「卵」に明かりはなかった。

月明かりに照らされた「卵」は、捨てられた頭の骨に似ていた。

男は「卵」を叩き始めた。両手に持った骨で、かんかん、かんかん。

俺も隣に立って、同じように叩き始めた。初めはそう思っていなかったが、もしかしたら明かりはなくとも、中には白い男がいるかもしれない。もしそうなら、女を連れて出てくるかもしれない。そう思うようになった。

骨が砕けて、小さくなったら、手で叩き続けた。

手が赤く腫れて、血が出たら、足で蹴った。

足も腫れて、蹴れなくなったら、額を打ちつけた。

やがて、夜が明けた。

白かった「卵」は、俺と男のいるところだけ、血で真っ赤になっていた。そこに朝日が当たって、俺たちの影が映った。

俺たちはやはり、俺たちだった。

それでも白い男は、いなくなってはいなかった。

あるときは狩りをする俺たちを遠くから見ていたりするし、洞穴で肉を食べているのを物陰から覗いていたりする。それを見つけた俺たちは、それこそ捕まえて食うくらいの勢いで白い男に跳びかかっていったが、いつも逃げられた。あと少しというところまで追い詰めても、「卵」の中に逃げ込まれると、もう手も足も出なかった。俺たちに「卵」を割ることはできない。それだけは、骨身に沁みてよく分かっていた。

俺と男だけの日々は、長く続いた。

やがて天から水が降り、土を融《と》かし始めた。山の上から樹が、岩が、泥水と共に流れてくる。そんなときは、洞穴から出ないでじっとしているのがいい。腹が減ったからといって、出ていってはいけない。あの流れに呑《の》まれたら、いくら足の速い俺でも、力の強い男でも、助からない。ただじっと、水が止《や》むのを待つしかない。

そのあとに出た太陽は、それまでよりいっそう地面を熱くした。

樹々の上では翼を持つ小さな獲物が絶え間なく鳴き、地面は葉で覆われ、たくさんの走る獲物どもがその葉を食べに現われた。

俺たちはひたすら狩りをした。捕っては食べ、捕っては食べを繰り返した。たまには葉も食べた。樹の実も食べた。泉の水を飲み、「卵」の様子を見た。

そんなある日、俺たちはえらく足の速い獲物を追いかけて、いつのまにか来たことのない場所まで来てしまった。しかも、獲物は見失ってしまった。疲れた俺たちは、樹の根っこに座って休んだ。

もうこのまま夜になって、ここで寝てしまってもいいのではないかと思った。俺たちより大きな獣が来たら困るが、でも俺たちには、この尖った棒がある。来たら逆に、刺して食ってしまえばいい。

だが、息が落ち着いてくると、なんだか変な気持ちになってきた。周りにある樹も、葉も、土も、洞穴の近くにあるものと違わないが、でも何かが変だった。

隣を見ると、男もちょっと不味《まず》そうな顔をしていた。

耳を澄ませ、風の音を聞く。すると、木の棒を持っている手の方角からは、あまり葉の揺れる音が聞こえてこないことに気づいた。

立ち上がり、歩き始めると、男もあとからついてきた。

葉の揺れる音のしない方に進んでみる。

最初は、なぜなのか分からなかった。木々の向こうに見えるのが、なんであるのかも分からなかった。

だが、行ってみたら分かった。

葉の音なんて、するはずがない。

その樹々の向こうには、樹がないのだから。

それだけではない。

樹がなくなった少し先には、見たこともない石が、真っ直ぐ上にそそり立っている。高さは、俺が男の肩の上に立ってもまだ届かないくらい。その高さで、石はどこまでもどこまでも横に続いている。その上にあるのは、青い天のみ。樹も山もない。

石そのものも、普通じゃなかった。雨雲のような色をしていて、白や黒は少しも交じっていない。雨雲の色、ただそれだけ。それが、ずっとずっと遠く、見えないくらい遠くまで横に続いている。

俺たちは、この向こうには行かれないのだな、と思った。

そしてこれは、白い男か、その仲間たちが立てたものなのだな、とも思った。

なぜなら、それは「卵」とよく似ていたから。表面の手触りはだいぶザラザラしているが、他の色が交じっていないところや、大きいところや、硬いところが、よく似ていた。

それと、木や土や、石や獲物とは違う何かでできている感じが、そっくりだった。

俺は、急に怖くなった。獣に襲われるより、もっともっと怖いことのように感じられてならなかった。

俺は石に背を向けて、走り出した。

男も、すぐあとから追いかけてきた。

日が暮れるまでに帰れるかは分からない。今は住処の洞穴がどっちにあるのかも分からない。でも俺は走った。俺たちは走った。

とにかく、その石が怖くて怖くて、仕方がなかった。

しばらくは、洞穴からあまり離れないようにして暮らした。

あるときは水が降り続いたり、またあるときは少し太陽が冷たくなったりもしたが、でも変わったことは何もなかった。俺は変わらず足が速かったし、男は力が強かった。獲物は美味《うま》かったし、泉の水は澄んでいた。

俺は、男と狩りをする暮らしが当たり前だと思うようになっていた。男も、同じように思っているに違いなかった。女や、小さい男のことは、あまり思い出さなくなっていた。

その日。

俺たちは狩りを終えて洞穴に帰り、水が飲みたくなったので泉に向かった。

すると、途中で嫌な臭いを嗅いだ。あの、地を這う獣が出す、クサい煙の臭いだった。

俺たちは同時に身構えた。泉の周りに目を配った。

向こうに見える「卵」に、変わったところはなかった。近くに地を這う獣もいなかった。

だが、白い男はいた。光る皮をかぶって、「卵」の横に立っていた。さらにその隣には、誰かがいる。

俺は、叫び出しそうになった。

それは、女だった。

女は、何かを両手に抱えて立っていた。

俺は男と目を見合わせて、すぐに駆け出した。

泉のほとりを全力で走る。飛沫《しぶき》を上げてひた走る。

当然、俺の方が早く、白い男と女のところにたどり着いた。

すぐに後ろから、男も追いついてきて止まる。

俺は、音を立てて唾を飲み込んだ。男も、同じ音をさせた。

そこから、じり、じり、と女の方に歩み寄る。

白い男は、動かなかった。女も、動かなかった。

やがて、女の抱えているものが、なんであるのか分かるところまできた。

それは、小さな小さな女だった。頭に少し毛が生えているだけで、胸も平らだし、手足も短いけれど、俺や男にあるものがないので、それは間違いなく小さな小さな女だった。

女は、俺と男を交互に見た。

俺は、ゆっくりと女に近づき、その腕に抱えられている小さな小さな女に、触ってみた。柔らかくて、なんだかいい匂いがした。眠っているのか目を閉じている。腹が減っているのか、自分の指を食べようとしている。

男も触った。顔を近づけて、匂いを嗅いだ。いいと思ったのか、男は美味しそうな顔をした。

だが、そのときだ。

「卵」の裏側から、光る皮をかぶった奴らがたくさん出てきた。

俺たちは跳び退き、逃げようとしたが、女と小さな小さな女に気をとられていたからか、上手くいかなかった。

いや、奴らの狙いは俺だけのようだった。誰も男を捕まえようとはせず、みんなで俺を、ぐるりと取り囲んだ。

奴らの間から、怖い顔で吼える女の姿が見えた。白い男が、それを引き止める。いつのまにか隣に行っていた男も、小さな小さな女を一緒に抱えるようにして、女を押さえている。

俺だけが、「獲物」になってしまったかのようだった。

俺だけ、ここで捕まえられて、食われてしまうのか。

目の前の奴が、またあの、角張った黒い石を俺に向け、小さな稲妻を起こしてみせた。

その、続けざまに枝が折れるような音に、俺は心底震え上がった。

小さな稲妻は、今にも俺に嚙みついてきそうだった。

俺を囲む輪は、徐々に小さくなってきていた。

俺にできることは、もう何もなさそうだった。

俺は迫りくる、小さな稲妻を見つめた。

できることならそれを奪って、逆にそいつに稲妻を噛みつかせたかったが、駄目だった。

すっ、と差し出されたそれは、俺の腹に噛みついた。

冷たい痛みが体中を走り抜け、それまで見えていたもの、女や、男、白い男、小さな小さな女、俺を取り囲んだ奴ら、それらが、黒い、暗い、霧の中に――。


気がつくと、俺はあの地を這う獣の腹の中にいた。

たぶん、そう。間違いない。

頭の痛くなるような唸り声と、微《かす》かに漂う煙の臭いと、黒くて丸い足が、地面を蹴る音がしている。

体は動かなかった。ひどく痺《しび》れている。まるで目と耳以外は、全てなくなってしまったかのようだ。

俺は横向きに寝ていた。その、頭の向こうで声がした。

「……所長。本当に、これでよかったのですか」

少し遠い。たぶん、獣の顔の方にいる誰かの声だ。

「よかった、とは？」

今度は、俺の後ろで声がした。

向こうの男と、後ろの男。ここにはまだ、他にも誰かいるのだろうか。

「惚《とぼ》けんでください。三号が産んだ子供の父親は、この二号だと、ＤＮＡ鑑定で明らかになったのでしょう？　だったら、第七育英地に残すのはこの二号にして、一号の方を『大地』に送るべきなんじゃないですか」

「それは違う。三号を妊娠させたのは二号。それが分かった時点で、二号は完成したオスであると認められた。強紫外線に耐え得る漆黒《しっこく》の肌、狩猟によって自らの糧《かて》を得る生活力、それと、子孫を残すための生殖能力……もはや、我々がこの二号に授けるべきものは何もない。その点、まだ一号は未熟だ」

「だったら、三号と子供を帯同させればよかったではないですか。一号には、また別のメスをあてがえばいい」

「いや、三号にはまだ育児という課題が残っている。それをクリアしない限り『人地』に出すことはできない。他の育英地のメスたちもそうだった。彼女にもそれは必須だ」

「しかし……」

　少し、手足の指が動くようになってきた。でもまだ、ほとんど力は入らない。

「私は納得できません。二号と三号は夫婦であり、五号はその子供です。彼らは家族です。それを引き剝がすだなんて」

「よく聞きなさい。家族などという単位は、人類存続の絶対条件ではないのだよ。よしんばそれが絶対条件であるのだとしても、それはいま我々が彼らに授けるべき概念ではない。

必要なら、彼らが新たにその価値観を構築するだろう。二十二世紀を待たずして滅びる運命の我々が、新たな時代を担う彼らに押しつけるべきものではない……それが、委員会の統一見解なのだよ」

腕から、掌《てのひら》から、徐々に痺れが抜けていく。

「我々旧人類が犯した過ちは、火を操ってしまったこと、というのが委員会の大多数意見だが、私はそれは、少し違うと思っている。おそらく人類が犯した最大の過ちは、蓄える、という概念を持ったことだろうと、私は考える。蓄える喜びは、容易に過度の物欲へと結びつく。領土を侵し、資源を枯渇《こかつ》させ、地球全体を砂漠化させたのも、全てはこの、蓄える喜びが暴走した結果といえる。幸い私のこの意見は、言語の禁止と、火の禁止の二本柱と共に、独占の禁止として、育英プログラムに組み込まれている」

しかし、やはり腕も脚も動かない。いや、動かせない。何かが絡まって、手足が使えなくなっている。

「夫婦、家族という概念は、その独占の禁止に抵触する。だから委員会は、むしろその解体を奨励《しょうれい》している。それは『大地』でも徹底されている。ようやく復興させた緑の大地だ。それを彼らに委ねるのだ。つまらぬ独占欲で、また紛争などを起こさせてはならない」

もういい。手足が使えなくても、俺には口がある。

「納得できません。そんなのは、委員会の傲慢《ごうまん》です。委員会は神ではないはずです」

「むろんそうだ。しかし傲慢ではない。人間の、本来の資質に立ち返らせようとする試みだよ。旧態依然とした既成概念を全て払拭する義務が、我々にはあるのだ」

「それを傲慢だと私は」

「君の意見など聞いてはいない」

俺はごろりと転がり、後ろを向いた。

「……あ」

膝《ひざ》で跳び上がる。

「うわッ」

「どうしました、所長」

首に食らいつく。

「グボォ……」

「ちょ、ちょっと所長ッ」

次は、お前だ。

天使のレシート

Angel's receipt

三学期が始まっている。

クリスマスと正月のあとというこの時期。小さな頃は新しい玩具《おもちゃ》に囲まれ、最も楽しい時間を過ごしていたように記憶している。が、中学も三年になると、これが人生最大の苦痛に耐える試練の日々となる。

高校受験。

人生が確定した大人たちは「何が人生最大の苦痛だ」と笑う。もっともっとつらいことが長い人生の中にはたくさんあると、延々苦労話をし続ける。だがそれは結局のところ、全て自分がこれと定めた地平に立った上での話なのだ。

中学三年。高校受験。この時点では、まず自分の地平というものがない。進むべき道は、前にも後ろにも右にも左にも、上にも下にも、右斜め三十五度仰角四十八度にもある。

これから自分は、一体どうなってしまうのだろう。

芳照《よしてる》は、今日すでに百回目に近いであろう溜《た》め息《いき》をつき、日暮れどきの荒川《あらかわ》土手《どて》を歩いていた。

ゆるく弧を描く砂利道には自分の長い影が伸びている。振り返れば遠くに富士山が、鮮やかな夕焼けを背景にその姿を誇っている、だろう。右手には荒川が横たわり、その向こうには世界有数の大都市、東京が広がっている、はずだ。しかし芳照は今、そんなものに目を向ける気にはなれない。中途半端な現実感は、芳照のあやふやな未来像を容易《たやす》く押し潰してしまう。芳照にとっての現実とは、この埼玉県戸田市の、ごく限られた範囲にしかない。

この高校に行きたい、というのは特にない。行けたらいいなと思う大学ならあるが、それに届きそうな高校ならどこでもいい。問題はそれ以前にある。どこでもいいその高校に、自分が入れるかどうかが分からないのだ。

とにかく数学の点数が足りない。これが致命的だ。芳照は科学者になりたいと思っている。それも宇宙関連の分野で。だが、それにしては数学が弱い。現代国語の成績を二十点、数学にスライドさせたいくらいだ。性格に合わないのだろう、数学として扱う数字には滅法弱い。

理由は分かっている。言葉にすると言い訳にしか聞こえないので誰にも言わないが、自分では分かっている。イメージがないからだ。目的が不明だから、と言い替えてもいい。その公式や算出方法が有益であることは分かるのだが、実生活にどう役立つかが、いま一つ明確に分からない。分からないから、気力が続かない。

「続かないとか言わないでよ。あと少しなんだから」

母の言い分はもっともだが、活用方法が分からない以上、それは芳照にとって無益に等しい。

たとえば、それが星までの距離を測るのに必要な公式だとする。そういう目的が分かっていると俄然《がぜん》やる気になる。星の周期を算出する方法。それは何がなんでもモノにしたい。百年後の地軸のずれを予測する。それができたら感涙を禁じ得ないだろう。

だが実際問題として、数学の問題に一々テーマを設けていては、テストでいい点など取れるはずがない。そういう無駄を省いた、効率的な思考回路を持っている人間の方が数学には向いている。

現代国語の教師は言う。

「三澤《みさわ》。君はなかなか、文才があるなあ。いいよ実に。これからもがんばってな」

いいえ、がんばりません。そんなもの僕には必要ありません。僕に必要なのは文才ではなく、圧倒的な計算能力です。それに裏打ちされた科学力です。しかし、それを現国教師に言っても始まらない。

つまらないことを思い出したと、芳照はまた一つ溜め息をついた。

もう少し行ったら、土手を下って道に出る。渡ればすぐ自宅に着く。

実は学校からの最短経路に、この土手は含まれていない。芳照はわざわざ遠回りをしてこの土手を通っている。往来の多い国道と、工事規制だらけの県道を通るのが最短であるのは分かっている。でもそれでは、気が滅入って仕方ない。ちょうど、数学の問題集を質より量でこなすときの疲労感に似たものを感じてしまう。

かといって、じゃあこの荒川土手がそれほど素晴らしい眺めかというと、実はそうとも思っていない。確かに視界は開けているが、芳照自身がそれを満喫するようには眺めていない。富士山に背を向け、東京からは目を逸《そ》らしている。唯一受け入れられるのは大きな空くらいか。

だが、上を向いて歩くのは非常に危険な行為だ。

「……うわッ」

芳照は慌てて避けた。

「あっ」

相手もハッと見上げて身を固くした。

知らぬまに、下の道から女の人が上がってきていた。

だが落ち着いて見てみると、ぶつかりそうになったその相手は、実はよく知っている人物だった。

いつも「天使」と書いた名札を胸に付けている、近所のコンビニの店員だ。働いているのだから芳照よりは年上だろうが、それでも十八歳とか、せいぜい二十歳くらいの、女性というよりはまだ少女に近い年頃の人だ。おそらく、その読み方は「テンシ」ではなく「アマツカ」とか「アマシ」とか、もうちょっと苗字らしいそれなのだろうが、その外見からしても、彼女は芳照の「天使」に他ならなかった。

ショートボブの髪はほとんど白髪に近い銀色。眉《まゆ》まで同じ色にしているものだから、一見かなりアブナイ人に見える。だが、そこはコンビニ店員。客には予想を覆す明るい声で接する。いや、接客態度はその店の誰よりも良いくらいだ。

「いらっしゃいませ」
「二点で三百七十八円になります」
「レジ袋はご利用ですか？」
「ありがとうございました。またお越しくださいませ」

そうなると、印象はがらりと変わってくる。

間近で見ると、黒目がちの瞳がかなり可愛いことに気づく。笑みを絶やさない唇は優しさの、肌の白さは清《きよ》らかさの表われのように思えてくる。よく通る高い声は真面目《まじめ》さ、真っ直ぐで細い指は可憐《かれん》さと同時に清潔な印象を与える。他にも挙げたらきりがない。とにかく、彼女のパーツの全てが好ましく思えてくる。

初めて会ったその日から、彼女は芳照の「天使」になった。

むろん、店員と近所の客以上の間柄ではない。これまで、コンビニ以外の場所で見かけたこともなかった。そんな憧れの彼女と、なんと、いきなり土手でぶつかりそうになるとは。

芳照は跳び上がって喜びたい気持ちと、胸の高鳴りを同時に抑え込んだ。

彼女も「あっ」と声を漏らし、

「いつも……どうも」

夕日の眩《まぶ》しさに目を細めながら、照れたように付け加えた。

店員として以外の言葉が聞けただけで、何か儲《もう》けたような気がした。その上、彼女が自分を覚えてくれていることも分かった。

芳照も何か返そうと思ったが、緊張でなかなか言葉が出てこない。ごめん、でもいいし、すいません、でもいい。僕もぼんやりしてました、でも、空を見てたから、でもいい。だがすぐ、どれも駄目なように思えてくる。不自然な沈黙が二人の間に漂う。

それを深読みしたか、

「やだ、そんなに怖がんないでよ」

彼女はいきなり、芳照の二の腕を叩《たた》いた。

「あたっ」

いや、ちっとも痛くはなかった。驚いただけだ。とはいえリアクションとしては、かなり大袈裟《おおげさ》だった。

「あ、ごめん。怪我《けが》とかしてた？」

彼女は心配そうに覗《のぞ》き込《こ》み、芳照の制服の肘《ひじ》に触れた。これまでにあった接触といえば、せいぜいレシートを受け取るときに指先が接触した程度。それがこんなにしっかり、ぴったり、彼女の方から触ってくるなんて。

緊張はさらに高まったが、質問を受けただけ、言葉は選びやすくなった。

「あ、いや、大丈夫……です。怪我は、してないです」

すると彼女は、安堵《あんど》したような笑みを浮かべた。

「なんだ、脅かさないでよ。骨でも折れてんのかと思った」

口調もくだけていて、店にいるときより親しみやすい。

銀髪で美人で、名前は天使。まるで色っぽい異星人のように思っていたが、ちょっと話してみると、従姉妹《いとこ》のお姉さんたちとあまり変わらないように思えてくる。

「……食べる？」

そう言って彼女は、ひょいと手にしていたものを持ち上げてみせた。見慣れたロゴの入ったレジ袋。ふわりと揚げ物の香りが漂う。

芳照が答えないでいると、

「食べよ。一緒に」

芳照のブレザーの袖を引っ張り、川原《かわら》に下りようとする。

「あ……はい」

断わる理由はない。芳照は従った。彼女が「ここにしよ」と枯草《かれくさ》の斜面に立ち止まったので、一緒に腰を下ろした。とっさにだが、右側を選んだのは意識してのことだ。その方が逆光にならず、彼女の顔をよく見られると思ったからだ。

「はい、これ君のね」

よほど眩しいのか、彼女はこっちを見もせずに差し出してきた。それは芳照もよく知っている、「まるナゲくん」という商品だった。カップ入りの、ひと口サイズのチキンナゲットだ。

芳照は、小さくお辞儀《じぎ》をしながら受け取った。

「いいん、ですか……僕が、もらっちゃって」

一応、袋の中にはもうひとカップあるようだ。

「うん、百円だし……自分で入れたから、お客さんのよりかいっぱい入ってるし」

言いながら、一つ自分の口に放り込む。顎《あご》が動いている。天使が「まるナゲくん」を食べている。驚きである。感動である。いま自分は憧れの女性と二人で、なんと「おやつ」をしているのである。

「じゃあ、いただきます……」

あまり見惚《みほ》れているのもヤラシいかと思い、自分でも一つ口に入れた。初めて食べるのだが、思っていたよりだいぶしょっぱい。ペットボトルのお茶か何かが欲しくなる。

　彼女が、さも眩しそうに芳照を見る。

「……今、学校の帰り？」

　芳照は、うんと頷《うなず》いた。

「じゃ、帰宅部だ」

　そういう見られ方は心外だ。

「いえ……帰宅部、では、ないですけど」

「でも、運動部じゃないでしょう？」

「はい。地学部です」

「ん？　何それ」

　彼女は眉間《みけん》に皺《しわ》を寄せ、「まるナゲくん」を三つくらいいっぺんに頰張《ほおば》った。自分は食べることに専念して、こっちに喋《しゃべ》らせようというのか。

　本当はその、モゴモゴしている頰っぺたを眺めていたかった。耳とか首筋とか、遠慮なく端々《はしばし》まで観察していたかった。

　だが、そういうわけにもいかない。

「……星、とか、見るんですけど」

彼女は、それだけで合点がいったようだった。

「ああ。つまり、天体観測部か」

「まあ……そう、ですかね。近いかも、しれないです」

本当はちょっと違うのだが、まあいい。

小首を傾《かし》げた彼女が、再び訊《き》く。

「……好きなの？」

それは、僕があなたを、という意味ですか？　はい、好きです。ずっと憧れてました。付き合ってください。でも分かっています。質問の意味が違うということは。

「いや……星が好き、っていうよりは、宇宙が……はい、好きですね」

彼女はそれを、声に出して笑った。誰か他の人に笑われたら、失礼な奴《やつ》だと怒りも覚えるのだろうが、相手が「僕の天使」ではそうもいかない。黙ってその意味を考えるしかない。

やがて彼女は、

「目ぇキラキラさせて、そういうこと言っちゃうんだ」

そう言ってまた笑った。

本当はその笑顔を見ていたい。はらりと落ちる前髪の動きを目で追っていたい。が、一応は怒ったフリをしてみせる。なんとなく、そう求められているような気がしたのだ。

「……可笑《おか》しい、ですか」

彼女は予想していたかのように、「あ、怒った？」と、すまなそうに眉をひそめた。

「ごめん……別に、馬鹿にしたわけじゃないんだよ。なんか、いいなって思ったの。可愛いっていうか。ほんと、ごめんね。あたし、あんまそういう、趣味とかって分かんないから」

　趣味というのは持つか持たないかの問題で、分かるか分からないかのものではないでしょう、とは思ったが、それも、どうでもいい。

「じゃ、天使さんは……」

　芳照は無意識に口にしてから、しまったと思った。最初に確かめておくべきだった。

「あ、すいません……名前、本当は、なんて読むんですか」

　彼女は、芳照が一度言い淀《よど》んだ訳をすぐに理解したようだった。

「いいんだよ、『テンシ』で」

「いや、あの、愛称とかじゃなくて」

「違う違う。本当に『テンシ』って読むんだってば。天使キョウコ。恭しい、の『キョウ』で、恭子。まんま本名」

　なんと、天使にも下の名前がおありか。

「天使、恭子……さん」

「うん。でも苗字は違和感バリバリでしょ。名前で呼んでいいよ」

　さらに、ファーストネームで呼ぶことを許された。ぐっと、二人の距離が縮まった気がした。名前で呼ぶことで、天使は急速に身近な存在となった。

　聞けば、今は一人暮らしをしているのだという。趣味はと訊くと、特にない。強《し》いて挙げるなら、カラスの餌付《えづ》けだという。

「変わった、趣味ですね」

「見てて。こうやってやるの」

　彼女、恭子は「まるナゲくん」を一つ摘《つま》み出し、目いっぱい上にあげてから、放り投げた。すると、どこから飛んできたのか一羽のカラスが空中でそれをキャッチし、またすぐどこかに飛び去っていった。

「上手《うま》いもんでしょ」

「はい……びっくりしました」

　驚いた顔をしてみせると、また恭子は笑った。曇《くも》りのない、赤ん坊のような笑みだった。妹の小さかった頃を、なんとなく思い出した。いま妹は、皮肉にも算数が得意な、生意気盛りの小学六年生だ。

　再び恭子が「まるナゲくん」を投げると、カラスは今度も見事にキャッチしてみせた。何度か見ていると、恭子が手を上げるのを合図《あいず》にカラスは飛んできて、恭子はちゃんとその距離とタイミングを見て投げているのだと分かった。なぜこんなことを趣味にしているのかはまるで分からないが、二人分の「まるナゲくん」が恭子と芳照のものではなく、恭子とカラスのものだったということは、なんとなく理解した。

　そんなふうにしばらくカラスと戯れ、他愛《たわい》ない会話もしたあとで、恭子はふと真顔になった。

「……一つ、訊いていいかな」

　心臓に何か異物が流れ込んだように、ボコンと大きな脈動が起こった。

　カノジョいるの？　いえ、いません。だったらあたしと付き合わない？　はい、お願いします――みたいな話ではなかった。

「なんか、悩みとかあるでしょ」

　人の心を見透かすような目だった。急に、恭子が大人の女に見えた。そして芳照は、自分がひどくちっぽけな存在であることを思い出した。今の自分には恋愛に脳細胞を使う資格などないという、中三の現実に引き戻された。

　恭子が続ける。

「いま君、ちょっといい顔してた。そういう顔もできるんだ、って、なんか安心した。だから……うん、余計、心配になっちゃうんだな。だってお店に来るときって、いっつも暗い顔してるじゃない。ちょっと、気になってたんだ。なんか、悩みでもあるんじゃないかな、って……」

　言葉を区切った恭子は、少し寂《さび》しげに目を伏せた。

「ごめんね。お節介だってのは分かってるんだ。でも、ここで会ったのも何かの縁かもしんないし。それにあたし、ほら、一人でしょ。誰かの話とか、言葉、ちょっとまとめて、真面目に聞きたいとか思うことあるの。君だって親しい人より、あんま関係ないあたしみたいなのの方が、話しやすい感じ、あるんじゃない？……ねえ。嫌じゃなかったら、話しなよ。力になる、なんて偉そうなことは言えないけど、もしかしたら楽になる、かもよ」

　天使が自分を心配してくれていた。気にかけてくれていた。

　芳照に拒む理由はなかった。恭子が望むなら、恥を忍んで過去三年間の成績表を公開してもいい。

「……はい。あ、あの、僕、えっと……今、中三なんです。高校受験、もう来月に迫ってるんです。けど、なんか、全然勉強に身が入らなくて。本当は進みたい分野があるんだけど、それに必要な教科の成績が、どうしても上がんなくて」

　恭子は「進みたい分野って？」と挟んだ。

　芳照は笑われるのを覚悟で「科学者になりたいんです」と答えた。しかし恭子はクスリともせず、続けるよう促した。

「……はい。で、僕、数学が駄目なんです。自慢じゃないんですけど、どうでもいい現国とかは、先生に文才があるとか言われるのに、数学は、からっきし駄目で。なんとか、宇宙科学に結びつけて、楽しくできたらって思うんだけど、でもそんなの一々考えてると、テストじゃなんにも書けなくなっちゃうんです。これって、科学者以前の問題ですよね……」

恭子は怖いくらい真剣に頷いた。それが彼女特有の、同情の表現なのだろうか。分からないが、茶化されないというだけで芳照は嬉《うれ》しかった。

フルーツゼリーのような唇が、ゆっくりと開く。

「……きっと、ロマンチストなんだね。君は」

芳照は、思わず「は？」と訊き返してしまった。

「だってそうでしょ。文才があって、宇宙への夢がある。無機的な数学には興味が持てないけど、それに目的意識を持てたら、上手くできるんじゃないか、って思ってる……うん。ロマンチストなんだと思うな。だから、今はちょっと数学に対して、ロマンを感じられなくて、不器用になってるだけなんだと思う。そういう目的意識みたいなのが、しっくり気持ちに入ってくるときが、きっとくるよ。たぶん、そんなに先の話じゃない。高校に入って……そう、二年生の頃には、そう思えるようになるんじゃないかな。そしたら、きっと伸びる。君は」

そんなのは気休めだと、頭のどこかでは反発も覚えた。だが心は、違っていた。気持ちは、恭子の言葉を信じる方に傾いていた。またそう思えるような力が、恭子の言葉にはあった。にわかに芽生えた恋心だけではないと思う。恭子という人間には、何かそういう不思議な魅力がある。

うん、と頷くと、恭子も同じように頷いて返した。

「そのさ、宇宙が好きって、具体的にはどういうこと？　星を見るのが好きなんじゃなくて、宇宙が好きっていうそれは、なに、つまり、宇宙飛行士になりたいってこと？」

太陽は雲か地平の彼方《かなた》に隠れたのだろう。もう恭子の顔に夕日は当たっていなかった。シミ一つない、毛穴すら見当たらないなめらかな頬に、薄っすらと浮かんだ微笑《びしょう》。真っ直ぐだが、決して押しつけがましくない視線。微《かす》かな風に揺れる前髪。

芳照の心に、温かなものが広がった。

恭子の背後、東の空は冬の澄んだ蒼《あお》に暮れている。その向こうに、自分の焦がれる宇宙はある。芳照は不思議なほど、素直に語れる気分になっていた。

「……宇宙飛行士、じゃないんです。宇宙に行きたいのとは、ちょっと違って……んん、全然違うのかな。たとえば……そう、宇宙の果てがどうなってるのかを解明したい、っていうか。その向こうがどうなってるのか知りたい、っていうか。僕は僕なりに、イメージみたいなのを持ってるんですよ。埼玉と東京に、荒川っていう境界線があるように、地球が丸くて、その周りに宇宙があるように、太陽系を飛び出して、銀河系も突き抜けて、ずーっとずーっと飛んでいったら、いつかどこかで、宇宙の果てにぶち当たると思うんです」

荒川上空に、自分の思う宇宙を映し出す。

「まあ、こっからは、単なる想像ですけど。っていうか、希望なんですけど。宇宙ってなんか、暗いじゃないですか。できれば、ここが宇宙の終わりだって分かるように、宇宙の外は、明るくなっててほしいんですよね。暗い世界から明るい世界に。外宇宙はつまり、闇ではなくて、光の世界。だって暗いままじゃ、どこまでが宇宙で、どっからが外宇宙か、分かんないじゃないですか」

そこまで言って、ふいに照れが生じた。苦笑いしてみせる。

「……ただ、じゃあその外宇宙の果ては、そこを出られたとして外外宇宙は、そのまた外は、って考えるときりがないし、なんか、馬鹿馬鹿しいとか友達には言われちゃうんですけど、なんかそういうことを、説明できるようになれたらいいなって、思うんです」

一応、訊かれたことには答えたつもりだった。宇宙の仕組みを今の自分に説明できるはずはない。だがそれでも、こんな希望的観測にもならない馬鹿げた妄想でも、天使なら、恭子なら、受け入れてくれると思えた。

しかし、

「……なに言ってんの」

恭子は、汚いものでも見るような目で芳照を睨《にら》んだ。

「えっ」

「宇宙の果て？　外宇宙は明るくなってたらいい？　何よそれ。馬鹿じゃないの。宇宙は『くすだま』じゃないっつーの」

　信じられなかった。あの優しかった恭子が、憧れの天使だった恭子が、語気を荒だて目を吊《つ》り上《あ》げて、頭ごなしに芳照の夢を否定するだなんて。

　ちょっと優しくされたくらいで信用した、それが甘かったのかもしれない。苗字が天使だというだけで、天使のような心の持ち主とは限らない。そんなことは、普段の自分なら分かったはずだ。

　恭子が芳照に個人的な口を利くのは初めてなのだから、最初は不快感を与えないようにするのは当然のことだ。それが全てでないのも、常識で考えれば分かったはずだ。その見えなかった部分に、こんな悪意がひそんでいても、なんら不思議ではないのだ。

　驚きはすぐに悔しさへと変わった。恭子の真意は分からない。だがまず善意を見せ、芳照の心の深い部分を引き出し、そこで豹変《ひょうへん》してみせるという卑劣な手段に、芳照は易々《やすやす》と引っかかった。恭子という女のやり方を批判するより前に、それにまんまと騙《だま》された自分自身が情けなく、悔しかった。

　依然、言葉は出てこなかった。

黙っていると恭子は続けた。

「根本的にさ、宇宙ってものを誤解してるよね。たかが人間如《ごと》きに、宇宙が支配できたり認識できたりするわけないじゃん。なんだと思ってんの、宇宙を。宇宙なんて、神が作った箱庭に過ぎないんだよ。

それ言ったらさ、神ってものの存在も誤解してるよね。なんか困ったら、天に向かって祈ったりしちゃってんじゃないの？　やめた方がいいよ無駄だから。神は、人間が困ろうと野垂れ死にしようと知ったこっちゃないんだから。そんなちっぽけなことにかかずらってなんていらんないし、基本的に興味もないから。

分かりやすく言ったら、神なんてゲームのプログラマーみたいなもんよ。人間は設定されたキャラクター。それも、ウジャウジャいっぱい出てくるザコキャラ。そんなの死んでなんぼでしょ。そんなの、一々プログラマーがどうにかする？　助けたりする？　むしろ、死ぬことで初めてゲームの展開に貢献できる、その程度のちっぽけな存在なんじゃないの？」

恭子が、ふんッと荒く鼻息を吹く。神も人間も、まとめて貶《おとし》めるかのような態度だ。

「もう分かったでしょ。プログラマーが作ったところまでしかゲームのフィールドがないように、宇宙っていうのは、神が作った場所までしか存在しないの。ないったらないの。その先は絶対にないの。キャラクターがゲームの世界を超えて現実世界に飛び出してこないように、人間は決められた宇宙からは出られないの。外宇宙なんて認識することもできないの。ゲームのキャラは現実世界を認識なんてしないでしょ。できないでしょ。それくらい数学の成績が悪くたって理解できるでしょ。宇宙の果ては行き止まり。それ以上はないったらないの。寝ボケたこと言ってんじゃねえよッ」

　芳照は、すでに驚きを通り越し、ただ呆然《ぼうぜん》とするだけだった。淡く抱いていた恋心は、影も形もなくどこかに消え去っていた。

　黙っていると、まだ恭子は続けた。

「どうせ信じないだろうから別に言ってもいいと思うけど、あたし、本当に天使なんだよ。神から負わされた使命を遂行するためだけに生まれてきた、正真正銘の天使なんだ」

　恭子が両手を広げる。その目はすでに、芳照を見てはいない。

「つまりゲームで言えば、プレイヤーズ・キャラクターよ。神がコントローラー握ってんの。あたしにああしろこうしろって、ありがたいことに、神様が指示を送ってきてくださるわけよ。まあ、実際はゲームキャラよりかなり地位は低いけどね。使命が一つ。決められたときに決められたことだけやれば、あとは何してたっていい。体のいい放置プレイよ」

　また、ふんッと鼻息を吹く。

「あいにく、ぴよぴよ空なんて飛べないし、裸にしても背中に白い羽なんて生えてないから期待しないでね。見たかったら見せてあげてもいいけど……ついでにお姉さんが、いいことも教えてあげようか」

恭子に対する感情は、憧れから、明らかな恐怖へと変わっていた。

この人、頭がおかしい。

神から負わされた使命を遂行する天使。白い羽はないけれど、神に操られている天使。それが自分なのだと言い張る女。そんなのが近所で、コンビニの店員をしていたなんて。

突如、おぞましい仮説が芳照の頭に浮かんだ。

恭子は、妙な新興宗教の信者なのではないか。崇拝しているのが神ではなく、悪魔だとか、そういう手合いなのか。もしかしたら、今日話しかけてきたのは、最初から芳照を勧誘するのが狙いだったのか。

逃げなきゃ。

そう思いはしたが、体はなかなか言うことを聞かなかった。立ち上がって、振り返って、土手を越えて道を渡ればすぐに自宅だ。家に入ればとりあえず安全にはなるだろう。だが、逆に家を知られるという危険も生じる。

駄目《だめ》だ。直接家には帰れない。

じゃあどこに行く。このまま土手を走って逃げるか。

だが、そんな心配は必要なかった。

「……なんか、気分悪いわ。あたし帰る」

恭子はいきなり立ち上がった。

「えっ」

なぜ気分が悪くなったのか。芳照の宇宙観が気に入らなかったからか。それとも宗教関係者かと疑ったのを見透《みす》かされたか。

気分が悪くなったのはこっちの方だ、とも思ったが、自分が相手の気分を害したように言われると、途端に罪悪感が頭をもたげてくる。自分は、これほどまでにお人好しだったか。それとも、恭子の魅力がそう思わせているのか。

黒いダウンジャケットの背中、その裾からすらりと伸びたジーンズの脚。芳照は今まで、自分がほとんど恭子の顔しか見ていなかったことに気づいた。何を着ているのか、いま初めて知ったような気がした。

やはり、恭子は綺麗《きれい》だった。どんなに馬鹿にされても、どんなに奇怪なことを口走っても、怖い顔をされても、やはり恭子は地上に舞い下りた天使のように見えた。

当然、これで恭子との関係は終わりだろう。店に行けば会計くらいはしてくれるだろうが、親しく口を利くことはないだろう。そう考えると、無性に寂しい気持ちになった。

中学の三年間、一度もカノジョなどできなかった芳照は、女性と付き合うというプロセスをすっ飛ばして、いきなり別れだけを経験させられている気がした。

恭子は土手を登ろうと一歩踏み出した。が、すぐその足を止める。肩越しに振り返る、その強張《こわば》った横顔すら、いまだ芳照は美しいと感じる。

「最後になって、悪いんだけどさ……」

もう、その口調にさっきのような棘《とげ》はなかった。眉をひそめた表情も、困っているというか、そんなふうに見えた。

「はい……なんですか」

「名前、訊いていいかな」

もう、宗教云々《うんぬん》を疑ってはいなかった。名前くらいかまわない。いや、むしろ知っていてほしい。

「三澤、芳照です」

だが聞いた途端、恭子はもともと大きな目をさらに見開き、まるで芳照が化け物か何かであるように、驚愕《きょうがく》の表情を浮かべた。

「君……もしかして、妹、いる？」

「ああ、はい」

「それは、三澤、美由紀《みゆき》、ちゃん」

「そう、ですけど、でも、なんで……」

恭子は最後まで聞かず、いきなり土手を駆け上がり始めた。

わけが分からなかった。なぜ芳照の名前を聞いて驚き、妹の名を口走り、別れの言葉もなく走り去るのか。

一人取り残された芳照は、恭子が土手の向こうに消えてもなお、しばらくその場に立ちすくんでいた。

手にしていた紙コップの中には、冷えて乾いた、硬そうな「まるナゲくん」が一つ、まだ残っていた。

*

恭子はワンルームの部屋に帰り、一人うずくまって震えていた。

「なぜ、なぜ神は、あたしにこんな、試練を与えるの……あの子が、三澤美由紀の、兄だったなんて……」

彼に語ったことは全て本当だ。

宇宙は神が作った箱庭に過ぎない。ゲームのプログラマーという喩《たと》えがどれほど的を射たものかは分からないが、神の創造物であることだけは確かだ。目的は分からない。娯楽なのか、実験なのか、何かを製造するためのシステムなのか、一天使に過ぎない恭子にそれを知る術《すべ》はない。

芳照の、宇宙の仕組みを理解したいという願いは、馬鹿げた夢である一方で、囲われ者の真っ当な欲求であるとも言える。金魚だって、本当は金魚鉢《きんぎょばち》から出たいに違いない。動物園の動物だって、檻《おり》から出て走り回りたいに違いない。人間は地球という環境をほぼ征服した。むろん、単身で踏み入れば危険な場所は今なお多い。だが、通信と移動手段さえ確保できれば、海底であろうが地底であろうが、まったくの未開領域ではない。

勢い、人間の征服欲は宇宙へと向かう。宇宙の仕組みを理解したいと思うのは、芳照のような純真な少年であればむしろ自然な欲求と言っていい。

だが、それだけは不可能だ。宇宙の果てまでならいいが、その外となったら神の領域だ。天使である恭子にすら想像のつかない、完全未知の異次元領域だ。

また、神にとって個々の人間の命など無意味であるのは事実だが、ある特定の存在については無関心を決め込んではいられないというのも、また事実のようだ。その証拠に、恭子のような天使の存在を挙げることができる。

神は宇宙のあらゆる場所の、あらゆる状況を完全に把握している。神は神にとって望ましい状態に宇宙を保とうとしている。どういう状態が好ましいのかは知る由もないが、ちゃんと関心を持って宇宙全体を眺めてはいる。

その中には、いかに自分が作ったものであろうと、不測の事態が起こり得る。神にとって望ましくない事態が生ずる場合がある。それを補正するのが、天使だ。

神の手は大きい。たぶん、とてつもなく。その手で直接宇宙を矯正《きょうせい》することはできない。直すどころか、よけいに壊してしまうことになりかねない。だから、天使を使う。天使は人間の形をしているとは限らない。ある星に対しては隕石として介入するのかもしれないし、ある空間にはブラックホールとして出現するのかもしれない。恭子が担うケースは、人間が一人いればできることなので、このように少女の姿で介入するだけだ。必要とあらば神は、犬でも猫でも、カラスでも送り込むだろう。

そう、天使恭子の担うケース。神から負わされた使命。それは、宇宙環境に多大なる影響を及ぼす結果となる、地球のとある科学分野の発展を根本的に阻止することにある。

そのキーマンとなるのが、三澤美由紀の兄、未来の三澤芳照だ。

このままだと彼は、残念ながら宇宙の仕組みを解明するような科学者にはならない。全く違う、環境保護の分野で身を立てる運命にある。

彼はいずれ、オゾン層を急速に再生させる物質を発見する。のちの技術者がそれを実用化するのだが、それは地球環境にとっては善行でも、宇宙全体には破壊でしかない悪行なのだ。

仮にその物質を「乙」とする。

乙はオゾン層に打ち上げられ、表面を剥離《はくり》させながらオゾンを放出し、やがて役目を終えて宇宙空間に迷い出る。だが物質として不安定になった乙は、宇宙空間にある様々な物を吸着し、巨大な隕石と化す。それが、宇宙の中心的役割を担う、とある星雲を破壊する。宇宙の均衡をおびただしく乱す事態に発展する。

それを阻止するために、神は三澤芳照の未来を変える決定を下した。

それでも、神にしてはかなりの配慮をしている。介入を最小限度に留め、必要以上に環境を弄《いじ》らない手段が選ばれる。神の推算では、彼の偶然による発見さえなければ、以後人類はその乙を、誰も、永遠に発見しないことになっている。彼さえいなければ、いや、彼が環境保護分野の研究者にさえならなければ、宇宙の均衡《きんこう》は保たれる。

しかしまさか、その標的と知り合いになってしまうとは思わなかった。頭にあったのは環境保護だったから、話し始めても、彼は全く無関係の少年だと思い込んでいた。

我ながら、つくづく間抜けな天使だと思う。

そう。天使だ天使だと自分で言ってはいるが、実のところ恭子は、その使命を負っているという点以外は、全く人間と同等の存在でしかない。むろん、神の存在の有無や、介入システムに関する知識はあるが、人間にはない特殊能力があるわけでも、身体的特徴があるわけでもない。

そして恭子の使命は、ある方法で芳照の妹を植物状態に陥らせることにある。直接介入するのはその一点に限る。だから妹、美由紀の顔は知っていた。店にもたまに来るので、ああ、あの子が直接の標的なのだと、余計な感情を抱かないよう冷静に観察していた。

しかし、芳照本人については顔も知らされていなかった。もし一度でも、妹と一緒に店に来てくれていたなら、兄妹だと、彼こそがキーマンなのだと、気づいただろうに。

介入ののち、芳照は科学者になる夢を捨て、植物状態になった妹を蘇生《そせい》させるため医師を目指すようになる。だが結果から言えば、芳照は医者にもなれない。妹も蘇生することなく、四年後に死亡する。だがそれでいい。四年経《た》ってしまえば、偉大な発見をする研究者への道は閉ざされ、芳照には平凡な勤め人への道しかなくなっている。

恭子は、ずいぶん前から芳照の存在が気になっていた。いや、芳照の視線に気づいていた、と言うべきか。

真面目そうな中学生だと思っていた。買うのは菓子パンだったり、ペットボトルのお茶だったり、電池だったり、マンガ雑誌だったりした。グラビア雑誌の立ち読みなどはあまりしなかったが、それは恭子の視線を意識してのことだったのかもしれない。

弁当を買ったことは一度もない。それにより、食事はちゃんと母親が作ってくれるのであろうことも察した。来るのは夕方か、遅くとも夜十時までだった。あまり遅くに出歩くタイプではないのだ。

レジに商品を持ってくる。

「いらっしゃいませ」

恭子が真っ直ぐ見て言うと、必ず商品に目を落とし、ほんの五センチほど頭を下げて会釈する。無愛想を装ってはいるが、恭子に関心を持っているのは明らかだった。レジを打っている間は、必ずこっちをちらちら見ている。名札もよく見ていた。

真っ黒で、ちょっと癖《くせ》のある軟らかそうな髪。普段はどうだか知らないが、恭子の前だといつも忙《せわ》しなく瞬きをしている。

「レジ袋は、いかがなさいますか？」

ちょっとからかうつもりでにっこり笑い、誘うように小首を傾げると、

「あ……だ、大丈夫、です」

詰まり詰まりしながらそう答える。

恭子は、接客マニュアルから逸脱しない範囲で、何かアプローチしては客の反応を見て楽しんでいたのだが、そんなお気に入りの客の中でも、芳照の純情は際立っていた。可愛いと、心底思った。カレシというよりは、弟にしたいタイプだった。

「お会計、三百三十円になります」

ナイロン製の財布のマジックテープを剥がし、身を屈《かが》めて小銭を取り出す。まるで触れるのを怖れているかのように、恭子の掌《てのひら》の、ちょうど真ん中に小銭を落とす。わざと逆に触ったりすると、ひゅっと手を引っ込めて胸を押さえたりする。

「はい、百七十円のお返しになります」

そのくせ、お釣りとレシートのときに触っても、慣れてしまうのかあまり反応がなかっ

たりする。悔しいけれど、そこがまた可愛い。

「ありがとうございました。またお越しくださいませ」

いつも、心からそう思っていっていた。自分は天涯《てんがい》孤独《こどく》の身の上。あんな弟がいたら楽しいだろう。喧嘩《けんか》もするかもしれないけれど、きっと仲良くなれるに違いない。天使の弟。それもいいなと、彼の後ろ姿を見送りながらよく考えた。

だが土手で会ったのは、誓って単なる偶然だ。カラスの餌付けはいつも夜中にしていたが、今日はたまたまバイトのシフトが夕方上がりになっていた。することもないので、あの土手に行った。

会ったときは単純に嬉しくて声をかけた。意識しているのは分かっていたから、けっこう大胆にアプローチしても断わられないと踏んでいた。

悩みがあるだろうと訊いたのは、確信があってのことではない。あの年頃で悩みのない子なんていないのだから、何かしら相談してくるだろうと思って訊いたのだ。

最初はよかった。親身に相談に乗るお姉さん役を楽しんでいられた。だが、話題は思わぬ方に転がり始めた。宇宙の果ての外宇宙がどうとか言い出したときには、自分ではもうどうにもならないくらい制御を失っていた。

宇宙を認識しようとする驕《おご》り昂《たかぶ》った人間。そのくせ、神を都合のいいように崇《あが》める愚かな人間。

だが、そう思ったとしても、あんなふうに言うべきではなかった。いま思い出すと、芳照が可哀想でこっちが泣けてくる。

恭子に話しかけられて、あんなに嬉しそうにしていたのに。宇宙の話を、あんなに楽しそうにしてくれたのに。それを、馬鹿だの分かってないだの、挙句《あげく》、数学の成績が悪くたってそれくらい理解できるだろう、とまで。

だが、もう謝ることもできない。そんなふうに再度接触することは避けなければならない。自分は天使なのだ。これから芳照の妹を植物状態にし、彼自身の運命も変えなければならないのだ。

必死でそう自分に言い聞かせても、有害な煙を吸い込んでしまったような胸苦しさは、一向に治まらなかった。

罪悪感が芽生えてしまった。

本命である標的と個人的接触をしたことで、あってはならない意識が心の中に根を下ろしてしまった。

と、そのときだ。

「……なに？」

突如、強烈なイメージが恭子の脳裏《のうり》に流れ込んできた。

病院に運ばれる芳照の妹。包帯でぐるぐる巻きになった頭。止まらない出血。手術中の赤ランプ。廊下のベンチ。芳照、彼の父、母の、沈黙。手術室のドアが開く。駆け寄る三人。執刀医の短い説明。

「誠に残念ですが、一命を取り止めるのが、精一杯でした」

幼くして人生を失った妹。泣き崩れる母、涙を堪《こら》えてそれを支える父。執刀医を睨む芳照。そして彼は眠ったままの妹にすがりつく。

「美由紀、美由紀、僕だよ、兄ちゃんだよ。目、開けてくれよ。なあ美由紀ッ」

ひどい。今になってこんなものを見せるなんて。神があらかじめ、芳照についても教えてくれてさえいれば、こんな思いはしなくて済んだのに。

できない。もうそんなこと、自分には、できない。

やらなければどうなるか。それは、具体的には分からない。ただ、消されるだろうとは思う。ただでさえ介入は最小限度に留めるよう配慮されている。その介入を実行しない天使に、存在意義はない。

でも、もう自分には——。

恭子は部屋まで持ち帰ったコンビニ袋を開けた。中には空っぽの、「まるナゲくん」の紙コップが一つ、潰れたまま入っていた。取り出し、さらに握り潰す。手の中に入るまで小さく潰し、だが結局どうしていいのか分からず、白いクロスの壁に投げつけた。

「どうしたらいいの……」

自分が使命を遂行せず、消されるのはまだいい。だが、神がそれをそのまま放置しておくわけがない。神はどんな手を使ってでも、芳照の妹を植物状態にするだろう。決して殺しはしない。殺さず、助からない状態に仕立て上げるだろう。

「あたしは、どうしたらいいの……」

一天使の分際で神の命に逆らうのは土台無理な話だ。しかし、無理だとしても、逆らってみる価値はないだろうか。自分が消えたら、神は全く別の方法で宇宙を救おうとするかもしれない。二番目に影響の少ない介入は、もしかしたら芳照には関わりのない方法かもしれないではないか。

一か八か、賭けてみるか。

恭子は立ち上がった。両手を広げる。カーテンもない窓の闇に、自分の姿を映す。

「……消しなさいよ」

窓に向かって言う。神の応えはない。

「消しなさいよ。消してごらんなさいよ。もう用なしでしょ。あたしは彼の妹を、植物状態になんてしないんだから」

窓に映った自分を指差す。依然、神の応えはない。

「分かった。あんたが黙ってるなら、こっちにだって、考えがあるんだから」

上目遣いで、不敵な笑みを浮かべる自分。こういうのを「堕天使」というのだろうか。

そんなことを考えると、余計に可笑しくなった。

もうちっとも、悲しくなんてなかった。

＊　＊

翌日、恭子は店に出ていなかった。嫌な予感はしたが、きっとただの休みだと自分に言い聞かせた。だが次の日も、その次の日も、そのまた次の日も姿が見えないと、さすがに嫌な予感では済まされなくなってくる。

芳照はレジが空いたときを狙い、店主であろう中年の男に声をかけた。

「すみません」

「はい、いらっしゃいませ」

ただの客と思ったのだろう。芳照の手元に商品を探すが、かまわず訊いた。

「あの、天使さんは、いないんですか」

男は顔を上げ、慌てたように訊き返した。

「なに、君、友達なの」

「ええ、まあ」

「そう……実はね、彼女、亡くなったんだよ。四日前に」

「えっ」

胸の真ん中を、重たい鉛《なまり》の球が突き抜けていくような衝撃を覚えた。

「自殺、だったんだよね。こっちもびっくりしたよ。君、友達なら何か……」

それからも男は、恭子の死についていろいろ言っていた。アパートの風呂場で首吊り。履歴書の嘘《うそ》。身元不明。妄想癖《もうそうへき》、虚言癖《きょげんへき》。そんな単語がいくつも耳に入り、だがすぐ頭の中をすり抜けていった。

「……あ、いや、そんなに、親しくはないんです。あはは。ええ、全然」

無理やり笑ってみせ、慌てて、恭子と食べた「まるナゲくん」を指差した。

「それ、二つください」

会計を済ませ、逃げるように店を出る。足は、自然と荒川土手に向いた。

二人分の「まるナゲくん」。この匂い、温かさ。恭子も同じように感じながらあの日、この道を歩いたのだろうか。

その恭子は、死んだ。

道を渡り、土手に架かるコンクリートの階段を上る。上がりきったら右、少し家の方に戻るように歩く。

膝が、震えていた。ぐらん、ぐらんと、頭の中で何かが大きく揺れていた。

恭子と座った辺りが見えてきた。四日前、わずかだが共に時を過ごした恭子は、もうこの世にいない。自殺した。

この四日、胸が苦しくて仕方がなかった。

一番つらかったのは、恭子を怒らせてしまったこと。せっかく知り合えたのに、すぐにその関係が終わってしまったこと。

次に、夢を失ってしまったこと。恭子の宇宙観は非科学的で、論理的考察に欠ける、まるでロマンも何もない代物だったけれど、神という概念を持ち込むことで、それはそれである意味、見事に成立していた。

さらにショックだったのは、それに自分が納得してしまったこと。宇宙の仕組みを解明するのは夢だったけれど、心のどこかでは不可能であることも、きりがないことも認めていた。そこに神の概念が入ってきた。思わず信じてしまいそうになった。いや、もう半ば信じ始めていた。恭子が本物の天使かどうかは、また別問題としても。

しかし、いま何よりショックなのは、言うまでもなく恭子の死だ。こんなふうになって初めて、恭子が本物の天使だったらと願う自分は、なんと愚かな人間だろう。だが、願わずにはいられない。

恭子が本物の天使だったなら、天使であってくれたなら、死ぬことはなかったはずだ。自殺なんてしなくて済んだはずだ。ただの、ちっぽけな人間だったから、恭子は死を選んだのだ。

理由はなんだったのか。自分の宇宙観か。宗教関係者かと疑ったことか。いや、そんなことで恭子が自殺するとは考えづらいし、またそう思いたくもなかった。だが、それ以外に何か思いつくほど親しくもない。強いて挙げるなら、孤独、ということになるだろうか。

もう一つショックなのは、彼女を思わせるものが何も残っていないということだ。

昨日、レシートがあったらと期待して財布をあさったが、残念ながらなかった。自分の部屋のゴミ箱も引っくり返してみたが、見つからなかった。僕の天使なんて、恭子なんて、最初からいなかったんじゃないかと思えてきた。

だから、あの店主に聞かされた恭子の死は、二重三重の意味でショックだった。

もう永遠に会えないような気はしていたが、まさかそれが、恭子の死による別れだとは思ってもみなかった。

芳照は「まるナゲくん」を一つ口に放り込んだ。ものはあの日と同じなのに、しょっぱいどころか、まるで味が感じられなかった。もう二度と、恭子と食べたときのように美味《おい》しくは味わえない。頬に、涙が伝った。

「……あ」

芳照は、ふいにあることを思いついた。

もう一つ「まるナゲくん」をつまみ出す。だが今度は高く上げてみる。どこにいるか分からないカラスに見えるように、背伸びをしてみせる。

あっちこっちを振り返る。すると向こう岸、東京方面から一羽のカラスが飛んでくるのが見えた。あいつかどうかは、まだ分からない。だが確かに、芳照目指して飛んでくる。

よし、よし、こっちだ。

恭子がやったように「まるナゲくん」を空に投げた。すると、カラスは見事にキャッチし、そのまま芳照の頭上を通り過ぎていった。

「……やった、やった」

何度やってもカラスは、ちゃんと「まるナゲくん」をキャッチした。よくここまで、恭子はカラスを調教したものだ。まるでカラスと、恭子の思い出話をしているみたいだ。奇妙な連帯感を覚える。

なんの気なしに振り返ると、自宅二階の窓から、妹の美由紀が顔を覗かせていた。

「おおーい」

芳照が手を振ると、ロックを外して窓を開ける。

「美由紀ィーッ、見てろぉーッ。いま面白いこと、やってやるよぉーッ」

芳照は「まるナゲくん」を持って手を上げた。

カラスは荒川上空に弧を描き、こっちに頭を向け、そのまま真っ直ぐ近づいてくる。

仰角三十度くらいに来たところで、

「それっ」

一つ投げると、ぱくっとカラスは嘴《くちばし》に咥《くわ》え、手繰るように首を動かして口に入れた。

「見たかァーッ、見えたか美由紀ィーッ」

美由紀は窓の柵に身を乗り出し、小さく拍手をしていた。

そこに、芳照の頭上を越えたカラスが一直線に飛んでいく。美由紀の上半身に、カラスの黒い大きな後ろ姿が重なった。

一瞬、何が起こったのか分からなかった。

叫び声が聞こえた。カラスは窓辺から飛び去った。その瞬間、美由紀の体は真っ逆さま、柵から落ちていた。

ごつん、という鈍い音が、道を隔てた荒川土手まで、聞こえた気がした。

あなたの本

Your Story

一つの過ちも犯さない人生などありはしないのだし、仮にあったところでそれを望むかというと、一概に頷《うなず》けるものではない。

たとえば人生半ばにして何かしらの成功を収めたとする。しかしその成功が転落への呼び水になった例は、この広い世の中に数多《あまた》存在する。豊臣秀吉による天下統一は紛《まぎ》れもない歴史上の一大成功譚《せいこうたん》だが、のちの後継者問題はこの成功なくしては起こり得なかった不幸ともいえる。ジョン・F・ケネディの一生などはまさにこの典型例だろう。アメリカ大統領就任という成功と、暗殺という名の転落。いや、彼の場合は「転落」というより「破裂」か。身近なところで言えば、博打《ばくち》で大儲《おおもう》けした夜、深酒をして道端で寝込み、車に轢《ひ》かれて亡くなった友人がいた。むかし近所に住んでいた老婆は、珍しく実った柿を枝から捥《も》ごうとして、梯子《はしご》から落ちて腰骨を折った。

当然のことながら、その逆をいく例も同等に存在する。むしろこちらの方が一般には馴《な》染《じ》みがあるかもしれない。

失敗は成功のもと。

受験に失敗して第一志望の学校には入学できなかったが、結果、第二志望の学校に行くことによって生涯の友と呼ぶべき男と出会うことができた、とか。迷い込んだ道で財布を拾い、しかもその持ち主がえらい別嬪《べっぴん》で、のちに恋仲に発展した、とか。忘れ物をして家に戻ると、タバコの不始末から布団に火がついていたが、幸いにしてすぐ消し止めることができた、とか。

幸と不幸、成功と失敗が順繰りに来るものならば、では人生の是《ぜ》と非《ひ》はいつ、どの段階で計ったらよいのだろう。いまわの際か。いや、死の直前に気になるのは、むしろこれからゆくのが極楽か地獄かという点ではなかろうか。過去の成功や失敗を数え上げたところで死の恐怖からは逃れられない。ならば、極楽への通行手形が得られるよう祈る方がいい。まあ、そのために過去の成功体験を数えるというのは、ひょっとしたら、最も有意義な最期の過ごし方なのかもしれないが。

どちらにせよ、私がいま計りかねているのは私自身の人生の是非ではない。妻だ。先般亡くなった妻、智子《ともこ》の最期はあれでよかったのか、ということだ。

自分で言うのもなんだが、私は人より少し勉強ができるという点を除けば、ごく平凡な子供だったし、学生だったし、社会人だったと思う。そう、私の人生を数奇なものにしてきたのは私の中にある何かではなく、昔からあの場所にある、あの本だった。

私の父は国語の教師で、大変躾《しつけ》に厳しい人だった。茶碗《ちゃわん》にひと粒でも飯を残して席を立とうものなら、いきなり拳骨《げんこつ》を喰らわせたし、おはようございます、ただいま、といった挨拶《あいさつ》が一拍遅れただけで平手を振るったことも百遍や二百遍ではなかった。

しかし、だからといってユーモアに理解がなかったわけではない。晩酌で酔えば榎本健一の「洒落男《しゃれおとこ》」を唄うこともあったし、書斎の本棚には戦前に刊行された漫画の単行本もあった。幼い頃の私はその漫画が読みたくて読みたくて仕方なかったが、黙って触りでもしたらどんな大目玉を喰うか分からなかったので、なかなか手は出せなかった。

唯一のチャンスは平日の昼間、母が掃除《そうじ》に入るときだった。一緒にくっついて書斎に入り、なんとなく本棚を眺めながら、まるでその日初めて気づいたというふうに手を伸ばす。これはなんだろう。そんなことを呟《つぶや》きながらページを捲《めく》る。もう何度も読んでいるのだから、それが『のらくろ』であることも『冒険ダン吉』であることも分かっていたのだが、そうやって芝居を打つことが免罪符になると当時の私は信じていた。その甲斐《かい》あってか、母は一度も私の立ち読みを咎《とが》めなかった。むろん、あとになってみれば分かる。母は父に報告していたはずである。今日も辰男《たつお》は『のらくろ』を読んでいましたよ、とかなんとか。

あれは終戦直後だったから、私も十歳かそれくらいにはなっていたはずである。さすがにこの頃になると、母と一緒でなくとも書斎に忍び込める程度の悪ガキには成長していた。

父の帰りが遅い夜、日曜でも出かけなければならなくなった日中などが狙い目だった。そうやって、背の届く範囲にある本は概《おおむ》ね読破《どくは》した。断っておくが漫画ばかりではない。太宰治、島崎藤村、谷崎潤一郎、一番好きだったのは中原中也の詩集だったが、繰り返し読む性質《たち》ではなかったため、今ではすっかり内容を忘れてしまった。

その日も私は、書斎に忍び込んで本を読み耽《ふけ》っていた。いや、実はそのとき読んでいた本にはあまり没頭できていなかったのかもしれない。あるいは切りのいいところで閉じてしまったか。とにかく私はそれまで読んでいた本から、目の前の棚に視線を移した。そうして発見したのだ。あの本を。

濃い小豆色《あずきいろ》の布表紙。もとは金色に輝いていたのであろう背表紙の題名は、すでに鈍い茶色に退色していた。

『あなたの本』

珍妙な題名だと思った。

そのまま下の方に目を移すが、著者名のようなものはない。出版社名も記されていない。ただ『あなたの本』と褪《あ》せた金箔《きんぱく》で刻まれているのみだ。

私は立ち上がった。すると本は、ちょうど私の顔の高さに来た。やはり背表紙にあるのは題名のみ。作者も版元も分からない。

特に躊躇《ためら》う理由はなかったので、私はその背表紙に手を触れた。上端に人差し指を掛けて引っぱってみたが、わりと詰め込みがきつい段なのか容易には引き出せない。仕方なく左右の本を押し退《の》け、隙間を作ってから引き抜いた。乾いた布が隣の表紙をこする音がした。手にとると、ザラザラとした、チクチクとした感触がなんとも不快だった。

改めて表紙を確認したが、そこにもあるのは『あなたの本』という題名のみだった。ただ背表紙と違って横書きになっていた。字体もこっちは筆書きに近いものが採用されている。バランス的には「あ」と最後の「本」が大きい。誰かの手書きならなかなかの達筆《たっぴつ》だ。

分厚い布表紙を開き、無地のページを一枚捲ると、また題名がある。私はにわかに苛立《いらだ》ちを覚えた。『あなたの本』とはつまり、この本の持ち主である「父の本」という意味にも解釈できる。なんだ、その息子が勝手に読むべきではないと言いたいのか。私の盗み読みを咎めようと言うのか。だがしかし、本とは元来無力なもの。私のような子供にでも、手に取られてページを捲られてしまえばその内容を明かさねばならない。読者を選《え》り好《ごの》みする資格などありはしない、所詮は紙を重ねて綴《と》じ込《こ》んだだけの代物だ。

私はほくそ笑んだ。捲ってやる、捲って読んでやるぞ。そして思い知るがいい、己の無力を。

しかし憎き題名のページを捲れば目次に至るか、と思いきや、またもや白い闇の如《ごと》き無地のページが広がった。そうか。そうやって私を馬鹿にしているのか。私のような子供に、そう簡単に本文は読ませないというわけか。いいだろう。果たしてお前の強情《ごうじょう》が勝つのか、幼くとも人間である私の腕力が勝つのか。直ちにその答えを出してやろうではないか。

　さらにもう一ページ捲ると、ようやく本文が出てきた。

　馬鹿め、思い知ったか。これでもうお前は私のものだ。『あなたの本』とはつまり「私の本」という意味になったのだ。どうだ、恐れ入ったろう。本の分際で人間様に逆らおうとした罰だ。いいか、読んでやるぞ。いま一行目から、順番に読んでやるからな。

　書き出しは忘れもしない、こんな一文だった。

【四月二十二日水曜日、午後三時七分。二七五〇グラム。健康な男の子が生まれる。】

　なんとも、我が目を疑う内容だった。四月二十二日とは他でもない、私の誕生日ではないか。それが水曜だったか、午後三時過ぎだったか、二七五〇グラムだったかは知らないが、生まれたときに健康だったことはよく聞かされていた。最初からお乳もよく飲んだし、風邪《かぜ》も含めて病気の心配はほとんどしたことのない赤ん坊だったと、母は私によく話してくれた。

　どういう意味だ、これは。

　少し先の行に目をやる。

【四歳。十月二十九日。隣家の柿《かき》の木に登り実を取ろうとしたところを家主に見つかり、慌てて跳び下りたため転倒。庭石に頭部を打ちつけて七針縫う怪我《けが》を負う。】

　思わず右後頭部に手をやった。今も触れば分かる。真っ直ぐ四センチほど、二度と毛が生えない傷痕《きずあと》がある。しかも、そのときの光景まで覚えている。竹馬《たけうま》を引っくり返して枝に引っ掛け、梯子代わりによじ登っていった。生垣から顔を出したところまではよかったが、こっちに突き出している柿の樹の枝に手を掛け、さらに足を掛けたところで隣家の家主が現われた。納屋の陰から顔を出し、私を見つけるや否や目を見開いてこちらに掌《てのひら》を向けた。

マズい、見つかった、怒られると思い、慌てて跳び下りた。だが地面の土がすべり、思いきり転倒し、私は運悪く庭石に後頭部を打ちつけ、流血沙汰《りゅうけつざた》になった。あとから聞いたところによると、隣家の家主は柿泥棒を咎めようとしたのではなく、そんな細い枝にぶら下がっては危ない、折れて落ちたら怪我をする、と教えようとしただけらしかった。だが子供だった私はそんな親切心など察することができず、己の罪の発覚を恐れて逃げようとし、怪我をした。

しかし、なぜそんなことが本に書かれている。

【六歳。七月二日。友達六人と相撲《すもう》をとっていたところ、相手の一人を投げ飛ばし、右腕の骨折、右足首捻挫《ねんざ》、左肩を二針縫う裂傷を負わせる。】

そういうことも確かにあった。あれは今もすまなかったと思っている。田中のコッチャン。私より少し体格がよくて普段は敵《かな》わない相手だったが、あのとき私は直前の鬼ごっこで逃げそびれて転び、それをみんなに大笑いされて頭にきていた。特にしつこく笑っていたのがヨッチャンだった。やがて次は相撲だとなり、私はヨッチャンと当たることになり、ここぞとばかりに仕返ししてやろうと企《たくら》んだ。

勝負だけで言えば、私の方が負けていた。寄り切られて土俵を割り、そこでヨッチャンは力を弛《ゆる》めた。だが私は卑怯《ひきょう》にも、その瞬間に全力でヨッチャンを投げ飛ばした。足を掛け、首と腕を巻き込み、受け身がとれない体勢に持ち込んだ上で、だ。そのまま右側を下にするようにして倒れたヨッチャンは、腕と足を怪我した。左肩の裂傷は、あとから倒れた私の前歯が当たって切ってしまったものだ。

あの件では仲間からもだいぶ責められたし、両親にも叱られたし、ヨッチャンの家にも謝りに行った。治療費は父が払ったと思う。忘れられない事件だ。

いや、ちょっと待て。この本は父ではなくて、私について書いたものなのか。

私は少しページを飛ばして、先の方を読んでみることにした。

【十二歳。四月十五日。野球部には入らず、文学研究会に入部届を出す。三年間、このことを後悔し続ける。】

これは中学に入ったら、ということだろうか。だとすると、今よりは少し未来の話になる。私は野球部と文学研究会、どちらに入るかを迷い、結局、文学研究会を選ぶということなのだろうか。しかしそのことを中学の三年間、ずっと後悔し続けるようである。それはそうだろう。私はずっと前から中学に入ったら野球部に入ると決めている。しかも私がいく地元中学の野球部は、県大会で何度も優勝している強豪チームだ。なぜそれを諦めて文学研究会などに入る必要がある。全く理解に苦しむ。

　さて、その先はどうなる。

【十五歳。三月八日。第一志望の東高校には合格できず、仕方なく西高校に入学することに。】

　おい、ふざけるな。東高校に行けないとはどういうことだ。仕方なく西高校とはなんだ。東高校に不合格というのはさて措《お》き、西高校というのはあの、馬鹿と不良と貧乏人が行くと言われている、あの市立西高校のことだろう。そんなことがあって堪《たま》るか。あんなところに行くくらいなら、高校なんていかない方がましだ。冗談だろう。なんなんだこれは。不愉快な。

　もっと大幅に飛ばして先を見てみよう。

【二十四歳。三月二十三日。大学を卒業する。】

　普通、大学って何歳で卒業するものだ。ちょっと遅くないか。でも大学を卒業するということは、常識でいったらその後は働くということだ。仕事はなんだ。卒業の時点で決まっているのか。それともこれから探すのか。

　前後を捲っていると、ちょっと前のところに記述があった。

【二十四歳。一月十八日。東高校の国語教諭に内定。】

よかった。一応職が決まっていての卒業なのか。

と、ひとしきり安堵《あんど》してから思い至った。これが自分の人生と決まったわけではないのに、私は一体何に安堵し、何に怒っているのだ。そもそもこれはなんの本なのだ。

いったん閉じ、裏表紙から逆にページを捲り始める。いわゆる奥付けというものだ。普通、本の最後には出版された日付けや著者の略歴が書いてあるページがある。そこを見れば、この本がいつ誰によって書かれたかが分かるはずだ。

しかし、なかった。奥付けのページそのものが存在せず、最後から捲っていって最初に出てきたのは、なんと「完」の一文字だった。しかもそのページには一行だけ、引っかかるように文章が載せられている。

【静かに息を引き取った。】

「完」の一文字はその次の行にある。

待て。私と同じ日に生まれたこの本の主人公は、同じように柿泥棒を働こうとして頭に怪我をし、ルール無視の相撲で友達に怪我を負わせ、やがて中学では野球を諦めて文学に傾倒し、しかし馬鹿で有名な西高校に進学し、ところが教師として東高校に赴任し、最後には静かに息を引き取るのか。

待て待て。就職後は一体どんな人生を送るのだ。幸せだったのか。金持ちにはなれたのか。結婚はできたのか。子供はできたのか。健康だったのか。死因はなんだったのだ。病

殺意
サスペンス小説集

井上靖

文庫オリジナル

愛憎、秘密、悲哀……。戦中戦後の混乱期を背景とした昭和サスペンスの至宝。表題作ほか、「傍観者」「雷雨」「ある偽作家の生涯」など全九篇。〈解説〉米澤穂信

●946円

チキンライスと旅の空

池波正太郎

自分が生まれた日の父の言葉、初めての人と出会う旅の醍醐味、薄れゆく季節感への憂い……国民作家が語る食、旅、暮し。座談会「わたくしの味自慢」収録。

●968円

台湾鉄路千公里
全版

脇俊三

一九八〇年、戒厳令下の台湾全線乗りつぶしの旅のエッセイに、増設鉄路をカバーし、全島一周を達成したその後の紀行を増補した完全版。〈解説〉関川夏央

●1100円

気か。だとしたらどれくらい苦しんだのだ。できることなら老衰《ろうすい》で、眠るように静かに死なせてやってはくれないか。

読みたい。東高に就職したのちの人生がどのようなものになるのか、物凄《ものすご》く知りたい。でも、不幸の連続だったらどうしよう。結婚もできず、給料は少なく貧乏で、誰にも相手にされず、孤独のままに死んでいく運命だったらどうしよう。嫌だ、そんなの読みたくない。信じたくない。

いや、むしろそれだろう。

そもそもこの本に書かれているのが私のことであると決まったわけではないではないか。ちゃんと調べてみたら誕生日以外の日付けはまったくのデタラメかもしれないし、柿の樹に登って落ちる子供なんていくらだっているし、男の子が相撲で怪我をするのもよくある話だ。

そこまで考えて、ようやく私は気づいた。

そうか。この本の著者の正体は、父なのだと。

おそらく父は、ちょっと頭がいいのを鼻にかけて碌《ろく》に勉強しない私の将来を案じ、この本を書いたのだ。生まれと、今この段階までの出来事は事実に基づいて書き、しかしこれ以後のことは父の創作なのだ。東高に落ちて西高に、というのはたぶん戒めだ。今みたいな勉強態度では西高行きになるぞ、という警告だ。しかしのちの頑張りようによっては東高の教師にだってなれるぞ、と希望も示している。またそれは、自分のように教師になってほしいという父の願望でもあるのだろう。実際に父はことあるごとに言っている。世の中には様々な職業があるが、教師という仕事は絶対になくならない。いや、今後ますます重要性は高まっていく。これからの日本に必要なのは、まず教育だ――この話が始まってしまうと長いので、私は適当なところで逃げるようにしているが。

まだある。父は国語教師でありながら、実は密《ひそ》かに小説家になりたいとも思っている。つまりこれは父の習作なのだ。息子の人生のスタートを借り、一人の男の一生を書き綴《つづ》った、いわば私小説ならぬ擬似息子小説なのだ。

そこまで思い至り、私は急に馬鹿らしくなった。

なんだこんなもの。脅かしやがって。

勢いでそのまま床に叩《たた》きつけてやりたい気持ちもなくはなかったが、さすがにそれは思い留まった。こっちはあくまでも盗み読みしている身。内容が気に喰わないからといって、本そのものを破壊するのは無頼のすることだ。

地元中学の野球部は大変な人気で、一年生の入部希望者だけでも四十人を数えた。その中には同じ小学校で一番の強打者だった岡村や、隣町のエース・ピッチャー、篠沢もいた。ときどき八番レフトで起用されることがあった、程度の私に出る幕などありそうにない。

私は泣く泣く野球部を諦め、現代文学研究会という部活動を選ぶことになった。なぜその部にしたかというと、

「吉川くんは、本当にいろんな作品を読んでいるのね。感心したわ。ぜひうちの部に入ってちょうだい」

そう言ってくれた西尾《にしお》松子《まつこ》先輩に、憧れとも初恋とも分からない感情を抱いたから、ということになるだろうか。

実はこのとき、ある種の既視感と言おうか、奇妙な浮遊感を味わったのは確かだった。しかしそれが何であるのかは私には分からなかった。ちょっとくすぐったいような、でも騙《だま》されたような感覚。甘みと苦みが同時に舌を侵していくような、複雑な味わいの何か。でもそれは、年上の女性に好意を抱いてしまったことからくる罪悪感であろうと私は解釈することにした。男は年上で、強く立派であるべし。女は年下で、美しく従順であるべし。そんな父親譲りの価値観との齟齬《そご》であろうと。

だが、まもなく後悔の念が私を襲った。

松子先輩はお父上のお仕事の都合で転校を余儀なくされ、いつのまにか唯一の男子部員となってしまった私は、クラスでも「男女」と呼ばれるようになり、残りの中学校生活を汚辱に塗《まみ》れて送ることになった。

ちくしょう。勉強で頑張って、馬鹿にした連中を見返してやる。そう思いはするものの、

実のところなかなか身は入らず、私はなんと第一志望である東高の受験に失敗してしまい、仕方なくもう一つの方、西高に入学する破目になった。このときも何か、受験失敗の挫折感とは別に、言いようのない既視感と浮遊感に見舞われたが、その原因を探るよりも、西高というどん底から如何《いか》にして這《は》い上がるかの方が当時の私にとっては遥かに大きな課題だった。

　このままでは人生の落伍者《らくごしゃ》になってしまう。なんとかしなければ。

　私はこのとき、人生で初めて本気になったような気がする。

　結果、二浪をすることにはなったがなんとか東京の有名私立大学に合格し、私は四年間の学生生活を満喫したのち、二十四歳になって地元に戻った。それというのも、なんとあの、入学試験では私を拒絶した東高が、今度は教師として私を迎えたいと言ってきたからだ。まあ、これには多分に東高の校長まで務めた父の意向が作用したものと思われるが、だとしても東高の教師というのは地元では一つの立派なステイタスだ。私はありがたくその職に就くことにした。

　しかし、人生とは幸と不幸の繰り返し、寄せては返す波の如しである。

　私が東高の国語教師の任に就いてまもなく、父が亡くなった。心筋梗塞だった。医者には「タバコの吸い過ぎだろう」と言われた。確かに父は大変な愛煙家だった。母の作った料理の味が気に喰わないと、これならヤニの味で食った方がマシだと、立て続けに「いこい」を三本吸っては白飯を頬張った。母は父が食卓を離れてから「ヤニの方がマシなんじゃなくて、ヤニでご飯の味が分からなくなっているだけでしょう」と呟いた。もっともな言い分だと私も思った。

父の死からひと月ほどして、ぼちぼち遺品を整理しようと思い立ち、私は父の書斎に入った。本当は母も手伝うと言ったのだが、男として不都合な何か、たとえば猥褻《わいせつ》な書籍であるとか、母以外の女性と交わした書簡の類が出てきたら面倒だと思い、私が一手に引き受けることにした。

結果から言えば、そのようなものは一切出てこなかった。男として残念なような、父親としては尊敬に値するような。はたまた、問題の品はもっと別のところに隠されていて、それが発見されたときは想像を絶するとんでもない騒ぎが巻き起こるような。

さて措き、これは一体なんの本だろう。

私は廃棄しない方に分類しておいた一冊の本に手を伸ばした。

題名は『あなたの本』。

はて、大昔に読んだ記憶もあるのだが、どんな内容だったか。

色褪せた小豆色の布表紙。元は何か箔が載っていたのだろうが、今はすっかりただの窪《くぼ》みとなってしまった題名。それでもちゃんと読めはする。しかし『あなたの本』とは、なんと嫌らしい題名だろう。読者に媚《こび》を売っているようにも思えるし、お前の本なんだからとにかく買えと、書店を訪れた客を脅しているようにもとれる。そんな脅しに屈して父は購入してしまったのだろうか。だとしたら少々意外ではある。

ところが、硬い布表紙をめくり本文の一行目を目にした途端、私の脳天に雷が落ちた。

【四月二十二日水曜日、午後三時七分。二七五〇グラム。健康な男の子が生まれる。】

それは私の誕生日。しかも私は、過去にこの本を読んだことがある。

続きはどんな内容だったろう。

【四歳。十月二十九日。隣家の柿の木に登り実を取ろうとしたところを家主に見つかり――】

そう、この記述も読んだ覚えがある。

さらにパラパラと捲ってみる。

【六歳。七月二日。友達六人と相撲をとっていたところ、相手の一人を投げ飛ばし――】

そうそう。

【十二歳。四月十五日。野球部には入らず、文学研究会に――】

そうだった。確かにそうだった。

【十五歳。三月八日。第一志望の東高校には合格できず――】

なんということだろう。続く高校時代の記述も全く、私の経験した通りに記されている。

西高に入学した私は必死で勉強をし始めた。まもなく学年トップクラスの成績を収めるようにはなったが、本当の一番にはとうとうなれなかった。高橋《たかはし》隆三《りゅうぞう》という秀才がいたからだ。しかしこれが、私にはいい出会いになった。

【十五歳。六月五日。生涯の友と呼ぶべき男と出会う。】

馬鹿と不良と貧乏人しかいない西高において、隆三は私のたった一人の友となった。蹴落とすべきライバルではなく、共に歩むべき戦友だった。やがて彼は京都大学に合格し、私も東京の有名私大に合格した。そしていつか二人で何かやろうと誓い合い、私たちは故郷から旅立った。

驚くべき記述はまだある。

【二十二歳。十一月二十二日。拾った財布をきっかけに女性と出会い、交際に発展する。】

確かにそうだ。私は友人宅を訪ねようとしたが道に迷い、そのとき偶然にも女物の財布を拾った。来た道を少し戻ることにはなるが、友人宅への行き方を訊《き》くついでだと考え、私はそれを近くの交番まで届けにいった。

ところが交番で書類を書いている最中に、

「あの、すみません、お財布を、落としてしまって……あっ」

まさにその落とし主が交番に現われた。しかも司葉子似の大変な美人。私も交番の巡査もすっかり舞い上がってしまい、拾得物届出書の記入などどうでもよくなり、これではないですか、ええそれです、中に桃色《ももいろ》の薬師寺《やくしじ》のお守りが、ああ入ってますね間違いないですね、と一件落着。さらに私は幸運にも彼女にお礼をしたいと言われ、翌週に浅草で食事をすることになった。

それがきっかけで交際が始まり、私もいっぱしの男になったのだが、二人には悲しい別れが待っていた。

【二十四歳。十二月二十六日。交際していた女性に別れを告げられ——】

彼女は涙ながらに語った。

「……辰男さん。私、どうしてもパリで服飾の勉強をしたいの。そのチャンスがようやく、私に巡ってきたの。この機会を、逃したくないのよ」

デザイナーの卵だった彼女に降って湧いた留学話。絶対に別れたくなどなかったが、彼女の必死さと、いい男を演じたいというつまらぬ己の見栄《みえ》に負け、私は別れを受け入れざるを得なくなった。

三日三晩泣いた。三週間と二日の間、落ち込んだ。

だが、吉報が私を救ってくれた。

【二十四歳。一月十八日。東高校の国語教諭に内定。】

これは嬉しかった。まさに、天にも昇る思いがした。

いや、悠長に思い出に浸っている場合ではない。自身の体験が何者かによって克明に記されていることに、私はもっと深い疑念を抱き、考察を巡らせるべきだ。

そもそもこれは誰が書いたものなのだ。その誰かはどうやって私と彼女との出会いを知り、別れを知ったのだ。それだけではない。親友との出会いも、彼との約束も、全てがそうだ。

いや待て。そうではない。私は遠い昔、すでにこの本をつまみ読みしており、いくつかの記述に触れてもいる。当時と一字一句同じであるという確証もなければ証明の手立てもないが、同じような衝撃を受けた記憶はある。そのとき私は、確かこれを父の創作と判断したのではなかったか。私の出生から小学校辺りまでの事実を滑走路に、のちの展開を空想の彼方《かなた》まで飛び立たせたのではなかろうかと推察したはずだ。あるいは私に、教師の職に就いてほしいという自身の願望を、小説という形で父が著したのではなかろうかと。

確かにどこの高校に行き、どこの大学に行き、どこに就職するかといった部分は父の願望ととれなくもない。大学時代に女性と交際するというのも、まあ、書いておけばそれなりに当たる可能性はある。しかし、拾った財布がきっかけというのはどうだ。そんなことまで言い当てられるものか。あるいはもっと穿《うが》った考え方をし、あの出会い自体が父の仕組んだものだったとしたらどうだ。いや、それもあり得ない。財布を拾うかどうか、交番に届けるかどうかは私の自由裁量だ。あの財布をそのまま懐《ふところ》に入れることだって私にはできた。自分の息子は拾った財布をそのまま横領するなど絶対にしない、とまで、父が私の品行方正を信じていたとは考えづらい。

　つまり、どういうことだ。

　私は偶然にもこの本に書かれた通りの人生を歩んできた。少なくとも誕生から現在まではそうだ。ということは、この本を初めて手にとった小学校時代にすでに、私の二十五年にわたる人生の概略は言い当てられていたことになる。細部はともかく、全体としては完全に一致していると言って過言ではない。

　しかも恐ろしいことに、まだページは四分の一くらいまでしか進んでいない。もし残り四分の三にも記述が続いているとすれば、今後何十年にもわたって私の人生は確定していることになる。とはいえ書き込みの密度には多少のバラつきがあるようだから、単純に二十五を四倍して私が百歳まで生きるものと考えることはできないが、それにしてもあとひと月やふた月で死ぬことはなさそうだ。

　何が書いてあるのだろう。このあとのページには。

　私は恐る恐る一枚めくり、だがすぐ手で隠し、少しずつずらして一行目だけを読んでみた。

【二十五歳。八月二十六日。父が亡くなる。原因はタバコの吸い過ぎと言われる。】

　命日も、合っている。しかも、医者に言われた言葉まで。

　冷たく尖《とが》ったものが、一斉に、背中いっぱいに突き刺さったが、もう自分で自分を止めることができなくなっていた。

さらに一行、手をずらして読んでみる。

【二十五歳。九月二十四日。休みを利用して父の書斎を片づける。】

信じられない。今日は二十四日、日曜日だ。

もうこうなると、父が仕組んだのではと疑うこともできない。

ということは、なんだ。私のこの手の下には、明日以降の私の運命が記されていることになるのか。自動車事故に遭うが一命を取り留めるとか。財布を落とすが戻ってこないとか。泥棒に入られて通帳も印鑑も盗まれるとか。

震える手を、少しずつ少しずつ、左にずらしていく。一文全部が読めてしまうのは怖いから、少し左に傾けて、何歳かの部分から徐々に読めるよう工夫する。

【二十五歳――】

ああ、あまり進んでいないではないか。

【二十五歳。十月二日。職員室で――】

なんだ、あとほんの一週間ほどではないか。十月二日に、職員室で何が起こるというのだ。不良生徒がバットを持って殴り込んでくるのか。それとも生徒と関係を持った教師が名指しで糾弾されるのか。私にそのような事実はないが、しかし誤解で指摘を受ける可能性までは否定できない。あるいは試験問題の流出が発覚するとか。優秀だと見込まれていた生徒にカンニング疑惑が浮上するとか。

　いや。そのいずれであろうとも、私がそれを読み知ってよいものだろうか。逆に、知ったところで私に何ができる。たとえば不良生徒の襲撃を察知したとして、どうする。一人でこっそり逃げ出すのか。それとも全教員に注意を促すのか。生徒と関係を持った教師に、もうすぐバレますよと耳打ちするのか。試験問題の流出に注意しましょうと、新入りの私が諸先輩方に訓示するのか。お前カンニングするなよと、疑惑も持たれていない生徒に早々と釘《くぎ》を刺すのか。

　できない。とてもではないがそんな真似《まね》はできない。仮にできたところで、おそらく今度はこっちが変人扱いされてしまう。

　そう、よくない。そんなことはするべきではないし、そもそも自分の人生の先を知るなどしてよいはずがない。

　それこそまさに、人生のカンニングと呼ぶべき卑しい行為ではないか。


　私はじりじりとしながらその後の一週間を過ごした。東高にも多少はいる不良生徒の動向に注意を払い、同僚教師の様子に目を配り、優秀な生徒が何か問題を抱えていないかにも気を配った。日曜になるともうクタクタで、明日職員室で何が起ころうがもうどうでもいいような気にすらなっていた。

そして迎えた十月二日、月曜朝の職員会議。

「……ということで皆様、よろしくお願いいたします」

校長からは通り一遍《いっぺん》の業務連絡があっただけで、特に何が起こるわけでもなかった。

教室に入り、

「起立、礼……着席」

授業が始まっても、不良生徒はむしろいつもより大人しく、優秀な生徒はいつも通り積極的に質問をし、こちらの問いにも答えてくれた。昼休みには転校生が一人、私が顧問を務める映画研究会に入りたいと入部届を持って訪ねてきたが、それもただ受理しただけで問題なく終わった。

六時間目まで無事授業を終え、職員室に戻った。もうこうなったら、さっさと帰り支度をして職員室を出てしまうというのはどうだ。卑怯なようだが、何かに巻き込まれる前に帰ってしまうのだ。幸い今日は付き合わなければならない部活も何もない。私が職員室を出ることによって、ひょっとしたら、運命の方が変わってトラブル自体が発生しなくなる可能性だって、あるかもしれないではないか。

「あの、すみません、私、今日はこれで……」

「おや吉川《よしかわ》先生、もうお帰りですか。珍しいですね。どこかお加減でも？」

「いえ、そういうことでは、ないのですが」

「そうですか……ええ、では、お疲れさまでした」

「お疲れさまでした。お先に失礼いたします」

教頭への挨拶も済み、私は職員室の出入り口に歩を進めた。心臓がグシャグシャと、潰れたり膨らんだりを繰り返している。その影響は眼球にまで現われ、視界には黒い霞《かすみ》がかかったり晴れたりしていた。

あと三歩、二歩、一歩。

だが私が手を伸べる前に、誰かがその引き戸を開けた。

「……お、吉川先生。もうお帰りですか。残念だな。今日辺り一杯付き合ってもらおうと思ってたのに」

体育の野村教諭だった。私は丁重《ていちょう》にその誘いを断わり、家路を急いだ。


翌日。私はいつもの時間に学校に行き、普段通り職員室に入ったが、前日、特に何かが起こったということはなさそうだった。書棚や事務机に荒らされた様子もなければ、昨日あれから大変だったんですよ、などという話も聞かない。いつもと変わらない火曜日が、なんの変哲もなく過ぎていっただけだった。

とにかく、よかった。

この出来事によって、いや出来事がなかったことによって、私の精神状態はだいぶ安定した。あの本の記述と私の過去の一致が偶然なのか仕組まれたものなのかはともかく、この年の十月二日に関しては一致しなかった。職員室では何も起こらなかったし、私自身に何かあったわけでもなかった。思えばあの本の記述には曖昧《あいまい》な表現が多かった。東高、西高というのは出てきたが、具体的人名まではほとんど出てこなかった。私は読んでいるうちに、いつのまにか自分に都合のいい解釈をするようになり、あたかもそれが私の人生を言い当てているかのように思い込んでいただけなのかもしれない。

冷静に考えてみれば、そうだ。一冊の本に書かれていることが予言のように次々と現実になっていくなんて、そんな馬鹿なことがあるはずがない。あれはまやかしであり、私の思い込みであり、手の込んだ冗談だったのだ。

私は再びあの本のことを忘れ、己の意思で日々を生きるようになった。ときどき思い出しはするものの、人生のカンニングなど二度とするものかと自身に言い聞かせ、遠ざけてきた。

そして三十歳になった春、私はある女性と結婚することになった。旧姓、竹井《たけい》。名前は智子という。恥ずかしながら、かつての教え子だ。さらに言うと、顧問をしていた映画研究会の部員だった子だ。しかし断わっておくが、私は決して彼女の在学中に特別な関係になったわけではない。彼女が卒業後、地元の映画館のチケット売り場でアルバイトをしているときに偶然再会し、休みの日に一緒に映画を見たのをきっかけに、交際するようになったのだ。

チケット売り場のバイトは夏休みだけで、普段彼女は隣の県にある大学に通っていた。その卒業を待っての結婚。新居は私の二番目の赴任校である南高校の近く。賃貸だが、いつ子供ができてもいいように少し大きめの家にした。

智子は若かったが、大変よくできた女だった。小犬のような目が愛らしく、私の言うことはなんでも「はい、はい」と聞く素直さが何よりの美点だった。細いわりに体は丈夫で、結婚二年目には子宝にも恵まれた。女の子で、秀美《ひでみ》と名づけた。さらに三年して、今度は男の子が生まれた。名は勝之《かつゆき》とした。二人とも元気な子だった。

私は決して親孝行な息子ではなかったが、母にこの二人の孫の顔を見せてやれたのはよかったと思っている。もう少ししたら同居しよう、来年にはそうしようと相談していたのだが、残念ながら実現する前に母は亡くなってしまった。胃癌《いがん》だった。

「すみません、お母さま……気づいて差し上げられなくて」

智子は実の母を亡くしたかのように泣いてくれた。子供たち二人も「おばあちゃん、おばあちゃん」と亡骸《なきがら》に呼び掛けては涙を流した。

その翌年のことだった。私に新設校に行かないかという話が持ち上がり、それが実家からも近かったものだから、いっそ引っ越してしまおうということになった。とはいえ老いた母一人が住んでいたところに子供も入れて四人で移り住むわけだから、何かしらの手直しは必要と思われた。

ある週末、私は知り合いの建築業者と共に実家を訪れた。改築の打ち合わせだが、やはり戦前の建物なのであちこちガタがきていて、これだったらいっそ建て直してしまった方がいいのではないかと提案された。

「建て直しか……まあ、それも検討してみる必要が、あるかもしれんな」

ひと通り見終わったところで業者を帰し、私は一人残って再度、家の中を見て回った。

部屋数に関しては申し分ない。私と両親という、三人家族にはむしろ広過ぎる屋敷だった。我々がいま四人で住んでも特に不自由はないだろうが、言われてみれば階段も急勾配で危ないし、日本間の宿命かあちこちの土壁には隙間も多く見られる。風呂も台所も古い。便所に至ってはいまだに汲《く》み取り式だ。

唯一そっくり残してもいいと思えるのはこの書斎だが、それもまた現実的ではないだろう。

「……もったいないけどな」

私は一人呟き、すっかり本の少なくなった書棚に目を向けた。

あの本は、まだそこにあった。新任時代、職員室がどうとかいう記述に不一致を見て以来、興味を失っていた。いま見ると、これもなんだか懐かしい。

「あなたの本、か……」

布表紙に積もった埃《ほこり》を払い、ページを捲る。端の方はだいぶ日に焼けて変色してしまったが、中身はまだちゃんと読めた。

同じ誕生日、柿の木から落ちての怪我、相撲事件、受験の失敗、東校への赴任、そして、職員室での出来事。

「……ん？」

私は思わず驚きを声に出し、その一行を凝視した。

【二十五歳。十月二日。職員室で、のちの妻となる女性と出会う。】

スッ、と胸元に、透き通った切っ先を刺し込まれたように感じた。

そう、智子は転校生だった。三年の秋になって転校してくるなんて、親の仕事の都合とはいえ酷だよな、と思った記憶がある。のちに本人とその話をした覚えもある。あの日だったかどうかは定かでないが、確かに智子は入部届を持って職員室にきた。そして私に直接手渡した。

「三年二組に入りました、竹井智子です。よろしくお願いします」

あれが十月二日だったとしたら、どうなる。結局この本に書かれていることは、現実になっているということではないか。

そんな馬鹿な。

慌ててページに目を戻す。

【二十六歳。八月十二日。映画館でかつての教え子と再会し、連絡をとり合うようになる。】
【二十六歳。八月二十日。再会した教え子と映画を見にいく。】
【二十六歳。十二月二十七日。再会した教え子と食事をしにいく。年が明けたら初詣に行く約束をする。】

嘘《うそ》だ、嘘だ。こんなこと、あるはずがない。

【二十七歳。四月二十一日。一日早いが再会した教え子が誕生日プレゼントをくれる。ずっと探していた映画のプログラム。】

あり得ない、こんなこと。

活字に引き出されるようにして、智子と過ごした日々が美しい映画の如く脳裏《のうり》に映し出される。春の公園。木漏れ日の中で交わした、初めての口づけ。秋の遊歩道。枯葉を踏みながら誓い合った将来。決死の覚悟で乗り込んだ智子の実家。寝ずに考えた台詞《せりふ》を私が言う前に、向こうの父親が発した「智子をお願いします」のふた言。泣き出した智子。頷くだけだった母親。今一度畳に額《ひたい》をつけ、そのまま動けなくなってしまった私。

結婚式。二度の出産。二人の子供の成長。幸せな家庭。なんの不自由もない暮らし。

それでも訪れる、永遠の別れ。

【三十七歳。十二月七日。母が亡くなる。胃癌だった。】

そうだ。もし私がこの本を前もって読んでいたら、母の癌をもっと早い段階で発見できていたのかもしれない。そうしていたら手術でどうにかなっていた可能性はある。いや、もう母のことをあれこれ悔やんでも仕方ない。問題はこれからだ。ここまで私の人生を写し取った本ならば、これから先に起こることも正確に書いてあるに違いない。それを読みさえすれば、いかなる不幸も前もって察することができる。これからの人生において、私は失敗というものを一切しなくなることになる。

　智子も秀美も勝之も、みんなが幸せに暮らせるはず。

　いや、そうとも限らないか。何月何日、秀美が交通事故に遭う、と書かれていたらどうなる。縄で括《くく》ってでも家に縛りつけておけばいいのだろうが、運が悪ければ家にいてもダンプトラックが突っ込んできて事故に遭う可能性はある。旅客機が屋根に落ちてくることだってないとは言い切れない。

　ここに書かれている運命を信じると決めて、それがもし想像を絶する恐ろしい不幸だったとして、それでも私はその記述を受け入れることができるだろうか。その不幸が訪れる日を、正気を保ったまま大人しく待つことができるだろうか。

　自信はない。良いことなら読みたいし、信じたいが、悪いことは読みたくないし、信じたくない。だが良いことか悪いことかは、読んでみなければ判断がつかない。何月何日、誰々が死ぬ、の文字を見てしまったらお終《しま》いだ。もう読まないという選択肢はない。それを避けるために、逆にあらゆるページを穴が開くまで読み倒すことになるかもしれない。

やっぱり駄目だ。私には、今現在より先を読んで正気でいられる自信がない。

この本が確たる未来について書いたものであるならなおさら、そんな人生のカンニングのようなことはすべきではない。

ああ、完全に堂々巡《どうどうめぐ》りだ。この結論も、だいぶ以前に出ていたような気がする。

いま私が生きている今日という日は、あの本にはどのように記されているのだろう。そんな疑問が片時も頭から離れなくなってしまった。そのくせ未来を読む勇気はない。そこに書かれているかもしれない不幸を想像するだけで、本に手を伸ばせなくなってしまう。

結局実家は取り壊し、その土地に新たに家を建てて住むことにした。だからもう、あの書斎はこの世に存在しない。では『あなたの本』はどこにあるのかというと、新たに作った私の書斎の机の引き出しに収まっている。

そんな忌まわしい本など捨ててしまえばいい。そう思う反面、捨てたらこれまで築き上げてきた幸せもすべて捨てることになるような気がして、実行には移せないでいる。とりあえず今、何かにすがらなければならないほどの岐路《きろ》には立たされていない。迷うほどの選択は迫られていない。ならば、このまま穏やかに暮らしていればいいではないか。それが毎日出される、私自身による私自身への回答だった。

しかし、そのような考えがよくなかったのだろうか。四十代の半ばにきて、私は人生の大転換を迫られることになった。

「なあ吉川、考えてみてくれよ。優秀な教師で、かつ人望もあって、なお俺が全幅の信頼をおける人間が必要なんだよ。そんなの、お前しかいないだろう」

三十年来の親友である高橋隆三から、学習塾チェーンの立ち上げ構想を明かされた。まずは市内に三ヶ所。規模は徐々に拡大させていく。隣接市に、やがては県内全域に進出し、東大合格者を多数輩出する。

「しかしな……俺には、今の仕事が」

私は最近、東高に戻ったばかりだった。

「分かるよ。不安に思うのはよく分かる。でもな、所詮と言ったら悪いが、要は公務員だろう？　昇給の幅も定年まで全部決まっていて、副業も許されない。あとできることといったら、試験を受けて管理職になっていくだけの話だろう。そんな先の見えた人生、つまらんとは思わんか」

そうじゃない。人生の先が見えるというのは、そんな甘いものじゃないんだ、と声に出して言いたかったが、それはできなかった。

「お前には、平凡でつまらん暮らしに見えるかもしれんが、これはこれで……なかなか、不確定要素が多いものなんだよ」

隆三は京大を出て大手出版社に就職し、そこで教育関連の書籍をシリーズ刊行して大成功を収めた。その後文芸局に異動になり、何作かはヒット作も出したが肌に合わないと言ってあっさり退職。やはり教育の分野で勝負したいと自ら出版社を立ち上げ、最初に手掛けたポケット参考書のシリーズがまたまた大ヒット。その成功を足掛かりに、今度は学習塾チェーンを立ち上げようというわけだ。

「……辰男よ。俺たちはまだ、しょぼくれるような歳《とし》じゃないだろう。西高時代のお前はどこに行っちまった。ガムシャラに俺に喰いついてきたお前は、どこに消えちまったんだよ」

あの頃はまだ信じてなかった。自分の運命がすでに確定しているだなんて。でももう違う。父の死も、母の死も、智子との結婚も、全ては私が生まれたときから決まっていることだった。財布の持ち主と恋に落ちるなんて枝葉まで、寸分《すんぶん》の狂いもなく組み立てられていた。

だからこそ、なのだ。私はそのレールから外れるようなことはしたくない。おそらくこのまま、突飛な選択をしさえしなければ穏やかな暮らしは守られる。しかしそう思う一方で、どんな選択をしようと成功は約束されているようにも思える。あの本を開いたら、学習塾チェーンが全国展開、関東方面部長に就任、などと書いてある気もする。

結局、自分で考えて決めなければならないのは一緒なのだ。

「隆三……もう少し、考えさせてくれ。智子にも相談してみないと。俺の一存で、どうこうしていい問題じゃないと思うんだ」

　少しつまらなそうな顔をしたが、それでも隆三は頷いてくれた。

「分かった。ゆっくり考えてみてくれ。でも、そんなに心配しなくたって大丈夫だぞ。俺は何も、博打や株式をやろうって言ってるんじゃない。ビジネスだよ。いいサービスを提供して、それに見合う報酬を得ようってだけの話だ。俺にはすでに、そのいいサービスを提供するためのノウハウがある。これまでに培ってきたノウハウを、俺は今度のこのビジネスに全て注ぎ込むつもりだ。お前にはそのサポートをしてほしい。いわば女房役になってほしいんだ。分かるだろう、辰男」

　分かるが、でも、そういうことではないのだ。


　夕方五時に家に戻ると、ダイニングキッチンから智子が顔を出した。

「あら、お帰りなさい。早かったのね」

「別に、飲むような話でもなかったんでな。帰ってきた」

「高橋さん、なんのお話だったの？」

　リビングに入り、ソファにカバンを置く。上着は智子が脱がせてくれた。ネクタイは自分で弛める。

「……秀美は。部活か」

中一になった秀美はバスケットボール部に所属している。勝之は小学四年生。この時間では、まだ遊びから帰っていないのだろう。

「いえ、今日は部活じゃなくて、友達と遊びにいくって言ってましたけど」

「……そうか」

そんなことを一々心配しても仕方がない。でもやはり考えてしまう。今日という日、秀美が事故に遭うと記されていたら。勝之が何かのトラブルに巻き込まれるとしたら。

そんなに心配なら一日ずつ記述を見ていけばいいではないか。確かにそう考えた時期もあった。しかし、あの本は決してカレンダー形式になっているわけではない。次の行に記されているのが一ヶ月後の場合だってある。それが仮に不幸な未来だとして、でも回避が可能だとしたらどうする。むろんその不幸は全力で回避するだろうが、それによって未来が改変されるとしたら、もっと大きな不幸を呼び込む結果になってしまうとしたら。

「ねえ。高橋さん、なんのお話だったの」

そう。その話だった。

「……実は、奴《やつ》が立ち上げる、新しい事業に参加しないかと誘われた。むろん、それに参加するならば、教師は辞めることになる」

「新しい事業って、具体的に何かは、決まってるの？」

「学習塾のチェーンだそうだ。奴はほら、出版社にいるときに、教育関係でまず成功しただろう。今やってる会社でも、ポケット参考書って」

「ええ、秀美も持ってるわよ」

そうなのか。そんなに売れているのか。

「ああ……だから、教育関係で、集大成的な勝負に出たいって、そういうことらしい」

智子は、こともなげに頷いてみせた。

「いいじゃない。やってみれば」

あまりの即答、そのあまりの軽さに、私の方が驚かされた。

「やってみれば、って……いいのか。教師を辞めなきゃいけないんだぞ」

「そうでしょうね。公務員のまま副業をやるわけにはいかないんだから」

「なんの保証もないんだぞ。そりゃ奴は、今までは順風満帆でやってきてるが、今度も上《う》手《ま》くいくとは限らないんだぞ」

「でもそんなの、何をやったって一緒でしょう」

このときばかりは、我が妻が別人のように見えた。智子という女は、こんなにも胆の据わった人物だったろうか。

「しかし……やはり、公務員の方が」

「つい生徒に手を上げて、免職になる人だっている。生徒に暴力を振るわれて殺された教師だって現実にいる。公務員で、教師をやってれば安泰だなんて、そう一概に言い切れるもんじゃないわよ」

「そんな不幸に遭う教師なんて、滅多《めった》にいやしない」

無意識のうちに「不幸」という言葉を選んだ自分に、やり場のない苛立ちを覚える。

智子は首を傾《かし》げた。

「そう滅多にはいないかもしれないけど、でも可能性はゼロではないわけでしょう。つまりあなたがそういう目に遭う確率というのは、遭うか、遭わないか、二分の一。五十パーセントってことなんじゃないの？」

なんなんだ。なぜ今日に限って、智子は私を理屈で捻《ね》じ伏せようとするのだ。

何も言い返せずにいると、智子は少し、私を労《いたわ》るような笑みを浮かべた。

「ねえ、あなた……このところ、少し変よ。もともと、そんなに思い切りのいい人だったとも思わないけど、でも、最近ちょっと、いろんなことに消極的過ぎない？　休みの日だってあまり出かけたがらないし、秀美の部活だって、文化系の方がいいんじゃないか、なんて。あの子が運動好きなの分かってて、どうしてそんなこと言うのかなって、すごく不思議だった……ねえ、何かあった？　学校、本当は辞めたいんじゃないの？」

そうか。私は智子に、そんなふうに見られていたのか。

言われてみれば、そうかもしれない。積極的に動こうが消極的にしていようが、その後になんらかの結果はついてくる。その連なりが人生なのだとしたら、変化を嫌ってじっとしていることが最良の方法とは限らない。私が常々思い悩んでいることだって、つまりやる前から結果は決まっているのだろうと、やる前にその結果を見ることもできるのだと、そこのところに葛藤を覚えるのであって、あの本の存在さえ無視してしまえばあとは自分で決めるしかないのだから、無闇《むやみ》に消極的思考に引っぱられることも本来はないはずだった。

　そう。あの本の存在を、無視することさえできれば。

「……やってみても、いいのか」

　おそらく、そうなのだ。自分から踏み出して、何かを摑《つか》んでしまえば、自信も持てるようになる。

「うん。いいと思う」

　あの本に、もう思考を支配されずに済むようになる。

　私は隆三の誘いを受け、新事業に参加することに決めた。多少は退職金ももらえたので、それも全額投資に回すことにした。

　結果、私たちは信じられないくらいの大成功を収めた。最初の一年はさすがに赤字だったが、二年目から利益が出始め、四年目には早くも市外に進出した。初めて県外に教室を構えたのは七年目だった。隆三は「全国展開も夢じゃない」と目を輝かせた。

私は二重の意味で安堵していた。一つはむろん経済面だ。公務員時代より給料が下がってしまったのでは飛び出した意味がない。だが実際には、年収は以前のほぼ二倍になっていた。もう一つは精神面だ。結局、自分で選んだ道に間違いはなかった。当たり前のことだが、最終的には自分で判断して自分で決断するしかないのだと、そのことが身に沁《し》みてよく分かった。

ある日、私は自室の机に座り、ごく軽い気持ちで引き出しを開け、中から例の『あなたの本』を取り出した。あれほど恐れていたこの本の記述が、今はもうどう書かれていてもいいと思えるくらい、小さなものになっていた。まるで子供の頃に戻ったようだった。本とはただ紙を重ねて綴じ込んだだけの代物。現実に力を持っている人間に敵うものではない。表紙を開かれ、ページを捲られてしまえば内容を明かさなければならない。本とはそのような無力な存在なのだと。

【四十五歳。九月十一日。三十年来の親友から新事業への参加を打診される。】

【四十五歳。九月三十日。三十年来の親友からの誘いを受け、新事業に参加する旨を伝える。】

成功した今だから、なんの恐れもなく振り返ることができる。

【五十二歳。二月二日。初めて県外に事業展開。】

そして今がある。

【五十五歳。六月二十日。事業の十周年を祝う会が催される。】

私はそこで本を閉じた。これ以上先を読む必要はない。それでは私の大嫌いな「人生のカンニング」になってしまう。それだけはすべきではない。そうせずとも今までやってこられたではないか。これからだって大丈夫だ。立派に、自分で考えてやっていける。

そう、思ったのも束の間だった。

「大変、申し上げにくいのですが……奥様のご病気は、現代の医療では、どうすることもできません」

ショックだった。これほどの絶望を、私はかつて味わったことがなかった。

確かに智子は、この春頃からよく躓《つまず》いたり、ひどいと転んで起き上がれないこともあったようだ。料理をするのもつらそうだった。それでも家事は大学生になった勝之や、仕事から帰ってきて秀美がやってくれるのでなんとかなったが、寝ていても涙が出るほど体のあちこちが痛いというのはどうにもならなかった。見ていることしかできない、せいぜい背中をさすってやるくらいしかできない自分が不甲斐なくて仕方なかった。

しかしそんな、不治《ふち》の病《やまい》に冒《おか》されているだなんて、思ってもみなかった。

医師の説明はこうだった。これまでにある症例でもっとも近いのは筋萎縮性側索硬化《きんいしゅくせいそくさくこうか》症《しょう》だが、厳密に言うと別の種類の病気であろう。ただ次第に全身の筋肉が萎縮していき、最終的には呼吸筋が麻《ま》痺《ひ》を起こし死に至る可能性が高いという点では、同種の病気ということができる。

「どうすることも、って……本当に、何一つ手立てはないんですか」

医師はいったん、首を傾げてから頷いた。

「根治《こんち》は、難しいです。呼吸筋が麻痺しても、人工呼吸器を付ければ延命はできますが、しかしそれにも、限界はあるでしょう」

すぐに入院させたが、とてもではないが智子に真実を告げることはできなかった。秀美と勝之には話したが、それが何かの助けになるわけもなく、逆に己の無力を思い知らされただけだった。

それでも私たちは懸命に看病をした。日に日に筋力の衰えていく智子の手となり足となり、やがては乳飲み子の世話をする親の役目までこなした。

しかし、こんな不幸があるものか。治療費には事欠かないのに、肝心の治療方法がないとは。しかも事ここに至っては、もはやあの本にすがったところでどうにもならない。もしかしたら、ある年のある段階で何かをやっておけば智子の病気は避けられる、というような記述もあったのかもしれない。でもそれを悔やんでももう遅い。同じだ。母を胃癌で亡くしたときと全く同じ後悔を今、私は再び味わっている。

なんと愚かなのだろう。結局私は、何十年経《た》ってもあの本ときちんと向き合うことができず、何一つ役立てることができないまま今日まで生きてきてしまった。こんなことなら、さっさと焼き捨ててしまえばよかった。この世から葬り去り、呪縛から解放されれば、ひょっとしたら智子の未来も変わるのかもしれない。

いや、その考え方自体がいけないのだ。あの本は誰の運命も握ってなどいない。全ては私が、智子が、それぞれ選んで歩んできた道だ。あの本を灰にしたところで、智子の病気が治るわけではない。

看病の日々は続いた。智子の衰弱は、私たちの疲労とも重なった。

痩せ細った智子は、もうほとんど目を開けることもなくなっていた。手を握って話しかけても、いつの頃からか反応がなくなっていた。

それでも私は話しかける。

「驚いたよ……あの日、入部届を持ってきた女子生徒が、生涯の伴侶になるなんてな。本当のことを言うと、あの瞬間から私は、君に恋をしていたような気がするんだ……いや、こじつけではないよ。本当に、そうだったんだ。でも、それはいけないことだと思っていたから。自分でも、認めようとしなかったんだ……たぶん、そういうことなんだと思う」

自分で言って、自嘲気味に笑ってみせる。智子も、少し笑ったように見えた。それでいい。それだけでいい。生きていてくれさえすれば。

しかし医師の言った通り、人工呼吸器を付けての延命治療にも限界はあった。どんなに頻繁に姿勢を変えても床擦れは避けられず、また看病をする我々の体力も限界に近づいていた。

気丈にも、秀美が言った。

「……お父さん、決めてよ。お父さんがもう少し頑張るって言うなら、私たちも頑張る。でもお父さんが、もう楽にしてあげたいって言うんなら、それもいいと思う……決めて、お父さん。家族だもん。ここまで一緒にやってきたんだもん。気持ちは一緒だよ。楽な選択肢なんて、結局私たちにはないんだから」

選択肢という言葉が、妙に重く胸に響いた。

振り返れば、大小様々な人生の岐路があった。知らずしらずのうちに選び取ったものもあれば、一大決心をした場面もあった。一つひとつを具《つぶさ》に見ていけば、誤った選択も相当数あっただろう。しかし総じて言えば、私の人生は、これでよかったと胸を張れるものになっている。

智子との出会いがそうだった。結婚がそうだった。二人の子供は、選択というよりは単に恵まれただけという気がするが、転職後の成功は明らかに正しい選択の賜物《たまもの》だった。途中途中にはさまる失敗や苦行《くぎょう》は、その後に訪れる好事を逃さないための訓練、神がかった言い方をすれば「試練」ということになるのだろう。

これもまた、私に課せられた一つの試練なのか。

「……分かった。私が、決めよう」

翌日、私が医師に相談し、その三日後に、智子を生かしてきた人工呼吸器は止められた。

十一月十七日。享年五十三。

私と出会って三十五年。

結婚してちょうど三十年目の別離《べつり》であった。


葬儀を済ませると、なんだか急に気が抜けてしまった。

智子の入院生活は都合五年に及んだ。だから、彼女がこの家にいなくなったのは昨日や今日ではないはずなのに、やはり亡くなったとなると意識するものが違うのか、家の雰囲気は一変した。どの部屋にいてもやけにがらんと、空虚に感じられてならない。今いるのが私一人だけだから、というのが理由の全てではない気がする。

勝之ももう立派な社会人だ。今は自動車販売会社で営業の仕事をしている。秀美は最近会社を替わり、今は小さな広告代理店で働いている。二人とも毎日、夜遅くまで頑張っている。

そう。私たちも頑張った。

なんとか二人、子供たちを育て上げた。

智子。お前も母親を卒業したんだから、私も、そろそろいいだろう。学習塾の仕事だが、辞めようと思っている。もう私がすべき仕事はあの会社にはないし、役員として居座って、なんの働きもなく給料を恵んでもらうのはどうにも気がひける。それにもう、あの会社には充分稼がせてもらった。お陰でこれからの暮らしに不安もない。ここいらが潮時《しおどき》ではないかと思っている。

そうそう。隆三は昨日、無事退院したよ。葬儀に出られずすまなかったと、頭を下げられた。しかし今は、癌も早期に治療をすれば、ちゃんと治るみたいだな。入院前に社長は交代していたし、今や奴はグループの会長だから。なんの心配もないさ。

それで、いいよな。なあ、あのときみたいに、いいと思うって、言ってくれよ。

私は書斎に入り、机に座って、例の引き出しを開けた。最愛の妻を亡くし、後ろ盾を失った不安感はやはり如何《いかん》ともしがたい。何かにすがりたい。切実にそう思っていた。『あなたの本』を手にとり、真ん中辺りから捲り始める。飛ばし読みをするだけで、過ぎた日々のあれやこれやが、また映画のように脳裏に映し出される。

智子の病気が発覚した辺りの行はつらかった。やはり読まなくてよかったと思った。読んで知ってしまったら、とてもではないが五年も頑張り通せなかったと思う。もっとずっと先を見ていたから、五年なんてまだ途中だと思っていたから、だからやってこられた。そういう面もあったと思う。

【六十歳。十一月十三日。子供たちから今後の看護方針について相談される。】

今も、あのときの秀美の顔は忘れられない。あの子はいざというときの、智子の意志の強さに似たものを持っている。

【六十歳。十一月十四日。医師に今後の看護方針を伝える。】

このときはつらかった。自分が、とんでもなく冷酷な人間になってしまったように感じられた。

ページを捲り、しかしその日付けの飛び方に私は違和感を覚えた。

【六十歳。十二月二十日――】

おい、智子の命日はどうした。十一月十七日。これを記さない私の人生なんて、あるはずがないだろう。智子の命日を飛ばして、一ヶ月後の一体何を記そうというのだ。

【六十歳。十二月二十日。京都大学医学部の発表により、妻の病気が治療できる可能性が出てくる。遺伝子治療を用いるという。】

いや、ちょっと待ってくれ、これは一体、どういう――。

見守ることしかできなくて

What I can

なぜ俺が、スケート教室なんかに通い始めたのか。

それは当時、荒川静香《あらかわしずか》のトリノオリンピック金メダルに感化された一つ年下の妹が、私もスケート選手になる、と突如言い出したから。それ以外に理由なんて、何一つありはしない。

「へえ、すごいじゃん。がんばってな」

兄ちゃんも応援するから、と付け加える暇は、残念ながらなかった。

「うん。だから、お兄ちゃんも一緒に行って」

なぜそうなる。

「いいよ、俺は。スケートなんてできないし」

「できないから行くんだよ。バカだなぁ、お兄ちゃんは」

お前、それが年上の人間にものを頼む態度か。

しかもこいつ、春休みになってさあ行くぞとなったら、いきなり風邪《かぜ》ひいちまうし。挙《あげ》句《く》、最初の二日を棒に振ったら「もう行きたくなくなった」とかほざくし。なに。兄ちゃんはバカだから風邪ひかないって？　フザケんなコラ。今度お前のアイスノンにカッターで切れ目を入れて、溶け始めたらジェルが流れ出るようにしといてやろうか。

　そう。興味もない、才能なんて、先っぽで折れたシャーペンの芯ほどもない俺が、妹は疎《おろ》か、知り合いすらいないスケート教室にたった一人で通うのは、想像以上につらかった。それでも、辞めるわけにはいかなかった。

「無理して二人分払ったんだからね。せめてあんただけでも、一週間がんばりなさいよ」

　母ちゃん、あんた間違ってるよ。それを言うくらいなら、むしろあいつが「お兄ちゃんも一緒に」って言ったときに、「一人でがんばれ」って言ってやるべきだったんだよ。金払ったことを理由に、俺にがんばらせてどうすんの。言っとくけど俺、スケート選手なんて一秒も目指してないからね。

　その、一週間限定のスケート教室ってのは、地元の民間スケート場で開かれるものだった。昼過ぎ、リンクの四分の一くらいをガードレールみたいなもので区切って、その中で教えてもらう。

「膝《ひざ》を内側に倒して。インサイドに乗るのよ、インサイドに……強く蹴ろうとしないで、押すつもりで」

　三日目くらいから、両足後ろ滑りを習い始めた。ちなみに生徒は十人ちょっと。小四だった俺は、ちょうど真ん中辺りだったと思う。上は中学生、下は小学一年くらいのもいた。

「そう、あなた、上手よ……そうそう、両手を広げて、バランスとってね」

上手《うま》いって言われるのは、たいがいそのチビたちだった。俺を含めて上の方、特に中学生なんかは、ほとんど教室のお荷物的存在だった。

「エッジにフラットに乗っちゃダメよ。倒すの、内側に……両方倒しちゃったらダメじゃないの。軸足はフラットでいいのよ」

分かってる。俺たちだって、頭では分かってるんだ。でも、どうしても上手くいかない。片方のエッジを内側に倒すと、どこまで倒していいか分かんなくなって、いつのまにか反対の膝が外側に傾いてて、アウトサイドに乗っちゃってたりする。で、すてーんと転ぶ。

順番待ちのときに見てても、明らかにチビたちは先生の見せたお手本通りに滑れている。すいー、すいー、すいー。しかもピタッと止まれる。俺とか中学生は、へっぴり腰、膝グラグラ、両手はバタバタ。後ろに滑っているというよりは、転ばないように後退《あとずさ》りしてるだけ。で最後は、お、お、お、お、ベチャ、でようやく止まる。これお約束。

「……はい、じゃあ今日はここまでにします」

「ありがとうございましたァ」

レッスン自体はそんなに長くなかった。一回、正味一時間もなかったくらい。それでも、レッスン中は変な力が入りっ放しになってるから、終わる頃には膝とか腰がガチガチに固まっていた。特に足の裏なんて、ものすっごい強烈な麻酔《ますい》を打たれたみたいだった。痺《しび》れて感覚がなくなってるのに、異様に痛いという、地面の上では味わったことのない状態に陥《おちい》った。だから、リンクから上がったときなんて、ほとんど病人かフランケンシュタイン。どっかに摑《つか》まらないと満足に歩けもしない。

ちょうど、そんなときだった。彼女に声をかけられたのは。

「君ちょっと。なに、そのシューズ」

上は黒いジャージ、下はひらひらのスカート。色は、確か薄いブルーだった。白い、ピッカピカのスケート靴を履いていた。ひと目で、フィギュアスケートの選手だって分かる恰好《かっこう》だった。

「え、何って……」

ここのリンクで借りたものですけど。

彼女が示したのは、リンク外の通路の、壁際に置かれたベンチだ。

「そこ座って」

俺は、なんかよく分かんなかったけど、言われた通りに座った。彼女は座った俺の前に跪《ひざまず》いて、俺の履いてる靴を両手で触った。

「ああ……ダメだよほら。もう靴の革がヘタっちゃってるから、ブレードが全然足の裏に固定できてないもん。明日またこんなの出されたら、もっと新しいのにしてくださいって、言った方がいいよ」

　そう言って、キュッと俺を見上げる。

　黒くて、大きな瞳。鼻はちょっとペチャッとしてるけど、でもまあ、けっこう美形っていうか、まあ、そういう感じの子だった。

「そんな……出されたもんに、文句とか、言っていいの」

「いいに決まってるじゃん。あんた何年生？」

「あ……四年、だけど」

「なんだ、同い年か。だったら言えるよね、自分で。男でしょ」

「でも……」

　俺は、この靴を受け取ったときのことを思い出した。

「貸し靴のオバチャン、なんか怖くない？」

　すると、なぜか彼女の方が怖い顔をした。

「なに言ってんの。お金払ってるのはあんたなんだよ？　お金払ってこんなボロ履かされて、文句の一つも言えないなんて情けないと思わないの？……分かった。じゃあ、あたしが言ったげる」

　彼女は立ち上がるなり、俺に背を向けて歩き始めた。ポニーテールに結った髪が、フルンフルン揺れている。

「ちょっ、と……待ってよ」

俺は足の裏の痛みを堪えて彼女を追いかけた。

のっしのっしとリンクサイドを歩いていく彼女の後ろ姿は、もちろん痩せてはいるんだけど、妙に逞《たくま》しく見えた。細いなりに均整がとれてるというか。姿勢も、シャキッと真っ直ぐだし。俺みたく猫背になってない。ガクガクもしていない。

彼女はいったんリンクから離れて、でもロッカーの方じゃなくて、貸し靴カウンターの方に進んでいった。

で、カウンターの端に置いてあるベルを、掌《てのひら》で二回叩《たた》く。

「はい……ああ、ユウナちゃん」

奥から出てきたオバチャン。なぜかいきなり笑顔。おい、俺んときとずいぶん態度違くねえか。

「スギウラさん、あの子の靴……あれじゃあんまりだよ。せっかく教室に通ってきてくれてるんだから、もうちょっと新しいの出してあげてよ」

オバチャンはカウンターから身を乗り出し、俺の履いている靴を見下ろした。反対に彼女は、カウンターの向こうに並んでいる棚に目をやっていた。

その姿勢のまま、俺の足を指差す。

「君、サイズいくつ」

「あー、二十四」

「じゃあ」

あっちにこっちに、彼女の視線はピュンピュン飛び移る。

「……スギウラさん。そこの下から二段目の、向こうから四番目の黒いの、ちょっと見せて」

すげえ。あのおっかない、ブルドッグみたいな顔したオバチャンが、素直に言うこと聞いているよ。

「これ？」

「うん」

彼女は、オバチャンから受け取った靴の中を覗《のぞ》いてみたり、側面を触ったり、引っくり返してブレード部分を指でなぞったりした。

「……よし、これなら間違いない。スギウラさん、明日はこれ、必ずこの子に出してあげてね」

「うん……分かった。そうする」

彼女のお墨付きをもらったスケート靴は、しかし俺の手元にはこず、また棚に返されてしまった。

で、すちゃっ、と彼女は俺に手を上げてみせた。

「じゃ、明日。がんばって」

「あ、うん……どうも」

　っていうか君、何者？

　その疑問は、着替えてから再びリンクに行ってみると、すぐに解消した。

　俺がやってたあのガードレールに区切られた場所では、そのとき四人の選手が練習していた。彼女と、それよりも年上っぽい女子が三人。でも一番上手いのは彼女だった。ちなみに一人いる先生は、俺らのときとは違う人だった。

「ユウナ、開くの早いッ」

「はい」

　先生はなんか、彼女にガミガミ言ってたけど、俺には何がいけないのかさっぱり分からなかった。

　だって、彼女のやってたジャンプは、テレビで見る荒川静香や浅田真央《あさだまお》のと全く同じだったんだから。少なくとも俺にはそう見えた。

　右足一本でスゥーッと滑ってきて、ぐっと低く沈み込んだら、左の爪先でスカッと氷を蹴って、ジャンプ。で、クルルルルッ。まるで放り投げられたベイブレード。そして何事もなかったように、着地。今度は先生も頷《うなず》いてる。

　すっげえ。

しばらく見てたらジャンプだけじゃなくて、スピンの練習とかもし始めた。

それ、知ってるぞ。ビールマンスピンっていうんだろ。最初は俺、ビール瓶スピンかと思ったけど、違うんだって。ビールマンなんだって。

俺はその、ほんの二十分かそれくらいの時間で、完全に、彼女のファンになってしまった。だって同学年で、ついさっき、俺の靴が古い、もっと新しいのにしなってカウンターまで言いにいってくれたあの子が、実はオリンピック級の選手で、今まさに俺の目の前で、滑ったり跳んだり回ったりしているんだから。これでファンにならなかったら、その方がどうかしてる。まあ、オリンピック級ってのは、俺の個人的な評価だけど。

しかも、けっこう美形っつーか、顔、可愛いし。ちょっと、ウチの学校にはいないタイプの女子だった。

ん？　そうだ。同じ年なのにウチの学校じゃないってことは、どこに行ってんだ？　あの子。

もう、次の日からは教室に行くのが楽しみで仕方なかった。しかも彼女が選んでくれた、あの靴。めちゃめちゃ足にフィットして滑りやすかった。先生にも、いいよ、その調子って褒められた。

それまで俺ができなかったのって、ひょっとして靴のせいだったのか？　ってくらい楽に滑れるようになった。俺の三日間を返せ、ともちょっと思ったけど、でもあのボロ靴がなかったら彼女は俺に声をかけに来てはくれなかったわけだから、まあ、それはよしとしよう。

途中からは、彼女も来て見てくれてた。

俺はレッスンが終わるや否や、すぐ彼女のもとに向かった。

「……昨日、ありがとう。お陰で靴、すげー調子いいよ。めちゃめちゃ滑れる。エッジがアウトとかインとか、やってて分かるようになった」

彼女も、嬉《うれ》しそうに頷いてくれた。

「うん。あたしも、見てて分かった。昨日と全然違う。滑れてる。見違えた」

でもどういうわけか、彼女はすぐに表情を曇《くも》らせた。

「あ……でも今日は、あたしの練習……あんまり見ないでね」

「えっ、どうして」

っていうか俺、今日は八〇パーセント以上、それが楽しみでここに来てるんだけど。

「苦手なこと、やるから……今日はたぶん、いっぱい転んじゃうと思う。やっぱそういうの、あんまり見られたくない」

「苦手？」

そんなものが彼女にあるなんて、俺には信じられなかった。

「なに、苦手って」

「アクセル」

「えっ、トリプルアクセル？」

彼女は、呆《あき》れたように笑った。

「そんな……トリプルなんて跳べるはずないじゃん。ダブルだよ。ダブルアクセル」

「じゃあ、昨日やってたのは？」

「あたしが今できるトリプルは、トウループだけ。だから昨日やってたのは、サルコウもループも、フリップもルッツも、全部ダブルだよ」

どれも、なんとなく聞いたことはあるんだけど、どう違うのかまでは、全く分かりません。

「……へえ、ほとんどダブルだったんだ。俺、てっきり四回転も五回転もしてるのかと思ったよ」

また笑われた。

「五回転とか、男子でもあり得ないし」

「ああ、そうなんだ」

「四回転も、トウループとサルコウだけだよ、成功した人がいるのは。あとの四種類は、まだ男子でもできる人いないの」

どうやら、ジャンプには六つの種類があるようだった。それだけは、俺にも分かった。

「あ、もうこんな時間……あたし、そろそろ行くね」

「うん……じゃあ、がんばって」

「見てちゃダメだからね。さっさと帰ってね」

「ああ、うん。帰る」

ちょっとだけ見たらね。


その後の三日間は、あっというまだった気がする。

レッスン後に、ほんの少し彼女と喋《しゃべ》って、彼女の練習をこっそり見て。で、妙にホンワカした気分で家に帰る。ずいぶん楽しそうね、とか母ちゃんに言われたけど、もちろん理由は教えなかった。

ぼ、ぼ、僕は今、ここ、恋を、しているのです。

言えるか、そんなこと。

でも俺の頭ん中は、完全に彼女一色になっていた。

俺の脳内という狭いリンクで、しかし彼女は一人で伸び伸びと、楽しそうに、いつまでも滑っていた。

キャメルスピンにドーナッツスピン。へへ。俺だって勉強したんだ。得意のビールマンスピンに、トリプルトウループ。苦手なダブルアクセルだって、俺の脳内では完璧に跳べてた。

そう、彼女が面白いことを教えてくれた。アクセルが他のジャンプより半回転多いのは、前を向いて踏み切るからなんだって。

他のジャンプは全部、後ろ向きで踏み切って、後ろ向きで着氷する。でもアクセルだけは、前向きで踏み切って、後ろ向きで着氷する。だから、アクセルだけ半回転多くなるんだ、って。

そう思ってテレビでやってるのを見てみると、確かに。前向きでジャンプしたときは、必ずダブルアクセルか、トリプルアクセルって解説者が言う。トリプルは、浅田真央と中《なか》野《の》友加里《ゆかり》くらいしかできないみたいだけど。

さらに彼女は言った。

「あたしはダメ。苦手。どうしても上手く跳べない……でも、そんなこと言ってたら、この先やってけない。世界になんて絶対に出ていけない。だから、あたしはトリプルアクセルは目指さない。今から、四回転を狙っていく。最初は、四回転トウループ。次に、安藤《あんどう》美姫《みき》選手が決めたサルコウか……じゃなかったら、ループ。四回転ループ。これ、ＩＳＵ公式試合じゃまだ男子も決めてないんだ。だから、将来的にはそれを狙っていく。できるようになったら、絶対あたしの大きな武器になる」

まあ、いまだに二回転と三回転を見分けられない俺には難し過ぎる話だった。でも、がんばってって言っといた。

応援してるから、俺の脳内では、もう四回転跳べてるから、とまでは、あえて言わなかったけど。

スケート教室が終了すると、さすがに俺もリンクには行かなくなった。近くを通りかかると、入ってみようかな、彼女、今日も練習してるんだろうなって、思いはするんだけど、でも実際に入っていく勇気はなかった。勝手に入って練習見てて、ちょっとキミキミ、とか係員に注意されたらカッコ悪過ぎだし。

でも、ずっと思ってた。彼女のこと。夏も、秋も、俺の脳内リンクは一年中、彼女に貸し切りだった。ときどきは、リンクから上がってお喋りもした。アクセル上手くなったね、とか生意気にも言ってみる俺。分かる？　と目を輝かせる彼女。

そして、待ちに待った冬がきた。小学五年の冬だ。

俺は母ちゃんに、またスケート教室に行かせてくれって頼み込んだ。母ちゃんは、なんか疑うような目で俺を見てたけど、でも最終的には許してくれた。妹は誘わなかった。あいつも、別に行きたいとか言わなかったし。

冬の教室は、十二月二十六日からの三日間と、一月四日からの四日間。どっちか一方でもいいんだけど、俺はバッチリ両方申し込んだ。母ちゃんには、片一方じゃダメらしいって言って、七日分のお金をもらった。これ、片一方でもいいらしいって言ったら、確実に前半の三日間だけにされてたな。

そして、久々のスケートリンクへ。

そりゃ、最初は勘が戻らなくて何度も転んだけど、一日行ったらもう、バックストロークまで完璧に思い出せた。俺、意外と才能あるのかも。

しかし、予想外の事態も起こった。

レッスンが終わる頃になっても、彼女が現われない。いくらリンクサイドを見回しても、彼女の姿はない。

俺はレッスンが終わって、着替えてもまだ諦めがつかなくて、リンクの周りを二度も三度も歩いて回った。そのうち、ジャンプとかスピンもやる選手コースのレッスンが始まったけど、その中にも彼女はいなかった。

どういうことだ。

二日目も三日目も、彼女は現われなかった。

俺は持てる勇気のすべてを振り絞って、あの、貸し靴係のオバチャンに訊《き》いてみた。

「あの、覚えてますか……今年の春、僕の借りた靴が古いから、もっと新しいのを出してあげてって、頼んでくれた、僕と同い年くらいの女の子……あの子、今もこのリンクに来てますか」

スギウラさんってそのオバチャンは、悲しそうな顔で答えた。

「ああ、ユウナちゃんね。フジモリ、ユウナちゃん。あの子は今シーズンから、隣の市にあるスケートクラブの所属になってね。だからもう、ここには来ないのよ」

これまでにも何回か、真後ろに転んで後頭部を氷に打ちつけたことがあった。それはまさに、あれを立ったまま、しかも正面から喰らったような衝撃だった。

簡単に言うと、ガーン、って感じだ。

俺は、年が明けて四日からのレッスンに、急激に興味が持てなくなった。

小六時代の俺は、暗かった。

脳内リンクを訪れる彼女の顔は、日々少しずつぼやけ、そのスケーティングも切れ味を失っていった。テレビでフィギュアの大会を見たあとなんて、もう悪夢だった。どんなに彼女を思い出そうとしても、浮かんでくるのは村主《すぐり》章枝《ふみえ》の顔ばかり。

村主さん。あんたに恨みはないけどさ、俺が会いたいのはあんたじゃないんだ。俺に新しい靴を勧めてくれ、アクセルの見分け方を教えてくれた、あの子なんだよ。あの子の顔、あの子の演技を思い出したいだけなんだ。

ところが、中学に入った途端、俺の目の前は急に明るくなった。

いたんだ、あの子が。立ってたんだ、学校の廊下に。

そう。考えてみたら充分あり得ることだった。この地元中学には、周辺のいくつかの小学校から生徒が集まってくる。小学校が違ったって、中学で一緒になる可能性はむしろ高かったんだ。彼女が引っ越してさえいなければ。

俺は、記念すべき再会の挨拶《あいさつ》を、ビシッと決めてみせた。

「あっ、あの、ああ、あの……ふふ、ふ……フジ……」

振り返った彼女は、一瞬きょとんとしたけど、でもすぐに思い出してくれたみたいだった。

「あ、君、あの、えっと……前に、短期レッスンに」

「うん、そう、オレオレ」

わァーッ、久し振りィ、って手を取り合い、たかったんだけど、それは失敗。俺の両手は低く空中をさ迷った。

でも、再会は本当に嬉しかった。

少し顔立ちがシャープになって、大人っぽくなった彼女は、ますます綺麗《きれい》になってた。

俺は俺で、あの頃よりだいぶ背が伸びたから、二人にはいい感じに身長差ができていた。

俺たち、けっこうお似合いじゃない？　とか勝手に思った。

ただ、クラスが別々だったので、二人きりで話をするチャンスはなかなか作れなかった。

昼休み、屋上にいる彼女を見つけて話しかけるまでに、なんと一ヶ月半もかかってしまった。

「なんか……忙しそうだね」

彼女は苦笑いを浮かべ、頷いた。

「いま所属してるクラブが、ちょっと遠いからね。授業終わったら、ソッコー帰んなきゃ間に合わないし。終わるの、夜遅くだし……朝は今、クラシックバレエの個人レッスン頼んでるから、学校来るのも、いつもギリギリだし」

クラブってどこ、と訊くと、彼女が答えたのは、隣の県の、電車だと十何コも乗らなきゃ行かれない、遠い駅名だった。

「そこまで、毎日？」

「うん、ほとんど毎日」

思わず、俺は溜《た》め息《いき》をついてしまった。どうりで、放課後に捜しても見つからないわけだ。

「大変なんだね」

彼女は、ちょこっと首を傾《かし》げた。

「大変……なのは、むしろ親かな。コーチに払うレッスン料、シーズンに入ったらリンクを貸し切りで借りるから、そういうお金……選手登録から振り付けの依頼から、練習用、試合用のコスチューム、試合場によってはその遠征費、日々の送り迎え……言ってみれば、あたしはただ滑ってるだけだよ。滑って跳んで、回るだけでいい。一所懸命がんばればいいんだから、簡単だよ」

そう言って、ニコッと笑う。

その笑顔の分だけ、俺の胸は、キュッと締めつけられた。

「なんか、すげーな……俺なんか、なんも取り得ないからさ。なんかそういう……すげーがんばってる人、単純に、尊敬しちゃうよ。うん……ねえ、なんでそんなにがんばれるの？」

彼女は下唇を噛《か》み、上目遣いで空を見上げた。

雲一つない、春の青空。

「……んー、なんでかな」

二、三度、大きな目を瞬《しばたた》く。長い睫毛《まつげ》が、小鳥の羽のように忙《せわ》しなく上下する。

「君は……なんであのとき、あたしの練習見てたの？」

視線と質問をいっぺんに向けられ、俺は、正直うろたえた。

君のことを、好きになってしまったから、とは違う答えをしなければ。

「え、どうしてだろ……まあ、その、靴のこと、親切にしてくれた君が、ジャンプとか、バリバリ跳んでるの見て、単純に、すげーって思ったし。やっぱ、フィギュアって……綺麗だし。つい、見たくなっちゃうっていうか、いつまでも、見てたいっていうか」

彼女は、むにっ、と口だけで笑った。でも、目は笑ってない。

「……あたしが滑るの、今でも見たい？」

俺は、反射的に頷いていた。

「ありがと。だから……うん。究極を言っちゃえば、君みたいに、あたしが滑るのを、見たいっていう人がいるから、あたしは滑るんだよ」

ドキッ、ときた。

嬉しさと、切なさが、同時に俺の胸に、湧き上がってきた。

「誤解しないでね。これ、別にネガティブな意味じゃないから。ただ……あたしが滑って、前より上手く滑って、凄《すご》いジャンプを決めたら、周りの人、喜んでくれるでしょう。それ見たらあたしだって、やっぱ嬉《うれ》しいよ……正直、得点見ても、一瞬ピンとこないことがある。でも周りが、ワッて喜んで、盛り上がって、それ見ると、なんか、急に涙が出てくるの……初めて、嬉しいって気持ちが、溢《あふ》れてくる……」

そういう彼女の目は、いつも涙目みたいに、少し潤んでいる。

「喜んでくれる誰かのために、一所懸命になる……それって、なんだって一緒なんじゃないかな。ラーメン屋さんだって……ああ、あたし、ラーメンめちゃめちゃ好きなんだけど……そういう人だって、お客さんが、美味《おい》しいって喜んでくれるから、そういう人を喜ばせたいから、がんばって作るわけでしょう。喜んでくれる人が、一人よりは二人、二人よりは十人、二十人、百人、千人……そういうのやっぱ、エネルギーになるよ。みんなが喜んでくれるから、選手はがんばる……それだけだと思うよ」

　あっそうだ、と彼女は急に手を叩いた。

「覚えてる？　前に会ったとき、四回転の話したの」

「うん、覚えてる覚えてる」

　四回転、なんだっけ。何を目指すんだっけ。

「この前、ようやくできたの。練習でだけど。四回転トウループ、できたんだよ」

「えっ、マジで」

　あ、君、俺の手、握ってる。

「マジマジ。自分でもビックリしちゃった……あたしが空中にいられる時間って、そんなに変わるわけじゃないじゃない？　四回転やるからって、滞空時間が三割増しになるわけじゃないじゃない。その、大して変わらない時間の間に四回転するんだから、あたし、景色はすんごい速く流れるんだろうなって思ってたんだけど、案外違うの。四回転、けっこうゆっくり見えるの。不思議だよ。君にも、見せてあげたいくらい」

　そんな無茶《むちゃ》な。

　彼女が俺の目を覗き込む。

「ねえ、今もスケート、やってるの？」

いいえ、全然。

「んん、まあ……たまには」

「じゃあ、週末にでも遊びにおいでよ。うちのクラブのリンクに。今はオフシーズンだから、少しなら遊びで滑ってもいいよ」

それ、ってもしかして、デートのお誘いですか。

「いや、でも、俺なんて……」

「大丈夫だよ。靴もちゃんとあたしが借りてあげるから」

それは、もう言わないでよ。


なんと、その直後に我が家が火事になってしまい、はっきり言って俺は、スケートどころではなくなってしまった。幸い、家族は無事だったけど、でもやっぱり、デートの機会を逃したのは惜しかったな、って思う。

それでも俺は、心の中でいつも、彼女を応援し続けていた。

実は彼女、俺が知らなかっただけで、フィギュアの世界ではすでに有名な選手だったんだ。

藤森《ふじもり》夕《ゆう》奈《な》。

ノービスって呼ばれる十三歳以下クラスの大会では何度も優勝経験があるし、十三歳から参加できるジュニアの大会でも注目株として挙げられるほどの実力者だった。しかも、練習では四回転を成功させているらしい。そんな裏情報も出回ってて、今季のジュニア戦線は藤森夕奈を中心に回るだろう、とまで言われていた。

誕生日の関係で、ジュニアグランプリシリーズへの参加は来季までお預け。そんな彼女が目下狙っているのは、全日本ジュニア選手権だ。

ケーブルテレビ系スポーツチャンネルのインタビューで、彼女はこんなふうに答えている。

「練習では、そうですね……けっこう跳べてます。四回転……はい、トウループです。これをもっと完璧にして、もう、当たり前みたいに跳べるようにして、将来的には、四回転ループを成功させたいと思っています」

男子でも成功者がおらず、あの浅田真央選手も断念したという幻のジャンプですが、との質問が続く。

「はい……でも、誰かが世界で、最初に跳ぶわけだから……それが別に、あたしでもいいかなって。それくらいに思ってます」

具体的には、何年くらいの間に？

「んー、そうですね……まあ、ジュニアの間には、きっかけくらいは摑みたいと思っています。いま無理してやると、トウループの方が崩れちゃいそうで、怖いんで……だから、まずは四回転トウループを完璧に。はい」

実際、彼女は四回転をものにするために、血の滲《にじ》むような努力をしていた。毎朝やっていたクラシックバレエのレッスンを筋力トレーニングに切り替え、とにかく全身の筋力アップに努めた。

学校で出される給食は食べず、トレーナーと相談して決めたメニューの弁当を毎日持ってきて、それを昼休みに食べていた。正直、あまり美味しそうな弁当ではなかったが、それを口に出すクラスメートは一人もいなかった。みんなそれくらい当たり前に、藤森夕奈に期待していたし、元来彼女はストイックな性格なので、それをさしてストレスとも感じていないようだった。

だがそんな彼女を、予期せぬ不幸が襲った。

小石だ。道に転がっていたそら豆大の小石に彼女は躓《つまず》き、左足首を捻挫《ねんざ》してしまったのだ。

左といえば、トウループを跳ぶときの踏み切り足。いや、別に右だったらよかったとかそういうレベルの話ではないんだけど、初参戦の全日本ジュニアで四回転を決めるという、彼女の目論見《もくろみ》に黄色信号が灯《とも》ったことだけは確かだった。

すでに十一月も半ば。大会まであと十日しかない。

医師のアドバイスは、ごく淡白なものだった。

「痛くないことを、していてください」

彼女は医師の言い付けを守った。三日だけ。最初の三日だけは、テーピングでガチガチに足首を固めて、筋力トレーニングをして過ごした。でも四日目からは、もうこれ以上滑らないとスケートの勘そのものが鈍ってしまうと判断し、クラブのリンクに戻った。

最初はテーピングを薄く、それでいて強めに巻いて、その上から靴を履いた。普通に滑るくらいは問題なくできそうだった。氷も押せる。でもスピンやジャンプは、まだ怖くてトライできないみたいだった。

五日目、六日目と、徐々に足を慣らしていった。

そして七日目。ついにテーピングをはずして、直《じか》に靴を履いた。しかし、どうにも安定しないようだった。四回転ジャンプ用に、パンパンに鍛えてきた左足。それに、急に一週間の休暇を与えてしまったのだ。筋力が落ちていて当たり前だった。上手く滑れなくても仕方なかった。

休憩時間、彼女はリンクの外で泣いた。コーチや母親の言葉にも応えず、ただ頭を抱え、閉じた両膝に顔をうずめるようにして泣き続けた。

そんな彼女を、俺はただ見守ることしかできなかった。それが自分で、情けなくて、悔しくて。俺が泣いたってしょうがないんだけど、でも自分で自分が赦《ゆる》せなくて、悲しくて、仕方がなかった。がんばれ、がんばれって、心の中で言ってるだけじゃ意味ないんだけど、馬鹿の一つ覚えだってことくらい分かってるけど、でもそれしかできないから、俺は、ただ、そう念じていたんだ。

　母親は、のちの雑誌インタビューで、こんなふうに語っている。

「あのときは、棄権も仕方ないだろうって、思ってました。だって、真っ直ぐ歩けないんですからね。あと……マスコミにいつ話そうか、話す前に分かっちゃうんじゃないか、とか、そんな心配もありました。実際、二人もいたんですよ。夕奈ちゃん、どっか調子悪いんですかって、訊きにきた方が。一人の方は、いいえ別にって、ごまかして済ませましたけど、もう一人の方は、左足怪我《けが》してるでしょうって、具体的に指摘されたんで……その方にだけは、正直にお話ししました。お話しして、黙っていてくださるようにお願いしました」

　そんなこんなで迎えた、初の全日本ジュニア選手権。

　彼女がショートプログラム用に用意した曲は、オッフェンバックの「パリの喜び」。躍動感のある、明るい曲だ。

　序盤のコンビネーションジャンプ。トリプルルッツ・ダブルトウループ。もともとはトリプル・トリプルの予定だったものを、トリプル・ダブルに急遽《きゅうきょ》変更。やっぱり、左での踏み切りが怖いんだろうか。

でも、続くトリプルサルコウ、コンビネーションスピン、ストレートラインステップは全く問題なくこなした。ひやっとしたのは、ダブルアクセルだ。いまだに苦手意識があるのか、着氷が少し乱れ、本人も表情を曇らせたけど、でもなんとか持ち堪《こた》えた。

その後はシットスピン、ステップシークエンス、最後はビールマンスピン。その辺はどうにかノーミスで乗り切った。

初日の結果は二位。まずまずだろう。

インタビューに答える表情も朗《ほが》らかだった。

「ちょっと……トリプル・トリプルが、トリプル・ダブルになっちゃったんですけど、でも、他にミスしなかったんで……はい。ちょっと、安心しました」

だよね。怪我してんだもんね。大きなミスがなかっただけでも、大勝利だよね。

そして注目の二日目。フリースケーティング。彼女が選んだ曲は定番中の定番、「白鳥の湖」。

序盤のレイバックスピン、ダブルアクセル・トリプルトウループのコンビネーションジャンプ。うん、オッケー。よかった。完璧だった。

で、次だ。

彼女、狙ってる。四回転トウループ、いくつもりだ。

俺は祈った。両手を額の前で組んで、一所懸命、念を送った。

跳べ、浮け、回れ。

踏み替えながら、彼女は右のアウトエッジに乗って滑ってくる。そう、落ち着いて。できる。君なら跳べる。

そのまま、ぐっと右脚を曲げて、深く沈み込んで。大きく引いた左のトウピックで、そりゃッ――。

俺も同時に、念を爆発させた。

両手で、オリャ、って。

彼女を空高く放り投げるつもりで、リンクに向かって、一杯に手を広げた。

彼女の体が、少し傾いた状態で高く浮き上がる。胸の前で組んだ両腕、捻《ね》じり合わせた両脚、翻るコスチュームの裾。色は奇しくも、あの日のによく似た、薄いブルーだ。

今の俺には見える。一、二、三回転。

ゆっくりと彼女の体が、氷上に下りていく。

回れ、回れ、もう少しだ。

そして、着氷――向きはどうだ。ちゃんと後ろ向きだったぞ。足はどうだ。ちゃんと右足一本だったぞ。両手を広げて、ちょっとヨレヨレしたけど、でも、いいんじゃないか？成功したんじゃないか？

途端、会場がワッと沸き返った。でも気を抜くなよ。フリーはまだまだ、ここからが長いんだから。

結果。彼女は大きなミスもなく、フリーの演技を終えた。

採点を待つ間、彼女はコーチと何やら言葉を交わし、しきりに頷いていた。ちょっと、左足首を気にするような仕草も見せたけど、でもそんなに痛みはないようだった。

やがて、得点が発表される。

大きな歓声、無意識のうちに立ち上がろうとするコーチ。

きょとんとする、彼女。

ほら、どうしたの。凄い高得点だよ。四回転トウループを決めたお陰で、一挙に一位に躍り出たよ。

「えっ……」

そう言ったきり、彼女は口を押さえ、半ば悲鳴のような声をあげて泣き始めた。コーチに肩を揺すられ、抱きつかれても、涙の滲む目でスコアボードを見上げていた。

その後に滑った最終滑走者も、彼女の得点を上回ることはできなかった。

でも、危なかった。けっこうギリギリだったよ。あの四回転でもし転んでたら、間違いなく三位以下に転落してたよ。ほんと、僅差《きんさ》の逆転優勝。よくやったね。俺は応援してただけだけど、なんか、異様に疲れちゃったよ。

シニアほどじゃないけど、やっぱり全日本選手権で優勝したとなると、マスコミの数が凄いね。差し出されるマイク、レコーダーの数が半端《はんぱ》じゃないや。

顔、涙でぐしょぐしょだけど、しょうがないね。

ほら。ちゃんと、インタビューには答えなよ。

「はい……ありがとう、ございました……あの、今日は、ちょっと、言いたいことが、あるんですけど……今回、大会、十日前に、あたしの不注意で、左足首を、捻挫してしまって、ほんと……棄権しなきゃいけないかなって、思ってたんですけど……でも、今回だけは、絶対に、出なきゃって、思ってて……」

いったん、息を整えて。

「で……出るからには、四回転、絶対、跳びたいって、思ってて……無理かもしれないけど、でも、挑戦はしたいって、思ってて……っていうのも、今年の、夏前に、あたしをずっと、応援してくれてた友達が、お家の火事で、亡くなって……だから、その子のためにも、絶対出たい、絶対に跳びたいって、思ってて……そしたら、跳んだ瞬間、ふわっ……て、誰かが、支えてくれたみたいに、なって……」

あら、あらら。

「きっとその友達が……あたしのこと、支えてくれたんだと、思います。今回は、その子が手伝ってくれたから、跳べたんだと、思います……これからは、一人でも、跳べるように、強く、なります……ありがとうございました……」

ああ、いや、いやいや。

そうですか、バレちゃってましたか。

いや、それでもこれは、やっぱり君の優勝だよ。

俺は、ただ見守ってただけ。

でもそれは、これからもずっと、変わらないよ。

俺は君を、見守っていく。

永遠に。君が、滑り続ける限り。

最後の街

The last town

世界は今、ヘッドライトが照らす数マイル先までしか、存在していない。愛車、キャデラック・エスカレードのタイヤが噛《か》んだ分だけ現われる、前方の地面。

白茶けたアスファルト。その両脇は、雑草が点在する砂地。民家も野生動物も、ここしばらくは見ていない。この世にあるのは、砂と草、道と車、俺、そして暗闇。それだけだ。

国営放送すら入りづらくなり、ラジオはもうだいぶ前に消した。そろそろどこかのローカル放送が引っかかりはしないかとスイッチを入れてみるが、そのたびに乾いたノイズを聴かされる。耳にまで砂が入り込むような気がし、すぐに消す。そんなことを、もう何日も繰り返している。

四、五回、雨も降った。こんな一本道でも、前方が見えないと不安になる。ワイパーを動かせば、扇形にだが視界は得られた。

雨が止《や》んだら車を停め、フロントとサイドの窓だけ拭く。ボディーには触りもしなかった。どうせ綺麗《きれい》にしたところですぐ砂まみれになるし、そもそも洗車は苦手なのだ。おまけにこの車は、一人で洗うにはあまりにもデカ過ぎる。

ヒーターを入れるようになったのは、一昨日の夕方だったか。指と爪先に異変を感じ、初めて寒いのだと認識した。試しに窓を開けてみると、いきなり冷気が頬に噛みついてきた。窓はすぐに閉めた。

以来、夜は特に冷えるようになった。今夜も、ヒーターは入れっ放しにしている。

上り坂に差しかかった。急に雑草の茎《くき》が太くなり、あっというまに背が高くなった。どのくらいの広さの森林かは分からないが、抜けるのに小一時間かかった。一度だけ木々の間に明かりを見た気はしたが、それがなんだったのかは分からない。民家だったら用はない。野生動物の瞳孔ならなおさらだ。ＵＦＯ？　別の星に連れていってくれるのならいいが、妙なものを体に埋め込まれ、元の地点に戻されるだけなら遠慮する。時間の無駄《むだ》だ。

いや、時間。

それが無駄になるとどんな不都合がある。別にない。ただ、なんとなく癪《しゃく》なのだ。宇宙人のデータ収集に協力してやる義理はない。そもそも今の俺には、その程度の価値もない。

森を抜け、少し下り、また少し上った辺りで、今度こそ間違いなく明かりを見つけた。

あれが「最後の街」か。

たぶん正式な町名ではない。だが誰もがそう呼ぶ。俺も同じだ。おそらくそこが最後の給油地点であり、水や食料の補給地であり、人間と会話ができる場所になる。

気持ちは吸い寄せられるのに、両腕はむしろ拒むように強張《こわば》った。

何を怖れる。魔物がいるわけでもあるまいに。

車は進む。俺の中に生じた躊躇《ちゅうちょ》など、まるで頓着《とんちゃく》しない快適な走りだ。

明かりの色が見分けられる距離にまで来た。点在する民家の窓は、各々のカーテンの色と柄にぼんやりと彩られている。一軒だけある店の看板には「DINER」の赤い文字。宿の類はないのだろうか。

街に入る。やはり宿屋はなさそうだった。さっきの店の窓を見ると、なるほど食堂のようにテーブル席がいくつか設けられている。雑貨もある程度は扱っているようだ。向こう隣には給油スペースもある。

俺は店の前に車を駐めた。エンジンを切り、運転席周りに散らかした小物をポケットにしまう。携帯電話は持たなかった。どの道、もう何日も前から電池切れになっている。

車を出ると、もはやこの地方の名物ともいうべき冷気の歓待を受けた。瞬時に顔面と手が痛くなる。あと襟元《えりもと》も。慌てて店のドアに飛びつく。金属ではなく、堅木《かたぎ》でできたノブを引く。寒冷地なりの工夫なのだろうが、それすらも冷たいのかどうか分からないほど、感覚は麻痺《まひ》させられている。

店内の空気は対照的に暖かで、湿っていた。

正面にはバーカウンター。新聞を読んでいた男がこっちを覗《のぞ》く。彼が店主なのだろうか。

「……いらっしゃい」

俺は店内をざっと見回した。テーブル席が右手に三つ。向こうの壁には食品や雑貨がびっしりと並べられている。チョコレート、クラッカーなどの菓子、ビーフジャーキーに缶詰、ミネラルウォーターやソフトドリンク、洗剤、トイレットペーパー、数種類のタバコと雑誌。よく見ると、いずれも一、二ヶ月前の号だ。もしかすると、彼の読んでいる新聞も今日のものではないのかもしれない。

「食事は、できるかい」

新聞を畳《たた》みながら店主が立ち上がる。

「……ええ。できますよ」

低い背。耳の上に少しだけ残った白髪。厚手のシャツの赤いチェック。そんなものに、俺はなぜだか、ある種の郷愁を覚えた。知人に似た人がいただろうか。親父《おやじ》も死んだ祖父《じい》さんも、こんな感じではなかったはずだが。

カウンター近くの壁には、メニューの書かれた小さな黒板が掛かっている。

「じゃあ、サンドウィッチと、コーヒーを」

店主は薄汚れた白いエプロンをかぶってから答えた。

「……申し訳ない。パンを切らしている」

そうか。今一度黒板を見る。

「じゃあ、ハンバーガーは」

「そのパンならあるが、あいにく挽《ひ》き肉《にく》がない」

苛立《いらだ》ちと溜《た》め息《いき》を、俺はいっぺんに堪《こら》えた。

「なんなら作れる」

「スパゲティなら」

確かに、黒板にもスパゲティと書かれてはいる。ロッソでもビアンコでもなく、ただ「スパゲティ」とだけ。いずれにしても、選択の余地はないということだ。

「……じゃあ、それを」

店主が黙って頷《うなず》く。

「それと、コーヒー」

三秒ほど待ったが、返事はなかった。

俺はカウンターの椅子に腰掛けた。

「コーヒーは、あるんだよな」

「ああ……あるよ」

少し耳が遠いようだ。

店主は、カウンターの下から寸胴鍋《ずんどうなべ》を出して洗い始めた。この分では、いつ食べられるか分かったものではないな、と思ったが、別に急ぐ旅でもない。十分が二十分になろうが、三十分になろうが、どうということはない。

鍋とヤカンに水。コンロの火を点《つ》ける。

「……なあ。この街に、宿屋はないのかい」

店主はかぶりを振った。

「こんな街に、一体誰が泊まる。旅の者が、最後の補給をして過ぎていく。それだけの街さ。一泊する必要はないだろう」

確かに。その通りだ。

「……あんたも、その手合いなんだろう」

あまり気持ちのいい言われ方ではないが、その通りなので頷いておく。

「ああ。宿があるなら出発は明朝にしようかと思っていたが、ないなら別にかまわない。そのスパゲティを食って、手洗いを貸してもらって……二、三、雑貨を分けてもらったら退散するよ」

店主が壁にあるスイッチの一つをオンにした。換気扇かと思ったが、違った。シーリングファンだった。天井にあるプロペラが、ゆっくりと回り始める。

「……出発して、どこに行きなさる」

俺はわざと、鼻で笑ってやった。

「決まってるだろう。『この世の果て』を見にいくのさ」

それ以外、こんな僻地《へきち》に一体なんの意味がある。

店主は眉間《みけん》に皺《しわ》を寄せた。

「およしなさい。『この世の果て』なんて見たところで、何もいいことなんぞありはせん」

カウンターから出て棚の方に行き、いくつか缶詰を持ってくる。ソーセージと、豆の水煮か何かだろうか。

「何もないって、オヤジさん……じゃああんたは『この世の果て』を見たのかい」

店主は缶詰を調理台に置いた。

「そんなもの、見なくても分かる。何もないから『この世の果て』なんだ。何もない場所を見ても、なんにもならないのは当たり前だ。あんたら若い者は、なぜあんなものを見たがる。そんな、地の果てまで逃げるような真似《まね》などせんで、地に足をつけて、しっかり働けばいい」

おやおや。この俺が説教をされるとは、なんとも新鮮だ。

「そんな、言われるほど若くもないんだけどね」

「私の半分にもなりはしないだろう」

「そんなことはない。こう見えても四十近いんだ。オヤジさんは、まだ八十にはならないだろう」

店主は黙った。だが決して、納得した顔でもなかった。

俺はミュージシャンだった。

ガキの頃、家の物置に放り込まれていたギターを見つけたのがきっかけで音楽を始めた。ビートルズかストーンズかと訊《き》かれれば、ストーンズ派だった。でもどっぷりでもなかった。俺は自分という存在を証明するためにギターを弾き、そして唄った。

十代の半ばからクラブに出入りし、ギターの腕を買われてステージに立つようになった。リクエストされればどんな曲でも弾いた。ブルーズが多かったが、トップ40ものも苦手ではなかった。時代ごとに盛り上がる曲は違った。映画『ロッキー』のテーマだったり、マイケル・ジャクソンだったり。ヴォーカルが男だったのでシンディー・ローパーは勘弁してもらったが、女の客が唄いたいと言えば、たまにはそんなものも演奏した。

毎晩五分だけ、自分のオリジナル曲をやらせてもらえた。ウケた曲もあれば、さっぱりな曲もあった。だがそれは、決して曲の善《よ》し悪《あ》しだけが原因ではなかった。酔っ払い向きのリズムかどうか。その方が大きかったように思う。

軍人だった父親とは、毎晩喧嘩《けんか》だった。そんなクソみたいな音楽はやめちまえ。騒音以外の何ものでもない。

だったらなんで物置にギターがあるんだと、俺は言い返した。あんたが買って、でも結局弾けなくて、放ったらかしにしちまったってだけだろう。父親は、あれはお前の祖父さんのものだと言った。だがそれは嘘《うそ》だった。サウンドホールの中にあるシールには製造年月日が印字してあった。その年には、すでに祖父さんは左腕を失っていたはずだ。海で鮫《さめ》に食《く》い千切《ちぎ》られたと聞いている。

父親はプレスリーが好きだった。音楽ってものは、ああじゃなきゃいけない。お前のはただ騒いでるだけだ。それが、ほとんど口癖になっていた。俺の反論も決まっていた。俺は、プレスリーがチャートの一位にいるのなんて見たことねえ。プレスリーが最高なら、ずっと一位のままのはずだろ。父親は「お前は分かってねえ」と背を向けた。分かってねえのはあんただと、俺はその背中に唾を吐いた。

やがて転機が訪れた。

クラブでの持ち時間が二十分にまで拡大していた俺に、ある話が舞い込んだ。小さなレコードレーベルからだったが、そこが最近売り出したアーティストは、軒並みトップテンヒットを飛ばしていた。

俺は、そのビッグチャンスに飛びついた。

「オリジナル曲は、どれくらいストックしてる」

「五十……いや、百はある」

本当は、四十曲くらいだった。

「よし、早速契約しよう。アルバム二枚、シングル三枚でどうだ。第一弾シングルは、この前演奏していた『彼方《かなた》に吹く風』がいいだろう」

夢のような話だった。

家に帰って報告すると、母親と姉、二人の妹と末っ子の弟は喜んでくれた。だが、父親と兄貴は烈火の如《ごと》く怒り出した。

「そんな旨《うま》い話があるわけがないだろう」

「そうだ。馬鹿かお前は」

父親は、プレスリーに憧れはしたがギターが弾けるようにはならなかった。兄貴はひどい音痴のうえにデブだった。二人は嫉妬しているだけだ。俺はそう思い、その夜のうちに荷物をまとめて家を出た。むろんギターと、自分の曲を吹き込んだテープを持って。

結果から言えば、契約の話は本当だった。早速次の週からレコーディングに入った。調子はバッチリだった。腕利《うでき》きのベーシストとドラマーがサポートについた。ファーストアルバムは三週間でできあがった。

途中で別のセクションから横槍《よこやり》が入り、デビューシングルは別の曲になったが、それがかえってよかった。週間シングルチャートでは最高十七位をマークし、直後に満を持して「彼方に吹く風」をリリースした。なんと、これがチャート一位に輝いた。俺は一躍トップスターの仲間入りを果たし、富も名声もいっぺんに手にすることになった。

家に電話をすると、姉が出た。その後ろで誰かが「替われ替われ」と騒いでいる。誰かと思ったら、兄貴だった。

「俺はずっと、お前の才能を信じていたぜ。『彼方に吹く風』……あれは最高だ。俺も毎晩カラオケで唄ってる。忙しいとは思うが、近いうち帰ってこられるんだろう？　そうしたら、記念写真を撮ろう。それから、Tシャツもいっぱい買っておくから、サインしてくれよな」

　いいから別の誰かに替われというと、母親が出てきた。おめでとうと言われた。

　父親は、とうとう電話には出なかった。


　デビューアルバムも、トップテン圏内に半年以上居座るビッグヒットになった。一発売れると、次の作品の制作予算はぐんと跳ね上がった。俺はスタッフとメンバーで南の島の貸し別荘地を借りきり、三ヶ月かけてセカンドアルバムをレコーディングした。

　また、俺はシンガーソングライターとしてだけではなく、ギタリストとしても評価され、他の大物アーティストのアルバムや、コンサートにも多数参加した。

　世界が俺を歓迎してくれている。そう実感した。

　単独でのワールドツアーも行った。寒い国も、暑いところもくまなく回った。アジアでもヨーロッパでも、俺のコンサートは常に大盛況だった。

　サードアルバムは、俺の集大成的な作品にするつもりだった。シンプルなギターロックも、オーケストラとの共演も、ビッグバンドでのジャズも、すべて盛り込んだ。この作品も大ヒットを記録した。この中の一曲が大作映画のテーマソングに採用され、映画と共に、十年に一曲と言われるほどの怪物的ヒットとなった。

結婚したのはこの頃だ。だが、すぐに離婚した。俺がツアーに出ている間に、ワイフが浮気をしたのだ。しかし、それを責める気にはなれなかった。俺も、世界中で散々女を抱いて回ってきたのだから。

数年置いて四枚目のアルバム制作に取りかかった。コンセプトは、ファーストに近いものにしようと考えていた。シンプルなギターロック。俺と、腕利きのベーシスト、ドラマーがいればそれでいい。実際、作品はそのようにできた。ヒットもした。ただ、俺の気持ちはなぜか晴れなかった。

離婚が原因ではなかった。それは数ある理由の一つに過ぎなかった。ならば、なぜ気持ちが晴れないのか。

答えは簡単だった。

やり過ぎたのだ。全てを。

好きな音楽を好きなだけ、好きなように作れる環境。気に入った女をその夜のうちに抱けるだけの名声。欲しいものも、迷ったら両方買えるほど金はあり余っていた。ドンペリのプールで、裸で泳いだこともあった。ドラッグもひと通り試して、中毒症状は最先端医療によってその都度克服した。

だが、俺ははたと気づいた。そして愕然《がくぜん》とした。

次が、ない。

やりたいと思う音楽が、まずなくなっていた。ロックも、クラシックもジャズも、ラテンも何もたいがいやり尽くしていた。それが本物か否かは問題ではない。俺がやりたいと思うスタイルと、曲が、なくなってしまったのだ。

俺は放浪の旅に出た。金は、十回生まれ変わってもまだ働かなくていいくらい持っていたから、豪華客船を借りきってもよかったのだが、あえてそうはしなかった。自分で地下鉄を乗り継いで空港まで行き、各国を渡り歩き、タクシーやバス、ときには馬車も使い、世界を隅々まで見て回った。

何かを探していた。でもその正体は、杳《よう》として知れなかった。新しい音楽なのか、新しい人生なのか、愛すべき女性なのか。それともこの、腐りきった人生観を根底から変えてくれる宗教か何かなのか。

そんなときだ。「この世の果て」の噂《うわさ》を耳にしたのは。

それはさる大陸の奥地。「最後の街」を、さらに行ったところにあるという。

これだと直感した。自分が何を求めていたのか、そのとき初めて理解できた気がした。

俺は、一人の男としての人生はもう、充分過ぎるくらい生きてしまった。寿命の半ばにして、もはや考え得る頂点のすべてを極めてしまっていた。

頂点に居続けようと努力するのもまた、一つの生き方であろうとは思う。だが俺は、そういう性格ではなかった。

そもそも、俺の音楽に対するスタンスがそうだった。同じような曲を書くことは、一度としてしなかった。スタイルも常に変化させた。原点回帰をすることはあったが、それは同じ場所に戻るのとは違っていた。同じ方向性の音楽でも、レベルが格段に上がったものを目指した。レベルが高くなれば、それは必然的に別物になった。そしてそれを俺は実現してきた。だがそういったレベルも、もう上げようのないところまで来てしまっていた。

何より、音楽を作りたいという欲求自体がなくなっていた。強《し》いて何がしたいのかと問われれば、俺以上の存在になりたい、と答えただろうか。

いや、人間以上の存在、というべきか。

とにかく、俺と他者、俺と世界、そういう関係性にうんざりしていた。驕《おご》った言い方になるが、この世界はもはや俺のものだった。だったら「この世の果て」を見てみたい。限界のギリギリいっぱいのところまで行ってみたい。そう思うのは当然ではないだろうか。

自分という存在にとことん飽きてしまったら、もう自殺するほかない。だがそれではつまらない。世界に飽きてしまったら、もはや世界を滅ぼすしかない。しかしそれも馬鹿らしい。さすがにそこまでは、俺もイカレていなかった。

そんな俺に、「この世の果て」はこの上なく魅力的だった。

肺魚《はいぎょ》が陸にあがるように。蟬《せみ》が地表に出て、やがて羽根を広げて空を飛ぶように。「この世の果て」の、その先を見ることができたなら、そして運よくそこに行くことができたなら、俺は全く別の存在になれるに違いないのだ。

「オヤジさん。あんた、自分は何者なんだろうって、そう思ったことは、ないの」

沸騰《ふっとう》した湯に、乾麺《かんめん》が広げられる。

「……ない。そんなことは考えるまでもない。半月に一度、この街の生活雑貨を仕入れ、よく知った街の住人たちに売り分ける。足りなくなったら、近所同士で都合し合ってしのぐ。たまにはあんたみたいな命知らずの旅人の相手をし、できることなら『この世の果て』を見にいくだなんて、無謀な行いはやめさせる……それが私の生活であり、その連なりが私の人生だ。何者かなどと問いはしない。強いて言うならば、この店の店主。それ以上でも以下でもない」

そういう人生があること自体、否定はしない。

誰もが自分のようにミュージシャンになってしまったら、社会はたちまち硬直してしまう。農業をやる人がいて、加工業があって、運搬が、重工業が、建築が、メディアが、行政があって、それらが円滑に機能して初めて、ミュージシャンなどという腹の足しにならない職業が許されるのだと分かってはいる。

　だが、あらゆる人間は前進すべきであるとも、俺は思う。

　この店主のように、同じ一日を繰り返すのも一つの前進ではあるだろう。ただし、俺の前進は違う。二つとない音楽を、楽曲を作り続け、そしてその意欲は尽きた。だったら別のところに進みたい。その前進もまた、否定されるべきではないと思う。

「分からなくはないが、でも、命知らずって……俺は何も、『この世の果て』に、死ににいくわけじゃないんだぜ」

「同じことさ。私らはこの世界で生きている。この世界から出たら死ぬ……なぜそんな簡単な理屈が分からない」

「危ないと思ったら引き返すよ。ちょっとどんなところか、手前から覗いてみるだけさ」

「そんなものではすまない。現に『この世の果て』を見にいって、戻ってきた者などいはしない」

　麺が茹《ゆ》であがったのだろう。店主は鍋の中身を笊《ざる》に空け、湯の切れた麺を、今度はフライパンに入れた。

「……別に、ここに戻ってこないってだけで、他の街に抜けてったのかもしれないだろう」

「この街がなんと呼ばれているのか、あんただって知らんわけじゃないだろう」

俺は、小さく二度頷いた。

店主が続ける。

「『この世の果て』に行くには、ここを通らねばならない。ここに戻ってこないということは、『この世の果て』に行きっ放しということさ。この世ではない場所に行きっ放しということは、それ即ち死んだことと、どう違いがあるというんだね」

切ったソーセージと、豆もフライパンに入れる。俺はそれを見ながら、言い知れない違和感を、自分の中でどうにか処理しようと足搔《あが》いていた。

この世の果て。

それは大地も空も尽きるような、この世と虚無《きょむ》を隔てる断崖絶壁のような場所だと、勝手にイメージしていた。そこから落ちないよう、ギリギリまで前に出て覗いてみるくらいでいい。向こうの世界がどうなっているのか、分かればそれでいい。何かが変わる。自分の中に別の何かが生まれる。そうなればいいと思っていた。

だが、違うのか。

「……本当に、誰一人、戻ってこないのか」

「ああ。一人として、戻ってきた者などおらん」

「だったら、本当に『この世の果て』が危険な場所かどうか、分からないんじゃないのか」

「戻ってこないのが何よりの証拠だ」

「ひょっとしたら、えらく事故の起こりやすいカーブか何か、あるのかもしれないぜ」

「だったらそこが『この世の果て』だろう」

「そんな馬鹿な」

いや、果たしてそう言えるだろうか。何か特別な要因があって、確実に人が死に至る場所。それが「この世の果て」の正体。そういう可能性だって、あるのではないか。

「でも……だったら、ただの危ない場所として、注意すればいいだけのことだろう。そもそも、ここが『最後の街』と呼ばれてること自体がいい証拠じゃないか。やっぱり、『この世の果て』はある。『この世の果て』に行って、戻ってきた者もいる。俺は、そう思うね」

味付けはケチャップのみか。ぐちゃぐちゃと搔《か》き混《ま》ぜて、それでできあがりのようだった。

フォークを添えて、店主が湯気の立つ皿を差し出す。

「……悪いことは言わん。これを食べたら、もときた道を引き返すんだ。『この世の果て』なんて見ても、なんにもならん。ただ全てを失うだけだ。諦めなさい」

俺は肩をすくめながら、スパゲティにタバスコをたっぷりかけた。ツンとした匂いが立ち昇ったら、頃合いだ。俺はフォークを真ん中にぶっ刺し、ひと口大きく頬張った。ケチヤップとタバスコの味しかしないが、それはそれで美味《うま》い。

「……ここまで……どれだけ苦労して……時間使って、金使ってきたと……思ってんだよ。そんな……ここまで来て、急に諦めろって言われてもね」

店主は、カップにセットしたドリッパーに、ゆっくりとヤカンの湯を落としている。円を描き、湯が一杯になったら、落ちきるまでしばらく待つ。それを三回繰り返し、ドリッパーをはずす。フィルターは金属製。ペーパーフィルターを使わないのは、風味に対する拘《こだわ》りか。それともゴミを減らすための工夫か。

カップをカウンターに載せる。

「……これだけは、あまり話したくなかったんだが」

店主はエプロンを脱ぎ、胸のポケットからマルボロの箱を出した。ライターはクロームのジッポー。

「確かに……戻ってきた者も、いたことはいた」

大きく柔らかな火に、銜《くわ》えたタバコの先を当てる。ひと口、静かに吐き出してからフタを閉める。

「やっぱり。戻ってくることも……できるんじゃないか」

「話は最後まで聞くものだ……私がこの店をやるようになってから、かれこれ三十六年が経《た》つ。その間にこの街を通り、『この世の果て』に向かった者は数知れんが、戻ってきたのは、たったの一人だった。むろん、私は今あんたに話したのと同じことを言って、その若者を止めたよ。だが彼は聞かなかった。『この世の果て』に行ってしまった……翌朝、いつものように店を開けると、人が一人、道端に倒れていた……彼だった。息はあったが、意識はなかった……廃人だよ。体は戻ってきたが、魂は『この世の果て』に、置き去りにしてきちまったのさ」

「その男は、ここまでどうやって帰ってきたんだ」

「口を利かんのだから、分かろうはずがない」

　ぽかりと吐き出された煙が、徐々にほどけながら天井に昇っていく。やがて巨大なプロペラに搦《から》め取られ、煙は千切れ、消えていった。

「この世の果て」とは、魂とは、一体なんなのだろう。

「その男は、そのあと……どうなった」

「さあ。意識が戻ったという話は聞かんね」

　最後のひと口を食べ終わった。テーブルにナプキンはない。俺はポケットからバンダナを出し、口を拭った。ちょっと見は牛柄のようだが、広げると黒猫のプリントが現われる。はて、これはどこで手に入れたのだったか。

　まあいい。コーヒーカップを手にとる。

「……『この世の果て』が、どんなところか……この俺が見て、帰ってきて、オヤジさんに話して聞かせるよ。いい眺めだったぜ、今度連れてってやるよ……ってなもんだと、俺は思うけどね」

ひと口含む。やはり、美味いコーヒーだった。これを持っていけるなら、ポット一杯に入れてもらいたいところだ。

「どうしても、行くのか」

「ああ。そのために来たんだしな」

「後戻りはできないんだぞ」

俺は両手を広げ、おどけてみせた。

「後戻りなんて、そもそも望んじゃいない。俺は先に進みたいんだ。ただそれだけさ」

「『この世の果て』に行くことが、先に進むことではないだろう」

「それは、行ってみなけりゃ分からない」

「行かなくても分かっている。行くな」

「分からないって。見ず知らずのあんたが、俺なんかの心配をしてくれるのはありがたいが……もう、決めてるんだ。後戻りはしたくない」

店主はかぶりを振り、短くなったタバコをシンクの中に投げ捨てた。

チュ、と鳴ったきり、新たな煙は立たなくなった。

意外なほど、スパゲティもコーヒーも美味かった。だがもう、ここに長居は無用だ。

「じゃあ……水と、あのクラッカーを三つずつ、包んでくれ。それからガソリン。ハイオク満タンで」

「ハイオクはない」

「じゃあレギュラーでいい。ああ、それとタバコも。キャメルのフィルターを……そうだな、ワンカートンもらおうか」

店主は無言で頷き、カウンターから出た。棚から注文の品を次々と抜き出し、紙袋に詰める。

俺は表に出て、車を給油スペースに移動させた。相変わらず寒かったが、温かいものを腹に入れたせいか、来たときほどつらくはなかった。

店主が紙袋を持って出てくる。俺がリアシートに置いてくれと言うと、黙ってその通りにする。

給油の間も、店主はずっと黙ったままだった。やがてそれも終わり、店に戻り、レジスターが合計金額を表示しても、それを読み上げようとしない。

「カード……じゃない方が、よさそうだな」

多めに紙幣を渡し、釣りはいいと言っても、小さく頷くだけ。礼のひと言くらいあるかと思ったが、まあいい。これ以上口を利いて、感傷的な気分まで売りつけられては堪《たま》らない。

「じゃ」

　俺は軽く手を上げ、彼に背を向けた。

　堅木のドアノブに、今度は確かな温《ぬく》もりを感じる。

　ここに留まる理由は、もう何もないはずだった。「この世の果て」に行く決心に変わりがない以上、店主と交わす言葉に意味はない。

　ノブを引くと、暖気と冷気が激しくこすれ合い、悲鳴をあげた。その音に混じって、気のせいかもしれないが、呼び止める声を聞いた気がした。

　振り返ると、すぐ後ろに店主が立っていた。
いい、もう行ってしまえ。そう自身に言い聞かせはするけれど、なかなか足は動かない。

　店主が咳払《せきばら》いをする。

「……なあ。帰りにも、必ずここに立ち寄ると……そう、私に、約束してくれんか」

　返事は、言葉にならなかった。頷くのが精一杯で、俺はそれをきっかけに、外へと踏み出した。

　給油スペースに駐《と》めたままの車に走る。ドアはロックしていない。運転席に逃げ込み、俺は夢中でシートベルトを締めた。

　エンジンを掛ける。サイドミラーに、店から出てくる店主の姿が映った。よせよ、そんな恰好《かっこう》で。心臓麻痺で死んじまうぞ。戻れよ。戻れって。

サイドブレーキを下ろし、すぐにアクセルを吹かす。巻き上げた砂が、リアランプに赤く浮かび上がる。

店主の姿が、ミラーの中で小さくなる。跪《ひざまず》いたようにも見えたが、定かではなかった。

街の明かりが、徐々に一つの固まりになっていく。

最後の街が、過去になっていく。


闇の中を、ひたすら走っている。

もうすでに、「この世の果て」に踏み入っているのだと言われれば、そうかもしれないと思う。店主の言った通り、何もない、ただの闇だからだ。

ハンドル操作もほとんどせず、アクセルも固定したまま、一定のスピードで走り続けている。ラジオは点けていない。タバコも吸っていない。ヘッドライトが照らす数マイル分の地面と、車と、俺。ＢＧＭはエンジン音のみ。

ふと、何かが足りない気がして、考えた。すぐに、道の両脇にあった雑草がなくなったのだと気づいた。アスファルトと、砂地。それ以外は闇。そのアスファルトも、ほとんど砂に覆われて見分けがつきづらくなっている。

永遠とも思える闇が前方から訪れては、背後に去っていく。いや、お前は静止しているのだと言われたら、反論の材料はない。でも窓を開けたら、風が吹き込んでくるかもしれない。そうだ、風で確かめよう。そう何度も思いはしたが、ついぞ開けることはしなかった。

怖かった。窓を開けても、風が入ってこなかったらと考えると、怖くてスイッチに手が伸ばせなかった。

だが、やがて景色に変化が訪れた。

前方の地平が、少しずつ、明るくなってきたのだ。

薄い紫。次第に広がっていくその鮮やかな色に、俺はしばし目を奪われた。

伴って地平も、その姿を露わにしていく。

俺は吸い込まれるように走り続けた。

左右に伸びる地平はやがて山影に繋《つな》がり、世界を包み込み、背後へと広がっていく。

雲は一つもなかった。空は無だ。

ただ、その紫は青に転ずることなく、いきなり、白み始めた。

雲か。いや、太陽か。

正面に現われたその白は、空を侵し、地表にまで流れ出し、雪崩《なだれ》のようにこっちへと迫ってくる。

ハンドルを切るという発想はなかった。そんなことで避けられるとは思えなかった。白が肥大化するスピードは人知を超えている。

山影を呑《の》み込《こ》み、大地を吸い込み、空にも広がり、もう数マイル先まで迫り、俺は無意識のうちにブレーキを踏み、固く目を閉じた。

太陽にぶつかる。いや、追い越してしまう。


衝撃のようなものは、何もなかった。

あるのは、背中を押し付けたシートの弾力と、手の中のハンドルの硬さ。ブレーキペダルも、足の裏に感じられた。あとは、激しい耳鳴りか。

無意識のうちに、下を向いていた。

その姿勢のまま、俺は固まっていた。

顔を上げて前を見ようか。いや、その前にこの運転席がどうなったのか確かめた方がいい。

恐る恐る目を開けると、まずベルトのバックルが見えた。今まで着ていたシャツに、ズボン。靴も見える。

エンジン音は？　いや、しない。上目遣《うわめづか》いでイグニッションキーを確かめたが、ちゃんとオンのポジションになっている。

なんだ。一体、何が起こったというのだ。

この姿勢でできることは、なくなった。もう、前を見てみるしかない。

意を決し、一ミリ一ミリ、顔を上げていく。フロントガラスが視界に入る前に、両目尻の辺りでなんとなく悟ってはいたが、やはりちゃんと顔を上げ、見得るもの全てを見たときは、愕然とした。

白、だった。

大地も、空も、背後も。この世にあるのは、俺と、車、あとは全て白。そういうことになっていた。

どうしよう。予想外の状況だ。これは、つまり、どういうことだ。

とりあえず、ハンドルから手を離そうと考えた。強張っていてなかなか指が離れなかったが、顎《あご》を使い、額《ひたい》を使い、なんとか、ハンドルから掌《て》を引き剥がした。

ドアレバーに触れると、滑稽なほど指が震えていた。それでもなんとか両手で摑《つか》み、引くと、不思議なほどいつも通り、ドアは開いた。

なんと、地面も白かった。

雪の中に埋没したのに似ているが、雪も積もれば光を遮る。だがここには、陰影というものがまるでない。車の下も白。見渡す限り白。前も後ろも、右も左も、上も下も白。

足を出すのは怖かった。だが出さなければ、ずっとこのままになってしまう。

試しに左足から出してみた。地表に影はできない。ひょっとして、地表なんてものはなくて、今まさに落下している最中なのかも、と思いもしたが、そうではなかった。足は、白い地面につくことができた。右足も出すと、同じ地面に立つことができた。車があるのと同じ高さだ。だが相変わらず影はできない。

一歩、踏み出してみる。歩くことも、できるようだった。

ドアを閉めようかと思ったが、途中でやめた。この世界と、元の世界を繋ぐ唯一の連絡口が閉ざされる気がして、怖かった。

ボンネットに掴まりながら、前方へと移動する。大丈夫だ。動ける。だが、車より前に出ると、途端に平衡感覚がおかしくなった。基準にするものがないと、立っていることすら覚束《おぼつか》ない。俺はときおり振り返り、そこに車があることと、水平方向を確かめながら前に進んだ。

地面は硬くもなく、柔らかくもなかった。進むのは苦ではないが、進んでいるという実感は乏しかった。

そういえば、暑くもなく、寒くもない。音もしない。試しに咳払いをしてみたが、それは自分で聞き取れた。だがどこかに響く感じはなかった。

風もない。自分が浮かんでいるのか、落ちていっているのかも分からない。
と、ここに来て初めて思い至った。

ここは「この世の果て」の入り口なのか。

それとも、これこそが「この世の果て」なのか。

振り返ると、もう車はなくなっていた。

やはり、ここが「この世の果て」なのかもしれない。

どうする。これから、どうしたらいい。

迷った末、結局、前進することにした。

一歩一歩白を踏み締め、今いる場所より、少しでも新しいどこかにたどり着けるよう、足を運んだ。

どれくらい、そうしていただろう。

当てもなく進むことに意味などあるのかと、自問したりもした。いつだってそうしてきたじゃないかと、自らを慰めもした。「この世の果て」に行けば死んだも同然だと言った、あの店主の言葉を思い出した。でも今の自分とは違う、別の何者かになりたかったのだと、己の決断を正当化しもした。誰に対しての正当化か。それもやはり自身に対してか。俺に「生き急ぐな」と言ったのは誰だったか。それに対して、人生は短い、急がなくてどうすると反論したのは覚えている。だが急いで進んで、たどり着いたのがここ、というのはどうだ。

白い虚無。

生きる意味を、常に真摯《しんし》に問い続けてきたつもりだった。しかしこれでは、人の一生など、つまりは無意味だという結論になってしまう。それでいいのか。それが答えなのか。

それとも、人の生きる意味は、その到達点にはないということなのか。ではどこにあるのだ。俺の一生の、どこの時点に、どんな意味があったというのだ。あるいは、意味はちゃんとあったのに、見落としていたということなのか。

突然、自分がどこに立っているのか、理解した。いや、見えるようになった、というべきか。

背中。

足元に広がっているのは、うずくまった人間たちの、無数の背中だった。

みなうな垂れて、肩を寄せ合い、隙間を詰め合い、綺麗に平らに並んでいた。それらは乳白色というよりも、無色の連なりに光が乱反射してできる純白に似ていた。

分かった。もういい。そうしよう。

俺もここで、無の一部になろう。白くなろう。

その決心は、過去に抱いてきた欲求とは正反対のようでいて、実は全くの同質であるような気もした。

ただ、そのやり方が分からない。

黙ってここに座っていれば、いつか地面と同化できるのか。それとも、この連なりにもやはり果てがあって、そこまでいけば最後尾に並ぶことができるのか。あるいは最前列に。

俺は一体、どこまで前進しなければならないのだ。

肉体的な疲れはなかった。ただ、言い知れぬ不安が心に巣食っていた。進め、進め、進め。そう自らに言い聞かせる虚《むな》しさに、この期に及んで気づかされた恰好だった。

そして、ようやく見つけた。

地面に、一人分の隙間を。いや、隙間、ではないようだった。他よりも透明な何者かが、そこには埋まっているようだった。

でも、もういい。精神的に疲れた。俺はここに入りたい。入れてくれ。ここを、俺に空けてくれ。譲ってくれ。ああ、いいんだ、ここで。もう、戻れなくなっても。戻ったところで、何もありはしない。やり直すと言っても、どこから人生をやり直していいかも、分からないんだ。

あんたも、人間だったのか。そうか。でも、他のみんなほど白くないな。だったら、まだ間に合うかもしれないぜ。帰れるかもしれない。行けよ。ここは俺に任せろ。あんたの代わりに、俺が立派に白くなってみせるさ。

心残り？　そんなものはない。まあ、強いて言えば、そうだな。最後の街で立ち寄った、店のオヤジとの約束が果たせないって、それくらいかな。それと、ひと言、礼を言えばよかったなって、今は思ってる。でも、せいぜいそんなところさ。

さあ、行けよ。ここは俺に任せて。

見てみろよ。ぴったりだぜ。

ああ。けっこう、いい気分だ。

ほら、もう白くなってきた。

*

夜が明け、いつもの時間に店を開けた。

昨夜のあの男が、途中で気が変わって、戻ってきているのではないか。店の前に車を駐め、やっぱりやめたよと、にっこり笑ってくれるのではないか。そんなことを心のどこかで、少しだけ期待していたが、残念ながら、ドアの外にはいつもの、街の朝が広がっているだけだった。

とりあえず湯を沸かそう。今日は昼頃に、新聞と郵便物が届く予定になっている。それまでに食事をして、掃除をして、奴《やつ》の世話を済ませてしまわねばならない。

使い古したヤカンを、蛇口の下に置いた。だが、そのときだ。

裏にある自宅の方で、突如、鈍く重たい音がした。

何か落ちたのか。

慌ててカウンターから出て、自宅に繋がるドアを開けた。

すると、

「お……お前」

息子が、廊下の床に倒れていた。

二階で寝ていたはずの息子が、この五年もの間、立つことは疎《おろ》か、身じろぎすることも目を開けることもなかった息子が、まさか、一人で、この階段を、下りてきたのか。

「おい、大丈夫か。怪我《けが》は。どこか折れてないか。大体お前、なんだっていきなり……」

私は息子の名を呼び、体を抱き起こし、力一杯抱き締めた。

饐《す》えたような体臭が、どうしようもなく愛《いと》しかった。体温が、いつもより高く感じられた。痩せ細った左手が、ぎこちない動きで、私の胸に上ってくる。それを握り、しっかりと握り、私は何度も頷いた。

息子は苦しそうに呻《うめ》き、薄く目を開けると、照れたような笑みを浮かべた。

「……誰だか、知らないけど……僕に、行けって……戻れって、言ってくれた人が、いたんだ……彼、何度も……ごちそうさま、ありがとう……って、言ってた」

そうか、と答えるのが、精一杯だった。

思いは様々溢《あふ》れたが、その一つも、言葉にはならなかった。

交番勤務の宇宙人

Alien cop

　地球という星には、子供の頃から親しみを感じていた。

　地球人は我々の母星である「光の星」の存在を正しく理解し、宇宙公安機構の活動にも協力的であることで知られた民族だ。とりわけその中の小国、日本では、我々の活動をテレビドラマという形態の創作娯楽に取り入れ、全国民が当たり前のように存在を認知しているとも聞いていた。

　だから、多くの応募者の中から地球の警備担当駐在員に選ばれたときは本当に嬉《うれ》しかったし、この身を賭《と》して、地球を素行不良宇宙人の魔の手から守ろうと心に誓いもした。

　しかし、実際の現地の事情と、私がかねてから抱いていた認識とには、どうも、決して小さくはない「ズレ」があるようだった。

　私の前任駐在員に当たる早田《はやた》隊員はいう。

「あんまり気張らずに、肩の力抜いてさ、ボチボチやりゃあいいんだよ。どうせ素行不良宇宙人が事件を起こすなんてことは、滅多にありゃしないんだから」

場所は東京、新橋二丁目の居酒屋。彼は今、温《あたた》めた日本酒を手酌《てじゃく》で飲んでいる。ちなみに彼の本名は「ΞΩΨΘ＊ΦΣΓΦ」。強引に地球語的発音をすると「アウォッイヘリイーガッウ」のようになるが、舌を嚙《か》みそうなので地球人名の「早田進吾《しんご》」で通すことにする。

「ボチボチって……こっちはわざわざ三百万光年の彼方《かなた》から、カノジョとも別れて単身赴任してきてるんですよ。そんな、やる気なくすような言い方しないでくださいよ」

一方、私はレモンサワーという飲み物にしてもらった。地球人の体になって三日目。まだ美味《おい》しいとか不味《まず》いとかいう感覚も、正直よく分からない。それでも、見るもの触れるもの、全てが驚きの対象であり、感動の連続だった。

「そもそもお前、なんか勘違いしてないか。この国の人間は、俺たちのことなんて何一つ知りゃしないんだぞ」

私は思わず、そんな馬鹿な、と笑ってしまった。

「日本人は地球で一番、我々のことを理解している民族のはずでしょう。そんな、何一つ知らないなんて」

早田が、チッチッチ、と人差し指を振ってみせる。意味は分からないが、なんとなく不愉快な動作だった。

「そこがまず違うんだよ。日本人が知ってるのは、あくまでもドラマの中のヒーローの活躍だ。リアルな意味合いでの、俺たちの活動じゃない。だいたいこの国は疎《おろ》か、地球のどこを探したって、宇宙公安機構地球支部なんて組織は存在しないからな」

　知らぬまに私は、えっ、と声を漏らしていた。

「ほんと、ないんだよ。あるのは日本の内閣府直轄の、宇宙公安機構特設連絡室って、室長以下三人しかいない、言わば連絡窓口だけだ。本部の連中が地球支部と呼んでるのはその連絡窓口のことであって、それだって実際は専任の部署じゃなくて、三人とも他の仕事と兼務してる仮設部署だ。もっと言えば、地球には外敵から自星を守る防衛部隊すらない」

　もはや、何をか言わんや、である。

「むろん、日本が独自にそういう部隊を設置しているということもない」

「じゃあ、私は普段、どこの所属になるんですか」

　早田は変な形に頬を歪《ゆが》めた。見る者を不安にさせる、嫌な表情だ。

「日本に限って言えば、自衛隊か警察ってことになるだろうな。自衛隊ってのは、簡単に言えば、日本を他国から守るための軍隊だ。警察ってのは、犯罪を取り締まったり、人や建物を警備したり、いろんな人助けをしたりする国内向けの組織だ。まあ、警察の活動は我々のそれと似た部分もあるが、にしても、積極的な攻撃というのはまずしない。犯罪者だからといって、その場で撃ち殺したりは絶対にしないんだ」

駄目だ。価値観が違い過ぎて、話についていけない。

なんだろう。早田は細く短い棒のようなものを口に銜《くわ》え、ひどく温度の低そうな火炎でその先端を焼いた。しかも同じ口から、白色の不完全燃焼微粒子を放出する。見回すと、周りにも何人か同じ行為をしている地球人がいた。なんだか変な臭いもする。気分が悪くなる。

「俺たちはさ、騙《だま》されたんだよ。地球で一番理解がある民族だ、日本は天国、任期なんてあっというまだ、なんて……そんなの、ぜーんぶ嘘《うそ》っぱちだからな。実際は事件もない、他にするべき仕事もない、退屈で退屈で死にたくなるようなところさ。だから、一つだけ忠告しておく。たぶん支部……一応、本部の呼称に倣ってそう呼んでおくが、支部に行ったら自衛隊か警察か選ぶことになると思う。そうしたら、そのときは迷わず警察を選べよ。自衛隊は訓練ばっかりで、普段は基地から外にも出られないって話だ。その点警察は街中にあって、仕事であちこち行ったりもして、一般社会と触れ合うことができる。悪いことは言わない。絶対に警察にしておけ。この星における俺たちの敵は、素行不良宇宙人なんかじゃない。退屈だ。この退屈をいかにやり過ごすかが、この星で任期を全うできるかどうかの分かれ道になる」

そうか。そんなにこの地球という星は退屈なのか。

「分かりました……あ、でも、その警察って組織の中にも、いろんな部署があるわけですよね。それを選ぶ、みたいな話になったら、何にすればいいっすかね。有害生物駆逐隊とか、不良宇宙人殲滅《せんめつ》の特殊部隊とか」

　早田が悲しげにかぶりを振る。

「だから、ないんだって。そういうのは一切ないの。そもそも、対宇宙人という考え方自体がない。彼らは同じ地球人、それもほとんど同じ国の人間のことしか考えてないし、想定もしていない。宇宙人が攻めてきたりとか、そういうことはまず考えない。こんなに日々宇宙船や宇宙人が頭の上を飛び回ってるってのに、見えてないんだな。確かに、水を物質の構成要素の中心に据えていたんじゃ、我々のような、光を主な構成要素にした生物は感知できないし、物質も認識しづらい。ほんと、いろんなことがすれ違いなんだよ。この星とは」

　いや、ですからね、と私は話を戻した。

「警察では具体的に、どういう部署を希望したらいいのかってことですよ」

　すると早田は、初めて少し明るい表情を見せた。

「それだったらな、オススメは刑事だ。日本のドラマでは、何しろ刑事が一番人気だ。あぶなかったり、踊ったり、ハンチョウがいたり、いろいろ面白いぞ。俺も任期の大半は刑事だった」

　先輩がそこまで言うなら、とりあえず、その刑事とやらをやってみようか。

そんな私のささやかな希望は、一瞬にして宇宙の藻屑《もくず》と消え去った。

場所は霞《かすみ》が関《せき》、中央合同庁舎二号館の六階。総務省フロアの隅っこにある、小さな小さな会議室だ。

「ああ、刑事は無理ですね。今現在、そういう受け入れ態勢にはなってないんで」

早田が「顔は可愛いがやる気がなくてムカつく連絡係」と言っていたのがおそらく、この女だろう。まあ、地球人の可愛い顔の一サンプルとして、記憶には留めておこう。

「なんでですか。一番いろいろ事件が起こって、役に立てるセクションだっていうじゃないですか」

「いやぁ……基本的に刑事が扱うのは、地球人対地球人の事件なんで。あんまそういうところで、宇宙人の方に張りきられても、かえって迷惑なんで」

迷惑、って。

「っていうか、もうあなたの名前も所属部署も決まってるんで。警察庁の方から、そういう通達が来てますんで」

彼女が差し出してきたのは、人事異動通知書なる一枚の書類だった。

【所属職名　警視庁採用センター
氏名　　　諸星団吉《もろぼしだんきち》

階級　巡査長
異動内容　警視庁新宿警察署勤務を命ずる。】

　さらに彼女が付け加える。

「とりあえずこんな感じで、よろしくお願いします。あと、ここには書いてませんけど、たぶん配置は地域課になると思うんで。サッチョーの人が、そう言ってたんで」

　サッチョー、が何を意味するのかも分からんが。

「なんですか、地域課って」

「いわゆる、交番勤務のお巡《まわ》りさんです」

　正確な意味は分からないが、なんか嫌な予感がする。

「……それは、素行不良宇宙人の取り締まりに、適した部署なんでしょうか」

　彼女は、さあ、と首を傾《かし》げた。

「適してるかどうかって言われたら、あんまり、としか言いようがないですね」

「あんまり……適して、る？」

「適してない、ですね。日本語で『あんまり』ときたら、文法的には『ない』の方向で。お願いします」

　いやいや、適してないんじゃ困るだろう。

「じゃあその、私は普段、その交番課に勤務するとして」

「地域課で、交番に、勤務するんですね。そこ大事なんで」

「ああ、すみません……いやですから、普段の活動が素行不良宇宙人の摘発に適していないんだとしたら、私はいつ、本来の仕事をしたらいいんですか」

　すると今度は、反対側に首を傾げる。

「別に、いいんじゃないですか。しなくて」

「別に、いいって」

「この際だから言っておきますけど、別にそういうの、地球人的には大して困ってないんで。っていうか、下手《へた》に街中で宇宙人対決みたいなことされて、ビームとかでドンパチやられる方が困るんですね。民間の建物とか壊したら、必ず警察に通報が行って、最終的には警察庁からウチにクレームが入りますし、公共の建物とか道だったら国土交通省から来ますんで。あと放射能とか検出されると、環境省とか、場所によったら農林水産省とかも黙ってないんで。なんかそういう面倒なこと、ほんと勘弁《かんべん》してほしいんですよ」

　面倒って、勘弁ってなんだ。こっちは三百万光年の彼方から、カノジョとも別れて赴任してきてるんだぞ。

「……あんたな、ちょっとは口の利き方に気をつけろよ」

「ああ、すいません。私、大体いつもこんな感じなんで。でもほんと、あんまり頑張られると、逆に迷惑なんで。交番勤務で、適当に暇潰《ひまつぶ》ししててください。間違っても、自分から不良宇宙人を見つけに動いたり、刺激して追い詰めて、逆に事件起こさせたりしないでくださいね……ってことで、今日はもう帰ってもらっていいですか」

　確かにこいつは、やる気がなくてムカつく女だ。

　かくして私は、警視庁新宿警察署地域課第三係に所属し、新宿六丁目交番に勤務することとなった。

　交番の裏手は学校、正面も学校。周りは民家が多いらしく、普段は物静かで事件も滅多《めった》に起こらない管区だという。

　同じ三係の先輩の話では、ここでの主な仕事は地理案内と拾得届の処理。それも、幼い子供が硬貨を届けにくる件数がやたらと多いのだという。

　その先輩、小川《おがわ》巡査部長の仕事ぶりを具《つぶさ》に見ておく。

「……拾った」

「どこで？」

「道」

「どこの？」

「あっち」

　子供から茶色い硬貨を受け取り、

「そっか……いや、ありがとう。坊や偉いねえ。じゃあ、これはお巡りさんが預かっておくね。その代わり……君には特別に、お巡りさんからご褒美《ほうび》をあげよう」

同形の硬貨を自分の財布から出し、逆に子供に手渡す。受け取った硬貨はあとで自分の財布に入れてしまう。これは、正規の手続きを省くための特別措置なのだという。実に勉強になる。

「あいがと……バイバイ」

「うん、バイバイ」

私も隣で手を振った。地球人の子供は概して可愛い。

「なんか、いいですね。こういうの」

すると、小川先輩は眉《まゆ》を斜めにし、横目で私を見た。

「何がいいんだよ、こんなの。諸星、お前も確か、刑事課志望だったよな」

もはやそれもどうでもいいように思っていたが、一応話を合わせて頷《うなず》いておく。

「……地域課っつったってさ、歌舞伎町《かぶきちょう》交番とかだったら、それなりに事件に絡めたりもするんだろうけど、ここじゃあな。今みたいな拾得物対応か、頑張るったって巡回連絡がせいぜいでしょ。よっぽど上手《うま》くやんないと、刑事課になんて引っぱってもらえないよ」

「はあ……そういうもんですか」

また横目で、今度はさっきよりもキツい目で睨《にら》まれた。決して適当な相槌《あいづち》を打ったつもりはないのだが、どうやらそれが気に障ったらしい。

「そういうもんだよ。当たり前だろう。こんなとこじゃ事件なんて、なーんにも起こりゃしないんだから。悲しくなるくらいここは、平和な街なんだよ」

確かに、そうかもしれない。

実を言うと、私は今日までですでに、四人もの宇宙人の存在をこの管区で確認していた。最初に目撃したのは、建築作業員風のΘΩΘλ星人だった。地球人にも分かりやすく言うと、なんだろう。タコ星人といったところか。他には、三十代の男性に化けたザリガニ星人。OL風の豹柄《ひょうがら》星人。宅配業者を装った縞々《しましま》星人。彼らはいずれも善良な宇宙人に見えた。地球人の姿をし、ある者は地球人としての仕事まで持ち、地球人として暮らしている。中にはすでに地球人と家庭を持ち、子供を儲《もう》けているケースまであるという。

「でも……なんだかんだ、平和が一番なんじゃないですか？」

私がそう言うと、小川先輩も「そうなんだけどね」と返してきた。

二人して、ちょっとだけ笑った。

数日して、交通課の仕事を手伝うことになった。

なんでも、警視庁本部から急に「トラックの過積載《かせきさい》を徹底的に取り締まれ」との下命があり、しかし新宿署交通課は区から要請があった駐車違反の取り締まりで手一杯だというので、地域課から応援を出すことになったのだという。

　場所は大久保二丁目の交差点の手前。対象となるのは市谷方面に向かう二車線。

「お前とお前で、停まったトラックの横っ腹を確認しろ」

　段取りを説明するのは交通執行係の係長。お前とお前、と言われたのは小川先輩と私。しかし「横っ腹を確認」だけではさっぱり分からない。

「あの、係長。トラックの横っ腹の、具体的には何を見ればよいのでしょう」

　係長は太い眉を逆八の字にし、溜《た》め息《いき》をつき、それでもちゃんと説明はしてくれた。

「……後ろのタイヤから伸びてる、鉄板を何枚か重ねたようなのがサスペンションだから。その前が斜めに持ち上がってたら、荷物は軽いってことだ。逆に水平か、落ち込んでるくらいだったら過積載の疑いがある。そういうのを見つけたら、あっちの係員に大きく、マルを作って示せ」

　言いながら、両手を上げて大きくマルを作ってみせる。

「そうしたら、向こうの係員がトラックを呼び止めて、カンカンに載せて計る。そういう手順で、一台一台取り締まっていく」

　カンカンというのは、交差点を渡って二十メートルほど先の路肩《ろかた》、地面に直接置かれた、二枚の平べったい計測器を意味するらしい。

「分かりました。ちなみに前が持ち上がっていたら、どう合図をすればよいのでしょう」

「そのときは、大きくバツだ」

係長はマルのときと同様に、頭の上で大きく前腕を交差させた。

瞬間、私は自分の顔から光が失せ、ブラックホールの如《ごと》く暗くなるのを感じた。

そのポーズは、ちょっと、危険だろう。

「いいか。マルが取り締まれる、バツは取り締まれない、だからな。逆をやるなよ。面倒なことになるから」

いや、できない。そんなふうに前腕を交差させたら、我々、光の星星人の腕からは——。

「……すみません、係長。バツの合図、今日だけ、別の形にしてもらうわけにはいきませんか」

「馬鹿を言うな。みんなその形に慣れてるんだから、いきなり別の形にしたら混乱が生じる。駄目《だめ》だ。マルが取り締まれる、バツは取り締まれない。これは変えられない」

係長はそれで話を打ち切り、よし配置に就け、と声をかけた。

いや、本当にマズい。私が前腕を交差させたら、洒落《しゃれ》でなく、そこから強烈なビームが出てしまう可能性が高い。厳密に言えば、まったく我慢できないわけではないのだが、しかし我慢したらしただけ、ビームは腕の中に蓄積されてしまう。そうなったら、あとでまとめてどこかに放出しなければならなくなる。そこら辺の川か、車で郊外まで走って山か、あるいは地球外まで自力で飛んでいって思いきりブッ放すか。何にせよ、今この場でビームを放つのだけは絶対に駄目だ。車の往来は激しい。通行人だって大勢いる。交差点は四方をビルに囲まれている。どこに向けて放っても甚大な被害が予想される。警察庁、国土交通省、環境省、農林水産省から総攻撃を喰らうこと必至だ。

「じゃ、お前こっち車線な。俺、あっち見るから」

二人で分担すればなんとかバッポーズは回避できるか、と思っていたのに、小川先輩はさっさと向こう車線に行ってしまった。

「あ、はい……分かりました」

仕方ない。あとはこっち車線にトラックが来ないことを祈るばかりだ。

最初の二、三分はよかった。タクシー、乗用車、軽のワゴンとか、そんな車しか通らなかった。だがとうとう、彼方から近づいてくるダンプトラックのシルエットが、私の視界に入ってきた。

こっち来るな、来るな、来るな。ずっとそう唱えていた。小川先輩の車線に行ってくれ。そう祈っていた。実際、数十メートル手前までそのダンプは先輩側の車線にいた。しかしなんの運命の悪戯《いたずら》か、ダンプはわざわざ車線を変更し、私に正面を向けてゆっくりと近づいてくる。しかも絶好のタイミングで信号が赤になり、交差点から十数メートルの地点で停止し、どうあっても私が確認にいかなければならない状況になってしまった。

こうなると、さすがに知らん振りはできない。とりあえず、見るだけ見にいってみるか。もとは深緑なのだろうが、すっかり泥に汚れ薄茶色になってしまった車体。タコ星人のように髪がなく、真っ黒いサングラスをかけた運転手が、運転席から怪訝《けげん》な表情で私を見下ろしている。その運転席側、車体右側の中ほどで立ち止まり、しゃがむ。

確かに後輪と繋《つな》がっている、鉄板を数枚重ね合わせたようなパーツが確認できる。幸い車体前方の方が持ち上がっており、過積載ではないように見えた。立ち上がって荷台を見ると、囲いより上に出ているものもない。過積載ならば土や砂利などが、山となっているはずである。

よかった、この車は過積載ではない、と、安堵《あんど》してはいけないのだった。

私は合図を送る段になって、またもや光を失った。

そう、逆だった。過積載ではない、ということは取り締まれない、つまり出すべき合図は、バツ——いやいや、できない。バツなんか出せない。前腕を交差させた途端、超高熱を発するビームが出てしまう。しかも向こうの係員に向けて交差させたら、真っ先に餌食になるのはその係員だ。近くには係長を含めさらに三人の警官がいる。明日の朝刊の見出しが脳裏《のうり》に浮かぶ。警察官四名、宇宙人の放った光線で焼死、数名の通行人も巻《ま》き添《ぞ》えに

——駄目だ駄目だ。絶対にそんなことはできない。

だが迷っているうちに、交わる道の信号が赤になってしまった。今は右折中。早くしな

いとこっちが青になってしまう。その前にマルかバツか、何かしらの見解は示さなければならない。カンカンのところにいる係長も苛立《いらだ》った様子で、こっちをじっと睨んでいる。

それでも私には、バツを出すことなど、できない。

仕方なく、私は頭上に大きな輪を作り、向こうにいる係員に示した。すると、頷いた係員は高らかに警笛を鳴らしながら車道に跳び出し、赤い誘導灯を振り回しながら、交差点を渡ったダンプの前に立ちはだかった。さらに誘導灯で、路肩に寄るよう指示する。

運転手は一応、係員の指示通り車を停めたが、すぐさま彼と何やら言い合いを始めた。運転手は荷台を指差し、ほとんど荷物は載っていないことをアピールしている。逆に係員は、いいからカンカンに載ってくれ、と繰り返している。

根負けした運転手が、ついに車をカンカンに向けて進める。後輪が平べったいプレートに載るまで前進すると、すぐさま結果が出る。

歩道で機器を操作していた別の係員が、誘導役の係員に何事か告げる。それを聞いた係員は、首を傾げながら運転手に報告にいく。ペコペコと頭を下げ、何やら捨《す》て台詞《ぜりふ》を吐いたのであろう運転手に向かって、さらに二度頭を下げる。

そんなやり取りが、その後にも三回ほどあった。

私がマルを出し、それを受けた係員がトラックを路肩に誘導し、しかしカンカンに載せても過積載というほどの数値は出ず、結局取り締まれないまま解放する。そんなことの繰り返し。

四回目で、ようやく係長が怒鳴り込んできた。

「おい、お前、いい加減にしろよ。どれもこれも、荷物なんて全然載ってないじゃないか。見れば、碌《ろく》にサスも沈んでない。一体、何を見てるんだキサマは。フザケるなッ」

そうは言っても係長。あなただって、今ここで私に焼き殺されるのは嫌でしょう。

少し暖かくなり、私も警察業務に慣れてきた頃のことだ。

交番事務室の机で書類仕事をしていると、奥の待機室から出てきた小川先輩が、ぽんと私の肩を叩《たた》いた。

「諸星、ようやく分かったよ。これ、お前だろう」

言いながら、手にしていた何か小さなものを机の上に置く。

「なんですか」

「惚《とぼ》けんなよ」

表情を見る限り、さほど怒っている様子はない。むしろ苦笑いというか、半ば呆《あき》れたような顔をしている。

小川先輩が置いたそれは、黒いボタンだった。直径が二センチくらいありそうな、平べったい、比較的大きなものだ。スーツとかコートに使うものだろうか。少なくとも警察官の制服やシャツに使うものではない。警察官の着衣に使用されているのは、ほとんどが金ボタンだ。

「これが、なんですか」

「だから、惚けんなって。お前がやったんだろう」

　全く意味が分からない。

「別に、惚けてませんって。これがなんなんですか」

「嘘つくなよ。もうバレてんだから。こんなことやるの、お前しかいないだろう」

「いやいや、惚けてませんから、ちゃんと説明してくださいよ。全然分かりませんって」

　すると小川先輩は、そうなの？　と小首を傾げた。

「お前が俺の財布に、入れたんじゃないの？」

「このボタンを、ですか」

「うん」

「しませんよそんなこと。大体、なんで私がそんなことしなきゃならないんですか」

　そうだよな、とさらに首を捻《ひね》る。

「そうなんだよ。俺も意味が分かんないから、しばらく考えてたんだけど、でもとにかく、俺の財布にこんなもの入れられるのは諸星くらいしか思い当たらないから、それで訊《き》いたんだよ」

それはまた、とんだ濡《ぬ》れ衣《ぎぬ》だ。

「……小川さんがどっかで拾って、誰のか分かんないから、とりあえず財布に入れといただけなんじゃないですか」

「俺が？　俺が拾ったボタンを、自分で自分の財布の小銭入れに入れたっての？　しないよそんなこと。なんでそんなことすんの」

それを私に訊かれても困る。

「ほら、ボタンって小さいから、カバンとかに入れといたら紛れちゃうじゃないですか。だから、小銭入れに保管しとこ、みたいな」

「いや、ないよ。ボタンを小銭入れに保管するっていう、その発想自体が俺には浮かんでこない」

じゃあ、私にもそれ以上は分からない。

「それ、一個だけ入ってたんですか」

小川先輩はいきなり、パチンと指を鳴らした。

「それだよ。だいぶ前に、最初の一枚が入っててさ、なんだこれって、最初は待機寮の部屋の小物入れに入れといたんだ。そしたら、しばらくしたらまた財布に入っててさ。あれ、いつのまに財布に戻しちゃったんだろうな、と思ってまた同じところに入れたら、元のはちゃんと入ってたんだ。つまり、ボタンは二度にわたって、一枚ずつ俺の財布に入れられてたわけ。で、しばらくしたら今度は、二枚いっぺんに入っててさ。なんでだ、って思ってまた小物入れに入れたから、いま俺の部屋には四枚もあるんだよ。その後も入ってたんだけど、馬鹿らしくてその場で捨てたのもあるからさ、トータルでは何枚だか分かんないんだけど」

「で、今日になって、私の仕業《しわざ》ではないかと疑ったわけですか」

うん、と頷く。

「……じゃあ諸星、逆に訊くけどさ。お前の財布には、ボタンが湧いてくること、ない？」

「いや、ありませんね。残念ながら」

しかし、そのちっぽけなボタン事件は、その後に管内で発生した偽札《にせさつ》事件ですっかり、我々の頭から消し飛んでしまった。

事の起こりはコンビニエンスストアのレジからだった。

ある夜、オーナー店長が売り上げの集計をしていると、千円札の中に新聞紙が紛れ込んでいる。千円札とちょうど同じ大きさに切り揃《そろ》えられたものだ。まさか、こんなものを千円札と見間違って会計をしたんじゃあるまいな、とレジの残金と照合したところ、ちょうど千円足りない勘定になった。

むろん店長は、店員らに厳しく注意を促した。こんな子供騙しの手口でも、油断していると引っかかってしまうこともある。ぜひとも気を引き締めて、再発防止に努めてほしい。店員も以後は注意していたはずである。そもそも千円札と、大きさが同じとはいえただの新聞紙を見間違うはずがない。いや、見るまでもなく触っただけで違いは分かる。千円札は千円札、新聞紙は新聞紙だ。二度とこんな間違いは起こらないだろう、と誰もが思ったに違いない。

しかし、起こってしまったのだ。しかも今度は一万円札。さすがにこれには店長もキレた。店員を怒鳴りつけるのは当たり前として、警察署に跳び込んできた。

「まったく馬鹿にしてる。こんなものを使って、不正に会計をする輩《やから》がいるんですよ」

最初は新宿署の刑事課も真面目《まじめ》に取り合わなかったらしい。何しろ見た目は、完全にただの新聞紙なのだ。よく読めばテレビ欄だったり、社会面だったり広告欄だったりする。確かに騙す方が悪いし、騙された店側は気の毒だと思うが、それにしても油断し過ぎではないか。新聞紙だぞ。ただの新聞紙が偽札として通用するなら、もう誰も高価な印刷機を導入したり、紙幣自動読み取り機を購入して研究したりはしない。あっち側の人間にしてみたら、今までの偽札造りの苦労は一体なんだったんだ、という話になる。

だが、馬鹿にして笑っていられたのは被害が一軒のコンビニに留まっているうちだった。

やがて新聞紙偽札は、歌舞伎町内のファストフード店でも使用され、駅前の家電量販店のレジからも発見され、さらには駅ビル内の売店からも出てきた。被害額は大きなところで家電量販店の一万円、ファストフード店は千円、駅の売店もおそらく千円だろうということだった。

新宿署内に、微妙な緊張感が漂うようになった。

まず警視庁本部から捜査二課の捜査員が来て、捜査本部を設置するという噂《うわさ》が流れた。

「参ったな。捜査本部が立つと、碌なことないんだよ」

交番奥の待機室。私が調達してきた牛丼を頬張りながら、小川先輩はそう漏らした。

「……捜査本部が立つと、何がマズいんですか」

「まあ、俺も偽札事件の捜査がどういうもんか、実はよく知らないんだけどさ。殺人事件とかだと、（警視庁）本部の連中が道場に寝泊りするようになるだろ。その布団の上げ下げとかって、けっこう朝稽古に行く俺らがやらされたりするんだよね」

なんだそんなことか、と私は思ったが、小川先輩は続ける。

「それと、大規模な捜査になると、刑事課だけじゃなくて、いろんなところから人掻《か》き集《あつ》めてくるだろ。そうなると、全体的に人手不足になるわけだからさ、泊まりの当番とかもさ、いつも通りってわけにはいかなくなるわけよ。いま普通、内勤の人って泊まり、六日にいっぺんだろ。それが四日にいっぺんとかさ、下手したら三日にいっぺんとかになるわけ。ま、俺ら地域（課）は変わんないけど、でもそれだって、捜査経験者は駆り出されるからね。人足りなくなるのって、けっこうキツいよ」

言うだけ言って、また牛丼を頬張る。

「でも小川さんって確か、刑事経験あるんでしたよね。チャンスじゃないですか。この機会に捜査本部に引っ張られて、手柄なんか立てちゃったりしたら、次の異動で本部の刑事部に栄転……なんてことも、決して夢じゃないんじゃないですか」

でも、どうしてだろう。小川先輩は微妙に暗い顔をした。

「いや……俺、もうなんか、そういうのあんま、興味なくなっちゃってさ。刑事捜査って、やっぱ強行班にいる、東《あずま》係長みたいな人がやるべきだと思うんだよね」

あの、新宿署一のキレ者と言われている、東警部補のことか。

「それに、今回のって偽札でしょ。強行犯事案じゃないじゃない。ちょっとまあ、俺は違うかなって、ところもあるんだよね。ま、別にお声もかかりゃしないだろうけど」

そうか。そういうものなのか。

偽札事件の捜査は遅々として進まず、しかし小川先輩が懸念した捜査経験者の掻き集めという事態もなかったため、我々の日常にさしたる変化はなかった。

「ごめんください……この、この住所は、どの辺りなんでしょうかね。娘夫婦が引越した、新しいマンションなんですけどね」

背中の曲がった老婆が、震える手でメモを差し出してくる。

「ああ……これね、お婆ちゃん。文化センターの、もっとずっと向こうだから、ここからだとけっこう遠いですよ。大丈夫ですか？」

などと私が対応していたら、その後ろから例の、よく小銭を拾う男の子が交番に入ってきた。子供にも好みはあるらしく、彼は決まって小川先輩がいるときに訪ねてきて、必ず小川先輩に十円玉を差し出す。

「……拾った」

「そっか。ほんとに君はよくお金を拾うね。注意深いんだね」

頭を撫《な》でられると、それなりに嬉《うれ》しそうな顔をする。

「じゃ、これな……ご褒美。こっちはちゃんと、持ち主がきたら返しておくからな」

そんな会話を片耳で聞きながら、私は老婆にいくつかの目印を挙げて、お尋ねの住所までの道順を説明した。

「あいがと……バイバイ」

「はい。ご苦労さまでした」

ふざけた小川先輩が子供に敬礼してみせたのと、老婆が深々とお辞儀をし、曲がった背中をこっちに向けたのがちょうど同時くらいだった。

小川先輩は、右手で硬貨を揉《も》むように弄《もてあそ》んでいる。

「また、十円ですか」

「ああ」

パッと開いた、その、掌《てのひら》に載っていたのは――。

「あ」

「……ん？」

小川先輩はまるで気づいていないようだが、間違いない。いま小川先輩が子供に掴《つか》まされたのは、どう見ても十円玉などではない。ただのボタンだ。黒くて平べったい、ちょうど十円玉くらいの大きさの、例の、謎のボタンだ。

「いや……なんでもないです」

私には、急に合点がいってしまった。

あの少年がたびたび持ってくる十円玉は、実はすべて偽物だったのだ。具体的に言うと、ボタンを一時的に十円玉に似せただけの代物だ。それを小川先輩が自分の財布の小銭入れに入れ、だがしばらくすればその擬態は解け、本来のボタンの姿に戻る。それをのちに小川先輩が発見して、なんで俺の財布にボタンが入ってるんだ、となっていたわけだ。

しかし、ボタンを十円玉に擬態させることなど、おそらく地球人にはできない。

これぞまさに、素行不良宇宙人による犯罪なのではないか。

「小川さん」

「うん、何よ」

まだ気づいていない。小川先輩は、ぽかぽか陽気の校庭で部活に勤《いそ》しむ中学生を、微笑《ほほえ》ましげに見つめている。

「さっきの子、どこの子か、知ってるんですか」

「さっきの子って、この、十円玉の子か」

これだけ弄《いじ》っても、まだ小川先輩には十円玉にしか見えないらしい。まあ、角度によっては私にも十円玉に見えるのだが、基本的にはやはり黒いボタンである。擬態としては、さほど手の込んだものではない。

「いや、どこの子かは知らない。だって、これで拾得届書いたことないもん」

そうだろう。だから財布にボタンが溜まるのだ。

「……あ、でも巡回してると、そこの都営アパートの公園で遊んでるの、たまに見かけるな。ってことは、あそこに住んでるのか、あそこの住人の子と仲がいいのか、たまたま近所なのか。そんなところじゃない？」

都営東大久保一丁目アパートなら、交番からほんの百メートルほどだ。

「すみません。自分、ちょっと出てきます」

おい、と呼び止められそうになったが、私はかまわず右に走り出した。

まさか、あの子が宇宙人だったというのか。あの子がボタンを十円玉に見せかけ、しかもそれを交番で、本物の十円玉に交換していたというのか。どうして、私はそれを即座に見破れなかったのだ。

公園に着いてみると、まずジャングルジムに登って遊んでいる、二人の女の子の姿が目に入った。年の頃はあの男の子と同じくらい。しかし、それ以外に子供の姿は見当たらない。

とりあえず訊いてみよう。

「……ねえ、ちょっと教えてくれないかな。この公園でよく遊んでる、君たちと同じ年くらいの男の子、知らない？」

おかっぱ、というのだろうか。ヘルメットのように黒髪を切り揃えた子が頷く。

「知ってるよ」

「その子、今どこにいる？」

「誰ぇ？」

なんとも、普通の大人とするようには会話が成立しない。

「えっと、あの……背はこれくらいで、髪は……」

困った。子供と会話するのも不慣れなら、子供の特徴を言葉で説明するのも日本語初心者である私には難しい。

仕方ない。ここは本来の仕事と割り切って、「光の星」星人の能力を解禁するしかない。

「ちょっと待ってて」

私は女の子たちから少し距離をとり、背を向け、内ポケットからメモ帳を取り出した。紙に直接照射し、私が思い描く男の子の顔を焼きつけるのだ。多少、放射能が発生するかもしれないが、そこはご勘弁願いたい。

男の子の顔。ぷくっとした頬、黒く円《つぶ》らな瞳。

「ジュワッ」

しかし、気合いを入れて照射した瞬間、

「うわっ」

ページが、いきなり燃え上がった。やり過ぎた。

「あー、お巡りさん、燃えてるぅ」

違う違う。そんなに騒ぐほどのことじゃない。

「大丈夫大丈夫、全然燃えてないよ」

慌てて叩いて消し、燃え残った後ろの方のページで再度チャレンジする。

男の子の顔。ぷくっとした頬、黒く円らな瞳。

「……じゅわ」

今度は上手くいった。紙質がよくないので若干ぼやけた感じにはなったが、でもちゃんと分かる。上出来だ。

「……お待たせ。この子なんだけど」

「もう燃えない？」

「うん、燃えないよ。いいから、ちゃんと見て」

メモ帳を示すと、二人はほぼ同時に言った。

「ケイトくんだ」

「うん、ケイトくん」

「そのケイトくんは、今どこにいるのかな」

「オジサンと、コンビニに行った」

なんだ。小川先輩からせしめた十円で買い物でもしようというのか。オジサンって誰だ。

「コンビニって、どこの」

「分かんなーい」

六丁目交番の管区内にコンビニは八軒ある。虱潰《しらみつぶ》しに当たってもたかが知れている。

「ありがと」

私は公園を跳び出し、まず一番近い店に向かった。

相手は何せ小さな子供。棚の間にしゃがまれたら外からでは分からない。

「……すみません、ちょっと失礼します」

一応店員に断って店内を検《あらた》める。とはいえ、あまり深刻な顔はしないよう注意した。この時点で、徒《いたずら》に騒ぎを大きくするのは得策ではない。

この店にはいなかった。

「失礼いたしました。ありがとうございました」

同じ要領で次々とコンビニを回っていった。

すると三軒目から四軒目に行く途中の道で、小さな男の子と背の高い男性が連れ立って歩いているのを発見した。後ろ姿だが、服装からして間違いない。子供の方はケイトくんだ。だがしかし、それはもはやどうでもよくなってしまった。

私の目はすでに、隣の男の方に釘付《くぎづ》けになっていた。

あの、態度の悪い連絡係の言葉を思い出す。

「間違っても、自分から不良宇宙人を見つけに動いたり、刺激して追い詰めて、逆に事件起こさせたりしないでくださいね」

今がまさに、その事態なのかもしれない。

私は彼らに直接声をかけることはせず、尾行してその行動を把握するに留めた。二人はコンビニで買い物をしたあと、公園に戻ってメロンパンを食べ、まもなくケイトくんは家に帰っていった。男の方はその後も公園に留まり、何をするでもなくベンチに座っていた。

私も少ししてから交番に戻った。どこに行ってたんだと小川先輩に怒られたが、そこは適当にごまかしておいた。

夜。私は署の待機寮を抜け出し、再びあの場所に向かった。彼が今もそこにいる可能性は半々くらいと思っていたが、好都合にも今夜、彼はいてくれた。両脚を投げ出すようにしてベンチに座り、ただ夜空をぼんやりと見上げている。地球人の目に彼は、おそらく三十代前半の男性に見えるのだろうが、私には違う。

彼の正体は、ズバリ言うと、ザリガニ星人だ。フォッフォッフォッフォ、と不気味な声で笑い、擬態を得意とし、巨大なハサミ状の手で戦うことで知られた宇宙人だ。しかし、だからといって彼らが凶暴な種族かというと、決してそうとは言い切れない。むしろ同情すべき点の方が多いと、私は思っている。

彼らの母星は数万年前、すでに消滅している。言わば、ザリガニ星人は流浪の民なのだ。この地球にいるのも、おそらく侵略や略奪が目的ではない。単なる骨休めか、物資か何かの補給のためではないだろうか。

私は公園に入り、できるだけ驚かさないように声をかけた。

《……何を、しているんだい》

むろん日本語ではない。広く銀河系で用いられているδηφ語だ。

それでも彼は跳ねるようにして立ち上がり、サッと両手のハサミを私に向けて構えた。

《大丈夫。落ち着いて》

手振りを交えてそう言っても、決して彼は構えを解こうとしない。

《光の、星の人……怖い》

頭の両側についた目が、青く怯《おび》えている。

《怖くないよ。安心していい》

《光の星の人、僕たち、焼き殺す……ママ、そう言ってた》

そう。体こそかなりの大きさだが、彼はまだ、ほんの子供なのだ。

《大丈夫だよ。君が暴れたり、地球人に危害を加えたりしなければ、私たちも君を、傷つけたりはしない》

《……キガイ？》

《その、ハサミで切りつけたり、叩いたり、光線を放ったりすることさ。そういうことは、しちゃいけない》

青かった目に、悲しみの色が加わる。濃い紫に変色する。

《僕、そんなこと、しない……ただ、友達、ほしかっただけ。寂しかっただけ》

私は「分かっている」という意味で頷いてしまったが、これは地球人特有の意思表現だとすぐに気づく。

《分かってるよ。だから、ボタンをお金に見せかけて、子供たちにあげてたんだよな》

すると、不思議なことに彼も頷いた。

《最初、意味、分からなかった。お金、意味、知らなかった。でも、友達、お金、喜ぶの、知った。だから、作った。何個も作って、公園、道、置いておく。そういう、遊び。みんな、拾うと、喜ぶ。僕、見てる。友達の、ああいう顔、好き……だから、服のお店で、ボタンだけ、千切《ちぎ》ってきて、それ、お金にした》

たぶん悪気はなかったのだろうと、私も思ってはいた。

《お札……紙のお金も、みんなが喜ぶからやったのかい》

するとまた、小さく頷く。

《紙のお金、丸のより、いっぱいの意味って、分かった。だから、作った。紙の方が、簡単。僕も、お店で、使った。メロンパン、好き。メロンパン、おいしい……》

つまり、新宿署管内で多発していた偽札事件も、犯人はこのザリガニ星人だったというわけだ。

もう大丈夫だろう。私は彼のそばまで行き、その震える肩に手をやった。

《でもね、君。地球人にとってお金というのは、とても大切なものなんだ。お金というのは、地球人が何かをしてもらったり、欲しい物と交換したいときに渡す、感謝の印なんだ。ありがとうと、同じ意味なんだよ。だから君も、地球のお金がほしかったら、地球人に、ありがとうって言われるようなことを、しなきゃならない。地球人の、役に立たなきゃならない。それは、お金を勝手に作って、友達にあげることなんかじゃないんだ……ちょっと難しいかもしれないけど、それが地球のルールなんだよ。分かるかい》

やはり、異星人の子供には少々難しいようだった。紫になった目を、パチパチと瞬《しばた》いている。

《……君、一人なのかい》

肩を落とし、また頷く。

《僕、迷子《まいご》……パパ、ママ、どこ……分からない》

私は、今度は自信を持って頷き、彼の手をとった。

《分かった。じゃあ私が、宇宙連合に連絡をとって、君のパパとママを捜してあげる。たぶん地球の別の国か、近くの星にいると思うんだ。ちゃんと会えるように、私がするから》

《……ほんと？》

にわかに、彼の目が黄色く輝く。さらに私の手を握り返してくる。

《ああ、本当……だッ》

子供といえども、ザリガニ星人に手を握られると、正直、痛い。

翌日、私は例のいけ好かない連絡係のところ、もとい、宇宙公安機構特設連絡室に彼を連れていった。

「ザリガニ星人の迷子を保護したので、宇宙連合の星間共助課に、至急連絡をとってください」

　当然、彼女は怪訝な目で彼を見る。

「迷子って、思いっきりオッサンじゃないですか」

「地球人に化けたら、たまたまこうなっちゃっただけですよ。いいから、さっさと連絡とってください」

「っていうか私、宇宙連合の直通番号とか、知らないんですけど」

「とりあえず本部に連絡してくれればいいですよ。そうしたら折り返し連絡が入るか、そのまま転送してくれますから」

「転送されちゃったら、何語で喋《しゃべ》ればいいんですか」

「そのときは私が代わりますから、いいからかけてください」

　渋々彼女は受話器をとり、公安機構本部に架電した。

「……ああ、お疲れさまです。こちら地球の、特設連絡室です。なんか駐在員の人が、ザリガニの迷子がどうたらこうたら言ってるんですけど、どうしましょう」

　まったく、なんて言い草だ。

　私は彼女から受話器を奪い、直接電話に出た。ここからはδηφ語だ。

《お疲れさまです。地球警備担当駐在員のκκπです。お世話になっております。実は昨日……》

これまでのあらましを説明し、連合の星間共助課に捜索願が出ていないか調べてくれるよう頼んだ。回答は三十分ほどであり、彼の両親と思われるザリガニ星人二名が現在、日本の大阪という街で連合からの連絡待ちをしているとのことだった。

《できればκκπさんが直接、大阪までその子を連れていってくれるとありがたいんですが》

《いや、それは無理ですよ。私には警視庁警察官の仕事がありますから》

《有給休暇とかあるでしょう》

《それが、そうもいかないんですよ。それでなくたって偽札事件が起こって、署内はギリギリの当番編成でやってるんですから。自分だけ抜けて、大阪になんて行けないです》

《ピューッと、空飛んでけばいいじゃないですか》

《飛行許可とか下りないですよ。そういうの、案外地球ってうるさいんです》

《じゃ、新幹線を使えばいいじゃないですか。東京大阪間なら、日帰りで行って帰ってこられるって聞いてますけど》

《だから、勤務の都合上ですね……》

宇宙人に地球の事情、さらには日本の警察勤務の厳しさを理解させるのは、とても難しい。

結局、大阪にいる両親が東京まで迎えにくることで、この迷子騒動には決着がついた。

一方、例の偽札事件はというと、その後に被害が出なかったこともあり、三ヶ月ほどで捜査は打ち切り、いわゆる「お宮《みや》入り」となった。

当然、新宿六丁目で頻発していた偽十円玉事件も、自然と終息を見るに至った。

「小川さん。最近あの子、十円拾ってこないですね」

「ああ、そういえばそうだね」

小川先輩は今、事務室の机にスポーツ新聞を広げて読んでいる。

「……諸星ぃ、俺、なんか喉渇いた。ちょっとそこで、コーヒー買ってきてくれよ」

ポケットから何枚か硬貨を出し、よく見もせず私に差し出す。

「分かりました。どんなのがいいですか」

「思いっきり甘いのがいいな。マックスコーヒーみたいな」

「そんなの飲んだら、余計喉渇きますよ」

「いいの。俺は今、無性に甘いのが飲みたいの」

仕方なくその小銭を受け取り、私は交番から出た。

歩きながら、受け取った硬貨を確かめる。百円玉が二枚、五十円玉が一枚、十円玉が三枚。大丈夫。すべて本物の、日本国製造の硬貨だ。

自然と頬がゆるむ。

日本の、そして地球の平和は、今日も保たれている。
いつのまにか私は、そんなことに喜びを感じるようになっていた。

新装版　特別収録掌篇

【註　各掌篇について】

「買わなかった男」「待っていた女」「選挙公約」
日本たばこ産業株式会社ｗｅｂサイト「ちょっと一服ノベルズ」に掲載された掌篇。

「あの日、そして今日」「お名前は？」
朝日新聞社主催「オーサー・ビジット」の中学、高校生向け講義での例題用掌篇。

買わなかった男

絶対に買ってはいけないと、俺は自身に言い聞かせる。

ずっと、ずっとずっと欲しかったギブソンのレスポール・ジュニア、Ｗカッタウェイモデル。柏木《かしわぎ》夏美《なつみ》という二十歳のミュージシャンがいて、その娘のトレードマークとなっているのが、まさにこのギターなのだ。しかも、色はチェリーレッドでなければならない。白や黄色のならいくらでも売っているが、それでは駄目《だめ》だ。夏美ギターではない。あくまでもジュニアのＷカッタウェイでチェリーレッド。このモデル、この色でなかったら買う意味はない。

三十過ぎのオッサンが何を言っている、と思われるかもしれないが、正直に告白したい。俺は十いくつも年下の彼女に、とことん憧れている。彼女のようにジュニアを掻《か》き鳴《な》らし、振り回したいと心底思っている。許されるなら、もういっそ柏木夏美になってしまいたいとすら思う。

そんな俺を、妻は冷ややかな目で見ては「変態」と吐き捨てる。けっこう。かつて音楽を志した者が、年齢も性別も時代も超えて「天才だ」と驚愕《きょうがく》するミュージシャンと出会い、崇拝《すうはい》するのが変態行為だと言うのなら、どうぞそう呼んでくれ。俺は変態だ。柏木夏美変態だ。

　少し前なら、楽器屋を二、三軒回れば一本くらいは見つけられるモデルだった。だが昨今は、夏美人気が影響したものかどうかは知らないが、店頭ではさっぱり見かけなくなった。ないとなると、余計に欲しくなるのが人情というもの。俺は暇さえあればネットで検索を繰り返し、中古でジュニアが売りに出ていないかをチェックするようになった。

　俺がそれを見つけたのは、ちょうど一週間前だ。まさにレッドのジュニア。しかし、取り扱いは大阪のハシモト楽器梅田《うめだ》店となっている。俺は東京在住のサラリーマン。ギター一本を試奏するためだけに大阪まで行くのは無理だ。でも、ようやく出会ったジュニア。諦めきれない。

「もしもし……あの、ネットで見たギターについて、お尋ねしたいのですが」

　俺はハシモト楽器梅田店に直接電話を入れ、なんとか東京の御茶ノ水店に移送してもらうことはできないか、と訊《き》いてみた。ずっと探していたモデルだから、触って納得できれば必ず買うから。そう頼み込んでようやく、御茶ノ水店に送ってもらえることになった。

　そして今日これから、めでたくご対面となるはずだったのだが、

「絶対に、買っちゃ駄目だからね」

妻に、駄目出しをされてしまった。でもそれも、当たり前と言えば当たり前だ。

「分かってるよ。でも、こっちにわざわざ送ってもらったんだ。見もしないで買いませんってわけにはいかないよ。やっぱり、ちゃんと断ってこないと」

「何分かかるの。買いませんって言うのに、時間はどれくらいかかるの」

「三、十分、くらい……かな」

「ハァ？　たかがギター一本買わないって言うのに、なんで三十分もかかるのよ……まあいいわ。あたし、あのお店で待ってるから」

妻が指差したのは楽器屋の向かいにあるカフェ。なるほど、喫煙席ありと書いてある。一服してから仕事に入ると、ガッと能率が上がると彼女は言う。今は、これからの三十分が彼女にとって有益な時間になることを願うのみである。ちなみに、俺はタバコを吸わない。

「じゃあ……」

そして一人、俺は楽器屋の自動ドア前に立った。

「いらっしゃいませ」

中にいた店員に、大阪からギターを取り寄せてもらった者だと告げると、奥のスペースに案内された。まもなくバックヤードから、ハードケースに厳重にしまわれたジュニアが運ばれてくる。

　店員は恭《うやうや》しくケースから取り出し、まず自ら抱えてチューニングをし、それから俺に手渡した。触ったら買う、と言ったのだから、さぞかし楽勝な客と思われているのだろう。実際、持った感じもいいし、アンプで鳴らしてみたサウンドも申し分なかった。

　しかし俺は、これを買うわけにはいかないのだ。

「あれ……でもこれ、木目がよくないな。ぐにゃーって、横に流れてる」

　店員は、一瞬目を丸くした。

「でも、お客様……ジュニアというのは、そもそもレスポールシリーズの廉価版《れんかばん》ですので、木目などは、そんなに意識して作られてはいないんですよ」

「分かってます。分かってますけど、でも実際、このギターは十八万もするわけでしょう。安い買い物じゃないですよ」

「それは、オールドとしての価値が出てきたということで」

「それも分かるんですけど……でもやっぱりな、スタンドに立てて、毎日眺めるのは俺だから。木目が汚いな、なんて毎日思うのは、ちょっと嫌だっていうか……」

「それは、慣れだと思いますけど」

　木目の乱れなんて大したことないって、そんなの俺だって分かってる。特にこの個体はネックのコンディションもいいし、ボディの鳴りもいい感じだった。十八万ならお買い得だ。それも分かってる。でもどうしても、俺はこれを買うわけにはいかないのだ。

「ごめんなさい。ネットで見ただけじゃ、木目までは分からなかったもので。大阪からわざわざ移送してもらったのに、ほんと申し訳ないんですけど……ごめんなさい。買えません」

俺は店員にジュニアを押し返し、泣く泣く出口に向かった。

楽器屋から出ると、すぐに向かいのカフェから妻も出てきた。

「ちゃんと、断ってきた？」

「……ああ。買わないって、言ってきた」

「よろしい。じゃ、帰りましょうか」

それから、二人で近くのコインパーキングに向かった。六番の駐車位置に駐まっているのは今年、妻が気に入って買った、赤のミニクーパーだ。

ただし、左前面がグシャッと潰れ、ヘッドライトも片方ない、無残な姿になっている。修理にいくらかかるのかは見当もつかない。なんの嫌がらせか、隣に同色の、ピカピカのミニクーパーが駐まっているのも悲壮感を募《つの》らせる。

「帰りはよそ見しないでね」

「分かってるよ」

ジュニアを買ったら当然、重たいハードケースで持って帰ることになる。電車ではしんどいので、じゃあドライブがてら車で行こう。そう考えたのが間違いのもとだった。

ああ、電車でくればよかった。

待っていた女

夫は「三十分くらいかな」と言って楽器屋に入っていった。

私はさして音楽には興味がないし、ましてや楽器屋なんて入っても面白くもなんともないので、向かいにあるカフェで待っていることにした。ちょうど「喫煙席あり」と書いたプレートが見える。あそこで一服しながら、会社からきたメールでも読んでいよう。

入り口脇にある、寄せ植えの鉢を見ながらドアを開ける。白い小さな花はカラミンサ、手前にあるのはゼラニウムか。

「いらっしゃいませ。一名様ですか」

「ええ、喫煙席で」

「ご案内いたします」

ちょうど楽器屋の入り口が見える、窓際のカウンター席に案内された。女性の先客が一人いたので、私は一つ空けて座った。

「カプチーノを、お願いします」

「かしこまりました」

早速、脇に置いたバッグから携帯電話とタバコの箱を取り出す。

さっきからブーブーうるさく震えていたが、メールソフトを立ち上げてみると、なんと二十二件も溜《た》まっていた。一服しながら、集中して一気に読み通す。

単なる報告が十一件、確認事項が五件、依頼が六件。でも要返信なのは一件だけ。主任の岡田くんからだ。駒沢《こまざわ》の中古物件の値引きについて相談したいらしいが、もう主任なんだから自分の裁量で判断しなさい、と打って返した。社長だからって、何でもかんでも自分で判断していたら身がもたない。私の負担を軽減するために雇っているのだから、給料分は役に立ってもらわなければ困る。

「カプチーノ、お待たせいたしました」

まあ、休みの日に会社のことでイライラするのは馬鹿らしい。もっと休日らしい、仕事以外のことを考えよう。

いつのまにか一本目は燃え尽きていたので、もう一本銜《くわ》えて火を点《つ》けた。ライターは夫が誕生日にプレゼントしてくれたものだ。

そう、夫。どうして彼は、ああもギターが好きなのだろう。プロでもないのに何本も欲しがるのだろう。色と形の違いくらいは、私だって見れば分かる。でも、音の違いまでは分からない。

「ね？　いい歪《ひず》みでしょう。このパワー感はさ、やっぱダンカンじゃなきゃ出せないんだよ」

「パワー感」ってなんだ。「パワーがある感じ」という意味か。じゃあ実際にはパワーがないってことか。分からない。音楽好きのボキャブラリーって、なんだかんだツッコミどころ満載だ。

「でもさ、今その、繋《つな》がってる機械で音を変えたじゃない。実際には、それで音を作ってるんじゃないの」

「そう、これで作ってるんだよ。でもさ、やっぱり元の音がよくなきゃ駄目なんだよ。料理だって一緒じゃない。どんなに味付けに凝ったって、元の素材が悪かったら駄目でしょう」

　楽器の説明をさらに料理に喩《たと》えるって、意味ないと思う。少なくとも私に対しては。私はほとんど料理をしないし、興味もない。

　はっきり言って、ギターなんて弦《げん》が六本張ってあればいいんじゃないか、と思ってしまう。しかも、一度に弾けるギターは一本だけ。なのに次から次へと買い集めて、彼の部屋はもうギターだらけだ。

　私は「もう買うな」と散々言っている。彼もそのたびに「もう買わない」と約束はする。でもいつのまにか、また買ってきている。この前数えたら三十本以上あった。試しに、一番取り出しづらそうな位置にある一本を指差して、私は訊《き》いた。

「ねえ、あれって最近弾いてるの？」

「うん、弾いてるよ」

絶対嘘《うそ》だ。

「でも、埃《ほこり》だらけだよ」

「うん、でも弾いてるの」

しかし、こういうところが彼の凄《すご》さだと、私は思っている。

常識で言ったら、埃だらけのギターはしばらく使用されていないと判断できる。だがそれを指摘しても、彼はなんの言い訳もせず「でも弾いてるの」と言って平然としている。辻褄《つじつま》が合っていないことになど全く頓着しない。そういうの、ちょっと可愛いと思う。

フィルターの一センチ手前まで吸って、私はタバコを消した。そう、彼ってどことなく、タバコに似ている。すぅーっと胸の内に入ってきて、私自身とは違う何かを残して、またふわふわと出ていく。長年連れ添った夫婦は空気のようになると言うけれど、私にとっての彼はタバコの煙だ。完全には捉えきれないけれど、望めばいつでも入ってきてくれる。私の尖《とが》った気分を上手《うま》いこと中和して、落ち着かせてくれる。

窓に目を向けると、向かいの楽器屋から背の高い男が出てくるのが見えた。夫ではなかったので私は動かなかったが、代わりに、私より先に来ていた女性客が立ち上がった。カップルだろうか。

どうやらそのようだ。急いで会計を済ませ、小道を渡って楽器屋の前まで小走りしていく。ふた言三言交わし、すぐに二人は歩き始めた。あの男は、今日は買わずに出てきたのだろうか。いや、いいか。他人《ひと》のことはどうでも。

もう一本火を点け、我が家のリフォームのことなどつらつらと考えていたら、ようやく彼が出てきた。おや、何か持っている。

私は三本目のそれを消し、

「ご馳走《ちそう》さま」

会計を済ませて店を出た。

ニヤニヤしている彼のところに急ぐ。

「……なに、今日は買わないって言ったじゃない」

うん、と彼は子供のように頷《うなず》く。

「他の人がね、試し弾きしてたんだけど、その人が運よく買わないで手放したからさ、ちょっといいですかって、弾かせてもらったの。そしたらこれが、すっごくいいんだ。ギブソンのレスポール・ジュニア。綺麗《きれい》な赤でさ。帰ったら見せてあげるね」

もう、笑うしかなかった。

「うん……じゃあ、帰ろうか」

手を繋ぎ、二人で歩き始めた。彼が反対の手で持っているギターケースはたいそう大きくて、重たそうだった。車で来てよかった。

コインパーキングまではすぐだった。

「それ、先に乗せちゃえば。私、精算してくるから」

「うん。駐車位置番号、七番だよ」

そう言えばここに停めたとき、ウチのと同じ赤いミニクーパーが隣の六番に駐まっていた。気の毒に、どこかにぶつけたらしく左前がグチャッと潰れていた。

私も、運転は気をつけないとな。

あの日、そして今日

今さら君に想いを伝えたところで、どうなるもんでもない。それは分かっていた。でも廊下の先に君を見たとき、思ったんだ。最後のチャンスかも、って。

すれ違う瞬間、君は何かを落とした。

思わず拾い上げてから、僕はそれが何であるのかに気づいたんだ。

あの日、僕の筆箱から消えた、シャープペンシル。

＊　＊　＊

驚いたでしょう。なぜ私がそれを持っているのか、分からなかったでしょう。

あの日、私がこれを盗まなかったら、真っ先に疑われていたのは君だと思う。

でも、もう大丈夫。もう誰も、君を疑ってなんていない。だから、これはお返しします。

そして今日、私はこの街を出ていきます。

お名前は？

俺は得意先のビルを出たところで、同僚の肩を叩《たた》いた。ちょっと低い位置にある、スーツも若干ダブついた、しょぼくれた肩だ。

「カメ。俺、ちょっとランチの約束あるからさ、悪いけどお前、どっかで一人で食ってきてよ。そんで時間余ったら、パチンコかなんかやってていいから」

そう言うと、亀山《かめやま》は慌てたふうに腕時計を覗《のぞ》き込《こ》んだ。俺は、さっき見たから分かってる。今は十一時二十五分くらいだ。

「約束って……お前、仕事中だぞ」

「ちょっと早めの昼休みだよ」

「そんな。あと三十分もあるんだから、もう一軒……中島不動産くらいは回れるじゃないか」

俺は来月から、本社の企画部勤務になる。企画部といったら、同期の誰もが羨む花形部署だ。この異動に伴い、今まで俺が担当していた北区・荒川区エリアを、この亀山に引き継ぐことになった。ここ二週間、俺たちはその挨拶回りをしている。

不服そうな亀山に、俺は首を振ってみせた。

「……あそこは先週行ったから、もういいよ」

「でも、また来ますって、今月いっぱいは自分が担当ですからって、お前、社長に約束してたじゃないか」

「そんなの、ただの社交辞令だよ。それくらい向こうだって承知の上さ。それにあの社長、頭硬くてさ、今んとこ、まるっきり脈がないんだ。ちょっと粘ったくらいじゃ、契約なんかとれっこないって。いくだけ無駄《むだ》。飛ばした方が利口だよ」

正直、俺に対するご祝儀契約は他の得意先でとれる見込みがあった。何もこの忙しい月末に、わざわざ苦手な社長に頭を下げにいく必要はない。

それでも亀山は引かなかった。

「そんなの悪いって。確かに頑固そうだけど、でも、いい社長じゃないか。お前にだって、本社でも頑張れって、言ってくれたじゃないか」

分かってない。全くこいつには、人間を見る目ってもんが備わっていない。だから同期でも営業成績はビリだし、カノジョもできないのだ。

「ＯＫ、分かった。じゃあ中島不動産はお前一人で行け。一時になったら、またここで落ち合おう」

俺は「じゃ」と敬礼の真似事《まねごと》をし、その場を離れた。待てよとか、おい三船《みふね》とか、亀山はまだ後ろの方で言っていたが、俺は聞こえぬ振りで歩き続けた。

林希美《はやしのぞみ》は、ものすごい美人というわけではないけれど、そこそこ俺好みの女ではあった。

「……ねえ。本当に、行かなくてよかったの？」

希美は、さっき亀山が言っていた中島不動産の経理担当事務員。でもこれは、決して偶然でもなんでもない。俺が「昼休み、ちょっと早めに出ておいでよ」と誘ったから、希美は今ここにいるのだ。

そう。これこそが俺の、最大の武器だった。

女性社員を抱き込み、内通者に仕立て、そこから得た情報を活かして契約をとる。それが俺の営業必勝パターンだった。ただ、中島不動産の社長を落とすには、ほんのちょっと時間が足りなかった。その前に本社への異動が決まってしまった。それだけのことだ。決して営業に失敗したわけではない。

俺はコーヒーカップをソーサーに戻した。

「……もういいよ。仕事の話は」

「だって、亀山さんだっけ？　あの人は一人でウチに行ってるんでしょう？」

「来月からは自動的にそうなるんだから、今日一人で行ったって別におかしかないよ」

「でもさ、今日は三船がくる日だなって、社長、気にしてたよ」

「そう、言ってみただけでしょ。そもそも俺、全然気に入られてなかったし。だからこそさ、希美ちゃんにさ、もうちょっと力貸してほしかったんだけどな。ま、そこは正直、俺も悔いが残るよ。俺の、力不足だった」

「何それ。もうちょっと、粘ってみればいいのに」

ない、と思う。今日もう一度行ってみたところで、あの岩石面《がんせきづら》が崩れ、「よし、契約してやろう」などと笑顔で言うとは、俺には到底思えない。

「それよりさ、今週末、ディズニーランド行かない？　シーでもいいよ」

希美は「えー」と顎《あご》を引いた。嫌がってるふうだが、顔は笑っている。内心は乗り気のはず。

「だって三船くん、カノジョいるんでしょう？」

「いないよォ、なに言ってんの」

まあ、嘘《うそ》だけど。

さらに希美が斜めに俺を見る。

「なんか、他に何人も女の子と付き合ってそう」

ある意味大当たり。せっかくディズニーのチケットを買ったのに、他の娘《こ》にドタキャンされちゃったから、誘ってるだけ。

「あ、誤解だなぁ、それ。なんでそういう勘違いされちゃうのかなぁ。俺さ、すげー堅いんだぜ」

希美は眉を段違いにしながら、綺麗《きれい》に尖《とが》った顎に手をやった。

「誤解かなぁ……まあ、今フリーかどうかは知らないけど、三船くんが堅い、は嘘でしょう。堅いっていうのは、亀山さんみたいなタイプをいうでしょう、普通」

あいつの場合は堅いのではなく、単にあらゆるアクションが遅いだけだ。名前に「亀」がつくだけに。

「全然逆。あいつの方が遊びまくってるって。ちょっと見は真面目《まじめ》そうでしょ？　でもそこが、罠《わな》なんだなぁ。男の、そういうとこ見抜けないとなぁ」

「ええー、ウソぉ」

そこで、テーブルの端に置いていた携帯が震え始めた。

「ん、ちょっとゴメンね」

ディスプレイを見ると、なんと【亀山登《のぼる》】と出ている。約束があるって言ったのに、それでもかけてくるとは。なんと無粋な奴《やつ》。

「……ああ、もしもーし」

『み、三船、やった、やったよ』

何を興奮してるんだ、こいつは。

「なに、パチンコでも出たのか」

『違うって。中島不動産さんが、社長さんが、契約してくれたんだよ。うちに計二十台分、貸してくれることになったんだ』

うちはコインパーキングの運営会社だ。二十台といったら、けっこうな数字だ。

「えっ、うそ……なんで」

『いいから、お前も来いよ。契約は……ごめん、社長が俺の名前でやれって言うから、いま記入も済ませちゃったんだけど、これはお前の営業の成果なんだからさ。お前からも、お礼言ってくれよ』

その後も亀山は何やらごちゃごちゃ言っていたが、俺の頭にはまるで入ってこなかった。俺は何回か頷《うなず》いて、電話を切った。

前を向くと、頬杖《ほおづえ》をついた希美と目が合った。

「やっぱりね」

「え？」

そして、憎たらしいくらいの小悪魔スマイルをキメてみせる。

「なに……やっぱり、って」

「社長、契約すると思ってた」

希美がカフェオレのカップに指をかける。淡いピンクのネイルが、きらりと午後の日差しにきらめく。

「社長、言ってたんだ。三船くんが月末にもう一回来たら、いい根性だ、ご祝儀で契約してやってもいい。でも来ないんだったら、交渉は次の担当者に持ち越しだ、って。ところが、今日行ったのは亀山さん一人だった……結局、そういうところなんじゃないの？　人の気持ちが動くのって。根性が万能だとは思わないけど、そういうとこ見る人、やっぱり多いと思うよ。三船くんだって、栄転決まって、ちょっと油断してたところ、あったんじゃない？」

油断、か。

悔しいが、それは確かに、あったかもしれない。

諦めずに参じた奴は、まさに亀。そうか、「亀、山に登る」か。これは言い得て妙だ。

さしずめ俺は、途中の「林」で休憩しちまった、兎《うさぎ》ってところか。

林希美と昼休み。洒落《しゃれ》にもならんな。

選挙公約

　週休二日制といったって、木曜、金曜の夜は深夜近くまで残業で、終わったら同じ班の連中と憂さ晴らしの自棄酒《やけざけ》を飲みに行くのだから、土曜日なんざ昼過ぎまで寝っ放しで、結局はなんにもできやしない。

　その「寝っ放し」は貴重な休息であり、休日ならではの過ごし方だろうと会社は言いたいのだろうが、冗談じゃない。

　土日の休日は、月曜から元気に働くためのチャージ時間じゃない。ウィークデイ五日分の時間と労働力を会社に提供し、その正当な対価として受け取る報酬を、つまり金を、自分のために、有意義に、誰の意見も聞かず好きなように使うのが、土曜日と日曜日だ。ウィークデイの俺は仮の姿、土日の俺こそが本来の俺だ。その、俺という人間を取り戻すのに土曜の半分を使っちまったら、実質週休一・五日制じゃないか。

　じゃあお前は、その貴重な土曜日の午後に何をした。有意義な時間と金の使い方とは、一体どんなものだった。

いいじゃねえか、そんなことはどうだって。昼飯代わりに湿気《しけ》たポテトチップを二種類の栄養ドリンクで胃に流し込んで、クリーニング屋に行って預けっ放しだったスーツとコートを引き取ってきて、二時間くらい携帯ゲームをやって、それからシャワー浴びてヒゲ剃《そ》って服着て六本木のクラブに行って、れんちゃんを指名して楽しい時間を過ごして、いっぱいお金払って帰ってきただけだよ。あー、有意義だった。楽しかった。

というわけで、今日は日曜日だ。どんな有意義な過ごし方をするかはまだ決めていない。

とりあえず、ベッドで体を起こしてみる。

多少頭は重いが、二日酔《ふつかよ》いというほどではない。昨日のお会計が予定していたのより七千円ほど高かったことを思い出したが、それもまあ、よしとする。

昨夜は帰ってきて、シャワーも浴びないで寝てしまった。パンツもインナーのTシャツも、昨日出かけるときに着たまんまだ。結局昨日も、この真新しいお洒落《しゃれ》なパンツを、れんちゃんに見てもらうことはできなかったわけだ。うむ、切ない。

ローテーブルに手を伸ばし、テレビのリモコンを摑《つか》む。ウチのリモコンは、確かに汚れている。でも汚れるのを嫌ってラップをかけて使っている奴《やつ》のリモコンは、ウチのよりもっと汚れている。それってどうなんだろう、小林。お前、なんか矛盾してないか。

電源ボタンを押し込む。数秒して現われた画は、いきなりの爆破シーンだった。そこを、仮面をかぶったヒーローがバイクで走り抜けていく。どうやら爆撃を受けているようだ。

それもかなり執拗《しつよう》に。相手は米軍のドローンか？　頼むから民間人は巻き込むなよ。

　隣のチャンネルは、アニメか。こっちも目下戦闘中だ。ペットみたいなモンスター同士を戦わせていやがる。あれだな、闘犬《とうけん》とか闘鶏《とうけい》と発想は一緒だな。自分では絶対に戦わない、と。まあ、それを言ったら、何号かは忘れたが『鉄人』の時代からアニメは同じってことだ。強《し》いて違いを挙げるとしたら、鉄人はリモコンで操作するってことと、ちっとも可愛くなかったってことだ。

　あと、他のチャンネルは何やってんだ。園芸、は興味ないからパス。この狭いワンルームマンションの、一体どこに庭があるってんだ。旅も、行く予定ないからパス。一発逆転に成功して、れんちゃんが一緒に行ってくれるんだったらいいけど。

　残りは、これしかねえじゃねえか。報道サンデー・スペシャル。あんま面白くなさそうだけど、他よりは何か役に立つようなことを言うかもしれないから、とりあえずこれにしておこう。

　で、コーヒーでも飲むか。違いの分かる拘《こだわ》り派の俺は、断然インスタントだ。こっちの方が安いし早いし、何より美味《うま》い。わざわざコーヒーメーカーでドリップして淹《い》れる奴の気が知れない。それに、あれだとゴミが出るだろう。濡《ぬ》れたフィルターと、山盛りの土みたいな豆のカス。でもインスタントだったら——。

　♪器具要《い》らなぁい　ゴミも出なぁい

♪安いし早いし　何より美味ぁい

♪君に会いたぁい　でもお金なぁい　イェーァ

電気ポットに水を入れたら、スイッチオン。またベッドに腰掛けて、テレビを見ながらしばらく待つ。

ちょうどコーナーが切り替わったらしく、画面中央で、よく知った顔のアナウンサーがちょこんと頭を下げる。

《番組冒頭からお伝えしております通り、今朝は本当に、本当にスペシャルなゲストをお招きしております。大川辰蔵《おおかわたつぞう》、第◎◎代内閣総理大臣と、野党第一党、泰平党《たいへいとう》の中島弘継《なかじまひろつぐ》代表です。本日はもう、真正面から、真っ向勝負の党首討論をお願いしたいと思います。お二方とも、よろしくお願いいたします》

《よろしくお願いします》

なんだ、政界スキャンダルとかじゃなくて、ガチンコの政策論争をする気か。マジか、この日曜の朝っぱらから。

とりあえず一服するか。

タバコ。あれ、れんちゃんのお店に忘れてきちゃったかな。

《……はい、ではお席の方に、よろしくお願いいたします》

あったあった、ポケットに入ってたわ。

しかし、ちょっともうこれ、灰皿限界だわ。捨ててこなくちゃ。

《改めてご紹介いたします。第△△代平和党総裁、大川辰蔵内閣総理大臣です。よろしくお願いいたします》

《よろしくお願いします》

《対しまして、第◇代泰平党代表、中島弘継衆議院議員です。よろしくお願いいたします》

《よろしく、お願いいたします》

　このところ、若干調子が悪かったこのターボライターだが、今日は一発で点《つ》いた。銜《くわ》えたタバコの先端にたっぷり火を含ませ、ゆっくりと吸い込み、吐く。

　うん、それで？　偉そうなのが二人も出てきて、なんの話だ。

《お二方に直接伺いたいことは、もう、安全保障問題、年金問題、エネルギー問題、農業問題など、本当に多岐にわたるのですが、しかしここは一つ、先の解散総選挙で平和党が最大の争点として掲げた、「全国一律三季化」の問題について、まず伺いたいと思います。もう、この問題だけで今日の放送時間は終ってしまうかもしれない、それくらいの大問題であります。次の国会も、この話題でかなり紛糾することが予想されます》

　ああ、「全国三季化」とか「日本三季化」とか言われてるやつね。最近よく聞くけど、実は俺も、よく分かってなかったんだよな。ちょうどよかったわ。

《では大川総理、まずこの「三季化」ということについて、できるだけ簡単に、嚙《か》み砕いてご説明いただけますでしょうか》

　大川総理が軽く頭を下げる。

《はい。ええ……ご承知の通り、現在の日本は、毎年毎年、非常に厳しい夏の暑さに、晒《さら》されているわけであります。農作物への深刻な影響、水不足、電力不足、さらには、二酸化炭素排出量の増大、熱中症による死亡者数の増大にも、歯止めがかけられない状況で、あります。この現状を踏まえまして、我が党では、日本から夏をなくす、日本を、春、秋、冬の、三季の国にする、全国一律に、三季化を実現する、ということを、公約として掲げてまいりました。国民の皆様に、お約束してまいりました》

　向かいに座っている中島代表は、今すぐにでも反論したそうな顔をしているが、司会役の局アナの目は総理に向いている。総理も、まだ相手に発言権を渡す気はなさそうだ。

《今現在の、日本が抱えている社会問題のほとんどは……全部とは申しません。すべての社会問題、という意味ではありませんが、しかしながら、非常に多くの問題が、この「全国一律三季化」という、夏をなくす政策によって、解決できる可能性が……ああ……高いわけで、あります》

　もう我慢ならん、という顔で中島代表が身を乗り出す。

《総理。あなたはそれを、さもいい事のように仰《おっしゃ》るけれども……》

だが司会の局アナが遮る。番組的にも、まだここは総理のターンらしい。

総理が続ける。

《まあ、もう少し落ち着いて聞いてください……たとえばですね、夏は暑いというだけで、もう日本中の、ありとあらゆるエアコンがフル稼働するわけです。現在のような、原子力発電所が、ごくごく一部しか稼働できない状況では、海外からですね、石油や天然ガスといった化石燃料を、調達してこなければならないわけです……今回は、この三季化実現の問題については、これは完全な国内問題ですから、安全保障と絡めた形でお話しするのは控えますが、これを、仮にエネルギー問題と捉えるならば、当然、日本の石油タンカーの航路、この安全性をいかに確保するかという……》

話題の脱線を嫌ったか、司会アナが割って入る。

《ええ……その前にですね、中島代表。まず総論としての「全国一律三季化」については、いかがですか》

《あの、総理はこの問題を、さも国民の苦痛や負担を軽減する、夢の政策のように仰いますがね》

《そんなことは、私はそんなことは、ひと言も……》

まあまあ、と司会アナが総理をなだめる。

ここは中島代表のターン続行だ。

《たとえばね、この日本から夏がなくなったら、農作物はどうなるんですか。お米はいつ収穫されるんですか。秋ですよ。夏の太陽を浴びて、秋に収穫されるんですよ。あの……総理のように、都会でお育ちになられた方は、そういう作物を作っている方々が、どれほど夏という季節を大切にしていらっしゃるかが、お分かりに……》

《分かりますよ、それは分かっています》

多少フライング気味に入ってきたが、まあ総理のターンでいいだろう。攻守交代だ。

《あなたね、中島代表……東京にだって水田はありますしね、私だって、三年間は農水大臣をやってるんですから、農業に夏が大切なことくらい分かってるんですよ。でもね、もうそういう問題じゃないんです。いいですか、私たちが子供の頃……ね、中島代表と私はそんなに歳《とし》も違わないんですから》

急に年齢入りの字幕が入ってきた。大川辰蔵、六十二歳。中島弘継、六十三歳。へえ、中島代表の方が一つ年上なのか。

中島代表も苦笑いしている。

総理の発言が続く。

《こんなに暑くなかったでしょう？　三十五度を超える日なんてありましたか？　滅多になかったじゃないですか。昔はね、三十度を超える日もそんなにはなかったんですよ。子供にはね、午前中の涼しい時間に、夏休みの宿題を済ませるようにって、そう指導したも

んです。おたくは教育関係強いんだから、よく知ってるでしょう、そういうことも》

急に中島代表の目が尖《とが》る。

だがまだ総理のターンだ。

《でもね、それでよかったんですよ。日本の夏は、元来そうだったんです。いま我が党が「三季」と申し上げているのは、そういう意味です。厳密に言ったらね、それでも気温が一番高い時期はあるわけですから、そこを中心とした三ヶ月、そこを新しく「夏」と呼ぶようになるのかもしれない。これはね、気温の高低差がどうであれ、日本には春夏秋冬がある、日本は四季の国であるというね、それは国民の、ある種の、民族としての誇りなのかもしれないですから、そこは是々非々でね、やっていく必要が、あると思いますよ》

ようやく司会アナが《はい、中島代表》とターンを移す。

《もうね、そもそもが詭弁《きべん》なんですよ。いいですか。日本の、夏の平均気温の上昇は、毎年少しずつ、積み重なってここまできたんですよ。それを一気に、政治主導で昔になんて戻したら、日本社会が滅茶苦茶《めちゃくちゃ》になりますよ。とんでもないダメージを受けるんです。他でもない、あなた方が、平和党が、何十年も票田《ひょうでん》として抱え込んできた、あの農家の方々が、いの一番にダメージを被るんですよ》

中島代表、なかなかいい切り返しじゃないか。

さらに代表のターンは続く。

《製造業だって同じですよ。これからはずっと冷夏を続けると、国が、政府が、強制的に国民から夏を取り上げるわけですからね。そうなったら当然、エアコンは売れなくなりますよ。そりゃ水不足は解消するかもしれないけども、その代わりプールに行く人も、海に行く人もいなくなりますよ。これによる経済効果の損失は、数億円なんて単位では済まないんです》

それは確かに嫌だな。夏がきたら、れんちゃんをプールや海に誘いたい。それができなくなるのは、正直困る。

総理がやや強引に入ってくる。

《それこそ、焼酎《しょうちゅう》の税法改正審議のときに、いずれ日本から焼酎が消えてなくなるだの、挙句の果てには、それじゃ禁酒法と一緒だなどと、論点をすり替えて煽《あお》ったのと同じじゃないですか。違いますよ。ちゃんと聞いてください。もともとの、日本の夏に戻すだけなんです。じゃあ、昔の日本人は海水浴に行かなかったんですか？　プールには行かなかったんですか？　違うでしょう、ちゃんと行ってたでしょう》

《総理こそ論点をずらしてますよ、意識的に。私が言っているのは、昔から今の夏というのは、段階的に暑くなってきた、ということなんです。ここ重要ですよ……》

お湯が湧いた。ちょうどタバコも吸い終わったところなので、コーヒーを淹れにいこう。

内側が渋で汚れたマグカップに、インスタントコーヒーの粉を入れて、電気ポットから熱々のお湯を注いで——ロックの焼酎なら指で掻《か》き回して済ませるのだが、熱々のコーヒーではそうもいかない。ちゃんとスプーンで混ぜて、出来上がりだ。

しかし、夏をなくす、か。

今まで通り夏がきて、れんちゃんをプールや海に誘っても、断られちゃったら意味ないしな。米のことはさっきやってたけど、サツマイモとか栗とか、松茸《まつたけ》とか、個人的にはそんなに好物でもないしな。別に夏がなくなっても、俺自身は、そんなには困んないかもしんない。

テレビの前に戻ると、多少話題は移り変わっていた。

中島代表がかなりヒートアップしている。

《……求められる機能が、全く変わってきてしまうということなんです。その点を総理は、全く事実誤認されている》

《いやいや、分かってますよ。ただ、今は夏をなくすという話をしているんですから》

《夏だけをなくすなんて、そんな都合のいいこと、理論上、できるはずがないでしょう。夏がなくなったら、春との繋《つな》がりも、秋への移行も、それを受け継ぐ冬だって、変わらざるを得ないんですよ。こういった国内限定の問題に対処するのに、企業は大変な負担を強いられることになる。それによって、日本企業の国際市場における競争力は著しく低下することが予想される。なんでそんなことも分からないんですか》

待て待て、なんの話だ。

とりあえずもう一服するか。

総理が答える。

《そういう、あらゆる変化はですね、チャンスでもあるんですよ。ピンチをチャンスに変えていく。そういう柔軟な発想が、企業には常に求められているんです。現に、経済財政諮問会議においてもですね、企業側は柔軟に対応していきたい、新たなビジネスチャンスにしていきたいと、前向きな意見の方が圧倒的に多いんです》

いやいや、と中島代表はかぶりを振る。

《それは、企業や業界団体のトップがそういうのは当たり前ですよ。でもそういう方々の……総理を含めね、上からしか物を見ない、上からしか物を言わない、そういう目線だけじゃ、駄目《だめ》なんです》

《分かりますよ、おたくはほら、労働者の立場で物を言うから》

《あなたのそういう言い方がそもそも上からなんだッ》

ヒートアップし過ぎたからか、そこでいったんコマーシャルになった。

なんか、夜中の討論番組並みに白熱していたが、実は、俺は本筋とは全く関係ないことが気になっていた。

二人の髪型だ。

いや、あの二人はいい感じだと思う。二人とも六十歳を過ぎて、自毛であの髪型が維持できているのなら立派なものだ。

ただ、政治家の中には危なっかしいのもいる。一つ前の内務大臣が、まあ、見るからにカツラだったのは記憶に新しい。それに関して、とある政治評論家は「けしからん」と言っていた。何がけしからんのかというと、要は薄毛という事実を隠している、国民に隠し事をしている、政治家はすべてをオープンに、正直にあるべきだ、というのだ。

普段、俺はその政治評論家の意見に共感することが多いのだが、ただ、その「けしからん」発言に関しては言い過ぎだろうと思った。

俺もちょっとその気があるから、頭に何かかぶりたい人の気持ちはよく分かる。やはり見られたくないのだ、薄くなった頭頂部は。政治家が国民に正直にあるべきなのはその通りだと思うが、でも、見せたくない部分を隠すくらいの権利は、政治家にもあっていいと俺は思う。

それこそ、カツラも服の一部だと定義してしまえば分かりやすい。あの政治評論家だって、政治家はすべてをオープンにしろ、国会も全裸でやり通せ、とは言うまい。恥ずかしい部分は隠していい。見せたくない部分は見せなくていい。俺はそう思う。

ただし、だ。

国会議員というのは、国民に選ばれてなるものだ。つまり国民の代表だ。身なりもそれなりに整える必要がある。ビリビリに破れた上着、汗や垢《あか》で薄汚れたワイシャツ、シミだらけのズボン。そんな、画面に現われるだけで鼻をつまみたくなるような政治家では、国民からの支持も得られないだろう。

　カツラも同じだ。

　一見してそれと分かるような、安っぽいものはどうかと思う。それこそ、日本にはいいカツラがいっぱいあるんだから、中には本当に、全く分からなくなるような商品もあるんだから、そういうのを海外にアピールするくらいの気持ちで、堂々とかぶってほしい。そういうのこそむしろ、ピンチをチャンスに変えるってことなんじゃないのか？　いや、そもそも欧米人は薄毛を気にしないみたいだから、アピールしてもあまり意味はないのか。

　などと余計な考え事をしているうちに、いつのまにかコマーシャルは明け、討論は再開されていた。話もだいぶ進んでしまったらしく、また中島代表がヒートアップしている。

《それは結局、アメリカの言いなりになるってことでしょう。それだからね、駄目なんですよ。アメリカにも、対等に物を言える日本にならなきゃ駄目なんです。最終的にはこれだって、アメリカと一緒になって戦争を起こす、そういう法案じゃないですか》

　え、そういう話なの？　どっからそうなった？

　総理も慌てた様子で反論に出る。

《……ちょっと待ってください。いつ私が、アメリカと一緒になって戦争をするなんて言

いました？　我が党の公約は、日本から夏をなくす、ということですよ。これは、あくまでも国内問題であって……》

　中島代表が身を乗り出す。

《そうやって、内閣は巧妙に、法案の本来の目的を覆い隠しているだけじゃないですか。さっき、総理ご自身が仰いましたよね、石油タンカーの、航路の安全確保とも密接に関わってくると》

《ですからそれは、この法案が通らなかったら、という、あくまでも仮定の話で》

《そういう脅しなわけでしょう？　この法案を通さなければ、戦争になるんだという、そういう脅しじゃないですか》

《言ってない、そんなことは言ってないです、断じて、私はひと言も》

　ちょっと待ってくれ、全然分からない。数秒考え事をしてただけで、全く分からなくなった。

　っていうか、そもそもよく分からないんだが。

　こいつら、どうやって日本から夏をなくす気なんだ。

　そんなこと、本気でできると思ってるのか？

新装版　解説

瀬木広哉

　今このページを開いているあなたは、本書を読み終えたばかりだろうか。それとも、買うかどうか判断すべく、解説ページを覗《のぞ》いてみたところだろうか。前者の方にはこう言いたい。いくつもの不思議な世界を巡るような読書の旅、お疲れさまでした！　誉田哲也という作家はつくづく、一筋縄ではいかないですよね。そして、後者の方にはこう言いたい。実に見事な短篇集ですよ。買って絶対に損はしないので、ぜひそのままお会計へ！

　さて、本書は作家誉田哲也の短篇集である。二〇一二年に刊行され、その二年後に文庫化。そしてこの度、デビュー二十周年を記念して、書籍未収録の掌篇五篇を加えた新装版が出版される運びとなった。ちなみに、連作短篇集はしばしば刊行されているが、いわゆる独立短篇集は多作に分類していいであろう著者のキャリアの中でも本書だけ。その点で、ちょっと特別な位置付けの一冊といっていいかもしれない。

『あなたの本』というタイトルが、そもそも非常にユニークだ。いうまでもなく、物語というものは常に、人が読んだときに立ち現れてくる（それが情報を保存し、時空を超えて伝達する文字の機能なのだから、当たり前ではあるが）。だからある意味では、物語を生み出す主体はいつだって「あなた」。作者の手を離れた以上、これはもう「あなたの本」なのだ――。そんな作者の呼び掛けが、このタイトルには込められている気がする。

筆者は常々、著者のことを多面的な作家だと感じてきた。「姫川玲子《ひめかわれいこ》」シリーズや〈ジウ〉サーガなどの警察小説では、人間や社会がはらむ残酷さ、無情さを時に容赦なく刻み込む。グロテスクな描写も少なくない。かと思えば、「武士道《ぶしどう》」シリーズなどの青春小説では、人間の愛すべき側面に全力で光を当てる。「増山超能力師事務所」シリーズといった思い切りのいいＳＦコメディもあれば、「背中の蜘蛛《くも》」といった社会的・政治的な問題意識が前景化した重量感のある作品も。どの作品から入ったかで抱く作家像が大きく変わりうる書き手だ。

そんな作家の特性が、本書にはぎゅっと凝縮されている。さっそく、この多彩な各篇の内容を紹介していきたい。若干のネタバレを含む恐れもあるため、本篇未読の場合はご注意を。

「帰省」

アパートの玄関で眠りこけていた幹子《みきこ》は、姉の鳴らすチャイムの音で目を覚ます。今日は姉妹で田舎《いなか》へ帰省する予定だった。認知症の兆しが出てきた祖母の様子をうかがうためだ。

ヒロという暴力的な元恋人から逃れ、幹子はひと月前にここへ越してきた。しかし前日の夜、ついに彼に居場所を突き止められてしまう。暴行を受けそうになった幹子は必死で抵抗し、河川敷の土手《どて》からヒロを突き落としたのだったが……。

帰省する姉妹の道行に、幹子の苦い回想を交えながら物語は進む。サスペンスとしての緊張感がじわじわと高まり、やがて恐ろしい事実が浮かび上がる。予想外のラストが、著者が伝奇小説でデビューしたことを思い起こさせる一篇。

「贖罪《しょくざい》の地」

こちらはSF的趣向の興味深い一作だ。

主人公の男は、仲間らと原始時代を思わせる狩猟生活を送っている。どうやらごく平易な言語や概念しか持たないらしく、彼の一人称の語りには独特のボキャブラリーが頻出する。例えば、「小さい男」はおそらく子供のこと。快楽に浸る女性の表情が、彼には「美《お》味《い》しそうな顔」に見えるらしい。

一方で、どうやらこの世界には発達した科学技術を駆使する男も存在する。ここはどこなのか。彼の目的は何なのか。この世界では何が起こっているのか。語り手の拙《つたな》い言葉から得られる情報が少ないからこそ、読み手の想像力を刺激する一篇。

「天使のレシート」

著者は十代の少年少女の柔らかい心を描くのも巧みだ。

主人公は中学三年生の芳照《よしてる》。高校受験のための勉強に意義を見出《みいだ》せずにいるこの頃、憂《ゆう》鬱《うつ》で仕方がない。ある日、彼は荒川《あらかわ》土手《どて》でひとりの女性とばったり出くわす。彼女は芳照が密《ひそ》かに想いを寄せているコンビニ店員、天使《てんし》さん。彼女が気さくに接してくれたことで気を許し、芳照は自分が抱えている悩みを打ち明けるのだが……。

物語は後半、思わぬ方向へと舵《かじ》を切る。甘酸っぱい青春小説、乾いた運命論。その両極を一気に横断する展開が、切れ味抜群の一篇。

「あなたの本」

主人公は父親の書棚で奇妙な本を見つける。タイトルは「あなたの本」。著者名も版元表記もない。書かれていたのはなんと、自分のこれまでの人生の歩み。そして、ページを捲《めく》ると、どうやらこれから先の歩みも記されている。

本作を読んで、我が身に置き換えてみない人はいないだろう。先を読むのか、読まずに本を閉じるのか。仮に読むとして、書かれているのが悲惨な未来だったら。あるいは、平穏だけど退屈な未来だったら。人生というわたしの物語は、果たして書き換え可能なのか。

結末をどう捉えるのかは、人それぞれだろう。読み手を安全圏から引き離す、なんとも恐ろしい一篇。

「見守ることしかできなくて」

こちらは著者一流の青春小説……かと思いきや、読み手をあっと言わせる仕掛けが施されている。

ひょんなことから一週間限定のスケート教室に通うはめになった「俺」は美しい少女夕《ゆう》奈《な》と出会う。彼女は五輪を目指すレベルの有名選手らしい。スケートに関して全くの素人だった「俺」は恋に落ち、プレッシャーの中で奮闘する彼女を陰ながら応援する。

軽快でユーモラスな語り口が全開。怖いような、切ないような、愛《いと》おしいような、ひとことでは言い表せない味わいの一篇。

「最後の街」

強いてジャンル分けするならば、ハードボイルド風味の幻想小説、といったところだろうか。

「最後の街」と呼ばれる地にやって来たのは、名誉も金も全てを手にした末、目的を見失ったミュージシャンの男。街の先には「この世の果て」があるらしい。街に一軒だけある店のオヤジさんは引き返すよう助言するが、彼の気持ちは変わらない。

表現者として頂点を極めることを夢見る人は多い。しかし、夢が叶《かな》ったからといって、幸福とは限らない。実際、孤独の中でこの世を去った大スターは数知れず。音楽通の著者だからこそ、ロック史の暗部への洞察も深いのだろう。主人公が抱える虚無に、人間という存在のままならなさを思わずにいられない？

「交番勤務の宇宙人」

あの国民的特撮テレビ番組をモチーフにした、遊び心満点のパロディ作品。

地球の日本という国の人々は「光の星」を正しく理解している――。そう信じて、素行不良宇宙人を取り締まるべく日本に赴任してきた諸星《もろぼし》は、人気なのはフィクション上のヒーローにすぎないことを先輩の早田《はやた》から教えられる。出端をくじかれ、交番勤務に回された諸星だったが、ある日、珍事件に遭遇する。

あの人気シリーズのあの刑事の名前がちらっと出てきたり、熱心な読者の心をくすぐる仕掛けも。楽しそうな書き手の顔が浮かぶこの感じも、誉田作品の魅力の一つだ。

と、戦慄《せんりつ》したり、驚いたり、じーんときたり、思わず吹き出したり、なんともにぎやかな読書の時間。本書にはさらに、掌篇五篇が追加収録されている。

「買わなかった男」「待っていた女」は、ミュージシャンとしても活動する著者らしい、相互に響き合う二篇。日本たばこ産業株式会社（ＪＴ）のｗｅｂサイト「ちょっと一服ノベルズ」で書かれたもので、両篇とも愛煙家の妻、ギターマニアの夫という組み合わせの夫婦が登場する。少々マニアックな楽器談義も、ギター好きの読者なら思わずにやっとしてしまうだろう。『疾風ガール』『ガール・ミーツ・ガール』の主人公、柏木夏美《かしわぎなつみ》の名前が出てくるあたり、著者の書く音楽小説を好む読者には胸熱ポイントだ。

ご存知の方もいるだろうが、著者は作家デビュー前、都内のライブハウス界隈《かいわい》でよく知られたバンドのベース兼ボーカルだった。現在メインで扱っている楽器はベースではなく、この二篇に登場する男性二人と同様にギター。察するに、著者自身がそんなに本数が必要なの？　というほどギターが欲しくなってしまうひとりなのだろう。

著者は作家活動と並行して、音楽活動も続けている。先日も作家のバンドばかりが集まるライブイベント「SAKKA SONIC」を主催し、自身もトリオ編成で出演。ライブ配信もされたので、ご覧になった方もいるだろうか。楽曲を聴けば明らかだが、著者にとっての音楽は決して作家の余技などではなく、ライフワークとしての表現活動の一つ。楽曲は全てオリジナルで、キャッチーな歌ものでありながら、聴き手の予測を裏切る展開を必ずといっていいほど忍ばせてくる。その一筋縄ではいかない感じは、どこか小説作品にも通じる。

この流れで音楽比喩《ひゆ》を用いれば、「あの日、そして今日」は名曲の原形が吹き込まれたデモテープ、といった手触りの小品。二〇一〇年、新聞社主催で開かれた、学校を訪問し中高生に執筆を教えるオーサー・ビジットで、自らお手本として書き下ろしたものという。一ページに充分収まってしまう分量なのに、長篇一作分に相当するような奥行きが感じられる、まさに小説の原石。複数の視点を巧みに交錯《こうさく》させていく著者の長篇がどのように産み落とされているのか。その秘密を垣間見たような興奮を覚えた。

こうしたオーサー・ビジットに、著者はこれまで三回ほど登壇している。三人称と一人称の違いを「スーパーマリオブラザーズ」と「マリオカート」の視点の違いで説明するなど、サービス精神旺盛な著者らしい特別授業を展開。論理的で分かりやすい指導が大好評だったそうだ。「お名前は？」も同様にオーサー・ビジットの際に書かれた作品で、こちらは童話「兎と亀」をモチーフにした実験作。社会人経験のある人なら誰もが身につまされる仕事論に仕上がっている。

「選挙公約」は風刺コメディとも呼ぶべき作品。こちらも日本たばこ産業株式会社（ＪＴ）のｗｅｂサイト「ちょっと一服ノベルズ」に書かれたもの。描かれるのは地に足の着いた実現可能性の議論をすっ飛ばし、理念や人気取りが先行しがちな政治状況への痛切な皮肉だ。理念先行で社会設計するのではなく、現実を見据えながら課題や問題をひとつひとつ解決改善していこうとする政治観は、いわゆる右派というよりも、イギリスで生まれた正統な保守主義のそれと親和的に思える。

追加収録された五つの掌篇はどれも、先の七篇に比べると短いものの、一味違った魅力を発している。ここまで辿《たど》ってきて改めて著者の作風の幅広さに驚かずにはいられない。こんなにも振れ幅が大きな書き手も、そう多くはないはずだ。

一方で、全作に共通する何かもあると感じるのは、筆者だけではないだろう。その何かを言葉にするのはなかなか難しい。強いて言語化するならば、生きていく上での大事な拠《よ》り所《どころ》だけは守り抜きたいという願い、だろうか。運命に翻弄《ほんろう》されながら生き、いつか必ず死を迎える人間という存在の虚《むな》しさ。結局は欲望と欲望の衝突・調整で回っていく人間社会の身《み》も蓋《ふた》もなさ。そんなありのままの現実を前提とする一方で（あるいは、するからこそ）、今感じている人と人の繋《つな》がりや温かみを大切に思う。自分に与えられた生ぐらいは精一杯生き切ってやろうとする。筆者の中では、そんな人間の姿が像を結んだ。

誉田作品はいつも、優れたエンターテインメント小説でありながらも、エンターテインメントという枠には収まらない芯を隠し持っている。自分が信じるものを、腹を括《くく》って差し出してくる感じがある。その意味で、著者は決して読者サービスだけに徹するタイプとは言えない気がする。時には挑んだり、揺さぶったり、ある種の緊張関係も含めて、より普遍的な人対人の関係性を読者との間に構築しようとする書き手だと筆者はみている。
作家生活二十年を超えても、そこはきっと変わらない。きっと著者と読者との関係性は時間をかけてより深まったり、変容したりする。そんな変化を、誰よりも著者自身が楽しんでいそうな気もする。この先、誉田哲也はどんな作品で読み手をあっと言わせてくれるのか。読者のひとりとして、わくわくしながら待ちたい。

（せきこうや・編集者、ライター）

『あなたの本』二〇一四年一二月　中公文庫

新装版刊行にあたり、「買わなかった男」「待っていた女」「選挙公約」「あの日、そして今日」「お名前は？」の五作品をあらたに収録しました。

中公文庫

あなたの本
——新装版《しんそうばん》

2014年12月20日　初版発行
2022年 8 月25日　改版発行

著　者　誉《ほん》田《だ》哲《てつ》也《や》

発行者　安部順一

発行所　中央公論新社
〒100-8152　東京都千代田区大手町1-7-1
電話　販売 03-5299-1730　編集 03-5299-1890
URL https://www.chuko.co.jp/

DTP　ハンズ・ミケ
印　刷　大日本印刷
製　本　大日本印刷

Published by CHUOKORON-SHINSHA, INC.
Printed in Japan　ISBN978-4-12-207250-3 C1193

定価はカバーに表示してあります。落丁本・乱丁本はお手数ですが小社販売部宛お送り下さい。送料小社負担にてお取り替えいたします。

各書目の下段の数字はＩＳＢＮコードです。978－4－12が省略してあります。

中公文庫既刊より

ほ-17-14
新装版　ジウⅠ　警視庁特殊犯捜査係　誉田哲也
人質籠城事件発生。門倉美咲、伊崎基子両巡査が所属する警視庁捜査一課特殊犯捜査係も出動する。だが、この事件は〝巨大な闇〟への入口でしかなかった。
207022-6

ほ-17-15
新装版　ジウⅡ　警視庁特殊急襲部隊　誉田哲也
誘拐事件は解決したかに見えたが、依然として黒幕・ジウの正体は摑めない。事件を追う東と美咲。一方、特進をはたした基子の前には不気味な影が。〈解説〉宇田川拓也
207033-2

ほ-17-16
新装版　ジウⅢ　新世界秩序　誉田哲也
新宿駅前で街頭演説中の総理大臣を標的としたテロが発生。歌舞伎町を封鎖占拠し、〈新世界秩序〉を唱えるミヤジとジウの目的は何なのか⁉〈解説〉友清　哲
207049-3

ほ-17-4
国境事変　誉田哲也
在日朝鮮人殺人事件の捜査で対立する公安部と捜査一課の男たち。警察官の矜持と信念を胸に、銃声轟く国境の島・対馬へ向かう。〈解説〉香山二三郎
205326-7

ほ-17-5
ハング　誉田哲也
捜査一課「堀田班」は殺人事件の再捜査で容疑者を逮捕。だが公判で自白強要の証言があり、班員が首を吊った姿で見つかる。そしてさらに死の連鎖が……誉田史上、最もハードな警察小説。
205693-0

ほ-17-6
月　光　誉田哲也
同級生の運転するバイクに轢かれ、姉が死んだ。殺人を疑う妹の結花は同じ高校に入学し調査を始めるが、やがて残酷な真実に直面する。衝撃のＲ18ミステリー。
205778-4

ほ-17-7
歌舞伎町セブン　誉田哲也
『ジウ』の歌舞伎町封鎖事件から六年。再び迫る脅威から街を守るため、密かに立ち上がる者たちがいた。戦慄のダークヒーロー小説！〈解説〉安東能明
205838-5

ほ-17-9
幸せの条件
誉田哲也
恋にも仕事にも後ろ向きな役立たずOLに、突然下った社命。単身農村へ赴き、新燃料のためのコメ作りに挑め⁉ 人生も、田んぼも、耕さなきゃ始まらない！
206153-8

ほ-17-10
主よ、永遠の休息を
誉田哲也
この慟哭が聞こえますか？ 心をえぐられた少女と若き事件記者の出会いが、やがておぞましい過去を掘り起こす……驚愕のミステリー。〈解説〉中江有里
206233-7

ほ-17-11
歌舞伎町ダムド
誉田哲也
今夜も新宿のどこかで、伝説的犯罪者〈ジウ〉の後継者が血まみれのダンスを踊る。殺戮のカリスマvs.新宿署刑事vs.殺し屋集団、三つ巴の死闘が始まる！
206357-0

ほ-17-12
ノワール 硝子の太陽
誉田哲也
沖縄の活動家死亡事故を機に反米軍基地デモが全国で激化。その最中、この国を深い闇へと誘う動きを、東警部補は察知する……。〈解説〉友清 哲
206676-2

ほ-17-13
アクセス
誉田哲也
高校生たちに襲いかかる殺人の連鎖。仮想現実を支配する「極限の悪意」を相手に、壮絶な戦いが始まる！著者のダークサイドの原点！〈解説〉大矢博子
206938-1

ほ-17-17
歌舞伎町ゲノム
誉田哲也
大人気シリーズ、〈ジウ〉サーガ第九弾！ 伝説の暗殺者集団「歌舞伎町セブン」に、新メンバー加入！彼らの活躍と日々を描いた傑作。〈解説〉宇田川拓也
207129-2

い-117-1
SOSの猿
伊坂幸太郎
株誤発注事件の真相を探る男と、悪魔祓いでひきこもりを治そうとする男。二人の男の間を孫悟空が飛び回り、壮大な「救済」の物語が生まれる！〈解説〉栗原裕一郎
205717-3

お-87-1
アリゾナ無宿
逢坂 剛
時は一八七五年。合衆国アリゾナ。身寄りのない一六歳の少女は、凄腕の賞金稼ぎ、謎のサムライと賞金稼ぎのチームを組むことに⁉〈解説〉堂場瞬一
206329-7

各書目の下段の数字はＩＳＢＮコードです。978－4－12が省略してあります。

お-87-2
逆襲の地平線
逢坂　剛
〝賞金稼ぎ〟の三人組に舞い込んだ依頼。それは十年前にコマンチ族にさらわれた娘を奪還してほしいというものだった……。〈解説〉川本三郎
206330-3

お-87-3
果てしなき追跡（上）
逢坂　剛
土方歳三は箱館で銃弾に斃れた――はずだった。一命を取り留めた土方は密航船で米国へ。友を、そして記憶を失ったサムライは果たしてどこへ向かうのか？
206779-0

お-87-4
果てしなき追跡（下）
逢坂　剛
西部の大地で離別した土方とゆら。人の命が銃弾一発より軽いこの地で、二人は生きて巡り会うことができるのか？　巻末に逢坂剛×月村了衛対談を掲載。
206780-6

さ-83-1
連　弾
佐藤青南
幼き頃の憧憬は、嫉妬、そして狂気へと変わる――。彗星の如く現れた天才作曲家の正体を追う、二人の刑事が辿り着いた真実とは⁉　文庫書き下ろし。
207087-5

す-29-1
警視庁組対特捜Ｋ
鈴峯紅也
本庁所轄の垣根を取り払うべく警視庁組対部特別捜査隊となった東堂絆を、闇社会の陰謀が襲う。人との絆で事件を解決せよ！　渾身の文庫書き下ろし。
206285-6

と-26-9
ＳＲＯ　Ｉ　警視庁広域捜査専任特別調査室
富樫倫太郎
七名の小所帯に、警視長以下キャリアが五名。管轄を越えた花形部署のはずが――。警察組織の盲点を衝く、連続殺人犯を追え！　新時代警察小説の登場。
205393-9

ゆ-6-1
盤上の向日葵（上）
柚月裕子
山中で発見された身元不明の白骨死体。遺留品は、名匠の将棋駒。二人の刑事が駒の来歴を追う頃、将棋界では世紀のタイトル戦が始まろうとしていた。
206940-4

ゆ-6-2
盤上の向日葵（下）
柚月裕子
世紀の一戦に挑む異色の棋士・上条桂介。実業界から転身し、奨励会を経ずに将棋界の頂点に迫る桂介の、壮絶すぎる半生が明らかになる！〈解説〉羽生善治
206941-1